アーヴィング・ウォーレス/著
宇野利泰/訳

イエスの古文書(上)

The Word

JN266479

扶桑社ミステリー
0991

THE WORD Vol.1
by Irving Wallace

太初《はじめ》に言《ことば》あり、言は神と偕《とも》にあり、言は神なりき。——ヨハネ伝、第一章第一節
言《ことば》は肉体となりて我らの中《うち》に宿りたまえり。——ヨハネ伝、第一章第十四節
もし神が存在しないのであれば、造り出さねばならない。——ヴォルテール

イエスの古文書（上）

登場人物

スティーヴン・ランダル――――――宣伝広告会社の社長
ネイサン　――――――――――――ランダルの父。牧師
バーバラ　――――――――――――ランダルの別居中の妻
ジュディ　――――――――――――ランダルの娘
ウォンダ・スミス――――――――ランダルの秘書
ダーリーン・ニコルソン――――――ランダルの愛人
ジョージ・L・ホイーラー　――――宗教書出版社の社長
ナオミ・ダン　――――――――――ホイーラーの秘書
オグデン・タワリー三世　――――世界的な企業家
ジム・マクロクリン―――――――不正企業摘発協会の代表
カルル・ヘニッヒ――――――――ドイツの印刷業者
バーナード・ジェフリーズ――――英国の神学教授
フロリアン・ナイト―――――――ジェフリーズの教え子
アンリー・オーベール――――――科学者。年代測定法の権威
マーティン・ド・ヴローメ　――――改革派教会の牧師
セドリック・プルマー――――――ジャーナリスト
アウグスト・モンティ――――――考古学者。イエスの古文書の発見者
アンジェラ　――――――――――その娘

1

スティーヴン・ランダルがシカゴ行きの旅客機に乗り込むつもりでケネディ空港に到着すると、航空会社のデスクに、彼宛ての至急伝言が待っていた。『急用あり。事務所へお電話を』

最悪の事態の発生かと胸を騒がせながら、彼は電話ボックスへ急いで、マンハッタンの事務所のダイヤルをまわした。

交換手が応えた。「スティーヴン・ランダル宣伝広告会社です」

「ランダルだ」彼は苛立《いらだ》ちながらいった。「ウォンダにつないでくれ」

次の瞬間、ランダルは彼の女秘書と話していた。「何かあったのか、ウォンダ？　おやじの病状が急変したのか？」

「いいえ、ちがいます。言葉が足りなくて申し訳ありません。ご病人のことではなくて、営業上の用件です。出発前にお耳に入れておいたほうがいいかと思ったもので

――空港へ向かわれた直後に電話があって、とても重要なことのようなので――」

ランダルはほっとすると同時に、いっそういらいらして、「業務上の重要な用件は、出発前にのこらず処理しておいたつもりだ。いまのぼくは、事務的な問題にわずらわされたくない気持ちなんだ」

「社長、お叱りにならないで。わたしはただ――」

「叱っているわけじゃない。言葉が荒くて、すまなかった。だが、話は手短にしてくれ。でないと、乗りおくれる」

「新規の依頼の申し込みで、相手方の社長自身が電話してきました。ランダルさんは急用でお出かけだといいますと、その急用のすみしだい、至急会いたい。それもこれから四十八時間以内に、とおっしゃいます」

「とても無理だといってくれなかったのか。相手は誰だ？」

「ジョージ・L・ホイーラーの名を聞いたことがおありでしょう、ミッション・ハウス出版社の社長の？」

ランダルはその名を即座に思い出して、「宗教関係書の出版社だな」といった。

「そうですわ」ウォンダが答えた。「あの方面では最大手の出版社なので、いい得意先になると思います。用件ははっきりいいませんが、重大な仕事だと繰り返していました。で、わたし、なんとか連絡をしてみると、約束してしまいました」

「その内容は？」

「訊《き》いてみたのですが、口が堅くて、具体的なことはおっしゃいません。国際的な重要性だとか、極秘の話だとか、抽象的な言葉を並べるだけで――ただ、新しい聖書の出版に関したことのように聞きとれました」

「新しい聖書だと！」ランダルは唖然《あぜん》とした表情で、「それが重要な宣伝仕事か！聖書なんてものは、年に数百万部も出版されている。宣伝広告の必要がどこにあるんだ。この話は聞かなかったことにしておくよ」

「ですけど、ホイーラーさんの言葉が気になります。ランダル君が疑い深くて、わが社の計画をもっと詳しく知りたいというのなら、マタイ伝の二十八章七節を読めといってほしい、それが彼にヒントを与えるはずですって」

ランダルはついに怒りだして、「ウォンダ、いまのぼくに、マタイ伝を読んでる時間があると思うのか。これからだって読む気はない。きみは彼に電話して――」

ウォンダはその言葉をさえぎって、「わたしは読んでみました。『すみやかに往《ゆ》きて、その弟子たちに告げよ。彼は死人の中より甦《よみがえ》りたまえり、視《み》よ、なんじらに先だちてガリラヤへ往きたまう、かしこにて謁《まみ》ゆるを得んと』イエス・キリスト復活の場面ですわ。それにわたしは好奇心をそそられて、あなたに連絡をとる気持ちになりました。ホイーラーさんはそのあと、電話を切る段になって、もっとおかしな言葉をつけ加えました。ランダル君がその章句を読みおえたら、わが社が宣伝を依頼したいのは『第二の復活』だといってくれ、とですわ」

たしかに謎めいている。このような日に——瀕死《ひんし》の父の病床に馳《は》せつける日に——聞かされる言葉にしては、不気味なくらいな響きがある。ランダルの怒りはひっ込んだ。ホイーラーは何を意図しているのかと頭をひねって、「第二の復活を宣伝しろといったのか？」と確かめた。

「ええ、そうです。とても真剣な口調で、これは全世界を震撼《しんかん》させる出来事だといっていました」

ランダルの記憶が過去を追った。彼もその章句を何度か読んだことがある。空《から》の墓。イエスの昇天と顕現《けんげん》。いうところの主《しゅ》イエスの復活。少年時のランダルの心をもっとも強烈につかんだ聖書の一節で、成長後の彼にしても、およそ現代離れのしたこの奇跡物語を記憶から追い払うのに、いかに長い年月を費やさねばならなかったことか。

半開きにしてある電話ボックスに、拡声器からのアナウンスの声が流れこんできた。

「ウォンダ、時間がきた。駆けださないと間に合わない」

「ホイーラーさんには、なんと返事をしたらいいのです？」

「うちの社長はつかまらなかったといえばいい」

「ほかにいっておきますことは？」

「万事は、オーク・シティに着いて、病人の容態《ようだい》を見てからのことだ」

「ご病状が軽いのを祈っていますわ」

「とにかく、明日、きみに電話する」

受話器をおくと、ランダルはホイーラーの面会申し込みの趣旨をいぶかりながら、機へ向かって走りだした。


二時間後、ジェット旅客機はシカゴのオヘア空港に着陸した。

妹のクレアが車で迎えに来ていて、ランダルの顔を見ると、いきなり泣きだした。それから、細雨にけぶる国道に車を走らせ、四十五分後に州境を越えて、ウィスコンシン州内に入った。五十マイル先の小都市オーク・シティでは、老父が昏睡《こんすい》状態で横たわっている。

車内でのランダルは、妹の口から父親の病状を聞いたあと、無言のままで物思いに沈んでいた。こんどの帰郷は何年ぶりのことなのか。たしかな月日は忘れたが、父が聖職者らしからぬ事業に失敗した尻拭いに、ニューヨークで稼《かせ》ぎ蓄《た》めた全資産を提供して以来だった。

スティーヴン・ランダルは、オーク・シティの出身者のうちでは指折りの成功者だった。ニューヨークへ出ると、宣伝広告業界に身を投じて、小さな会社の経営に心血をそそいだ甲斐《かい》があって、業界でも一、二を争う大物に成り上がっていた。ランダルはいま三十八歳。身長五フィート十一インチ（約一八〇センチ）のがっしりした体格。茶色の目のふちが膨らみかげんで、血色のいい顔に鼻筋が通り、意志の強そうな顎《あご》が二重になる兆候を示しだしている。

ところがこのスティーヴン・ランダルが、二年ほど前から、現況に飽き足らぬものを感じていた。新しい顧客層を開拓して、割のいい契約を締結するのに情熱を失った。それまでのランダルは、どんな依頼者の、どんな商品でも扱ってきた。売り出し中の黒人歌手とロック・グループ、思いあがったイギリス人女優、奇跡的な効果の合成洗剤、最高スピードのスポーツ・カー、旅行社との契約に焦るアフリカの新興国。それがみんないまは魅力を失って、宣伝手段の独創性を発揮する意欲を起こさせない。事業家の一生は、しょせん空虚であり、非人間的である。ランダルの一日は自己嫌悪に始まって、無意味で面白おかしくない作業への憎悪で終わる。女、酒、料理、バー、ナイトクラブ、パーティー、そのなんであろうと彼の意のままになるが、このような生活はけっきょくのところ、大富豪を夢見る中産階級出の男に運命づけられた牢獄《ろうごく》ではなかろうか。

最近のランダルは、少年のころ抱いていた夢の国への逃避を希《ねが》っていた。人里はなれて、緑の木立に囲まれた一軒家。近くには時計の修理屋もなくて、ニューヨーク・タイムズ紙が二週間遅れて配達される場所。電話をかけるにも、一緒に寝る女をつかまえるにも、遠くの村まで出かけて行かなければならぬ片田舎で、これからの後半生を送りたかった。仕事といっては、いままでのような半ば以上を嘘でかためた宣伝文書を製作するかわりに、人生いかに生くべきかを教える真の意味での人間の書を、手動のタイプライターで一冊の書物にまとめあげるのが、心ひそかな念願だった。

しかし、その夢の国へのかけ橋が見出せなかった。事業を捨てて生きるには財産が要《い》る。派手に稼いで、派手に消費するタイプの彼には、貯えが皆無だったのだ。

そうはいうものの、ときには明るい光が射しこむこともあった。一カ月ほど前、彼の会社の顧問弁護士のサド・クローフォードから、まだ三十歳前でありながら、重々しく垂れ下がった口ひげと、きらきら光る目を持つ法学者を紹介された。名前はジム・マクロクリン。大学で学んだのは法律だが、法律で身を立てずに、同志を糾合《きゅうごう》して、『不正企業摘発協会』という機関を設立した。集まったメンバーは、年少気鋭の弁護士、退職後の大学教授、反体制的性向の強いジャーナリスト、暴露もの専門のルポ・ライター、いうなれば富めるアメリカの産業社会からの誇り高き反逆者である。その事業の趣旨は、ここしばらくは地下活動的な動きによって、アメリカ市民の幸福を奪うことで成り立つ大企業の陰謀を調べあげる。そして資料の収集をおえたら、国内のいたるところに公害を撒《ま》きちらしてはばからぬ資本主義社会の悪を摘発するというのだ。

ジム・マクロクリンは最初に会った日、ランダルに語った。「たとえばこの二、三十年間、わがアメリカの独占企業家たちは、消費者の生活コストを引き下げるための発明、アイデア、製品のたぐいを制圧するのに全力をそそいでいます。そうしないことには、彼らの事業が現在のような厖大《ぼうだい》な利益をあげられないからです。われわれの機関はすでにかなりの期間、その具体的な事実の探査をつづけています。かつてある発明家が、高性能のガソリンを作りだす錠剤の製造に成功したのをご存じですか？」

ランダルが、だいぶ以前にそんな噂《うわさ》を聞いたことがあるが、事実というよりも発明家の希望、ただの夢想にすぎぬと思っていたと答えると、ジム・マクロクリンはいっそうきびしい顔つきになって、

「それが巨大企業の常套《じょうとう》手段で、彼らに不利益な発明はみな、発明家の夢想で葬り去ってしまうのです。断言しますが、奇跡的な発明品はたえず実現してきましたし、今後も続々出現するものです。ガソリン錠についていえば、無名ながら天才的なある化学者が、ガソリンに化学的な操作を施すことで、小さな錠剤に圧縮する方程式を思いつきました。ガソリン・タンクにただの水を満たすだけで、これにその錠剤の一粒を投げ入れれば、空気汚染のおそれのない二十ガロンのガソリンに変わるのです。しかも、錠剤一粒の価格はわずか二セント。これが発売されたら、数十兆ドルの規模を誇る石油業界は壊滅しなければなりません。それからまた、永久マッチといって、一本のマッチが一万五千回の使用に耐える発明もあります。このような発明品は、数えあげたらきりがないくらいで――」

「いろいろあるのですな」ランダルは興味をそそられて、「まだほかにもありますか?」と、ほかの発明品の例示を促した。

「永久に擦りきれない繊維、研《と》がなくても一生使えるレザーの刃。二十五万マイル走れる自動車タイヤ、十年間はとり替えなくてすむ電球……だが、こういった品が、低収入にあえぐ人々に幸福をもたらすのを、大企業はぜったいに許しません。発明家たちを買収し、恐喝し、ときには発明家そのものの姿を消してしまいます。おそらく、殺害という手に出たのでしょう。われわれの機関は、それらの事実を探知して『市民への陰謀』という題名の白書に――黒書と呼ぶほうが適切でしょうが――まとめあげました」

ランダルはその書名を呟《つぶや》いて、「なるほど」とうなずいた。

マクロクリンはつづけて、「この摘発書の出版を妨げようと、大企業はあらゆる手段で圧力をかけてきましたが、われわれが屈服しないのを見てとると、同書の信《しん》憑性《ぴょうせい》を失わせる方法を考え出しました。本日、あなたに面会を求めたのはそれが理由で、あなたのご協力さえいただけたら、われわれは彼らを相手に闘えます。負けないで戦えるのです。国会議員、テレビ局、ラジオ局、新聞社と、マスコミの全機能を動員して、パンフレットを配布し、講演会を開催したら、わが摘発協会の意義と活動を、星条旗と同様に広くアメリカの全市民に認識させるのも可能のはずです」

ランダルは若い法学者の話を聞くうちに、久しく忘れていた行動意欲を掻《か》き立てられた。そして、話を聞きながらも、まず最初に講演会を開催すべきだとか、具体的な宣伝方法を細部にわたって考えた。ジム・マクロクリンはさらにつづけて、彼の機関の計画を説明した。目下のところ、機関内の専門家チームが、無公害で低価格のエンジンによる自動車の開発を急いでいる。このアイデアが研究段階に移ってからすでに二十年ちかいが、デトロイトの自動車製造業界の妨害工作を受けて、いまだに日の目を見ていないのだ。それが一例で、悪辣《あくらつ》な手段でアメリカ市民の輝かしい夢を打ち砕く圧力団体のうちには、ひとり自動車製造業界のみでなくて、保険会社、独占的な電信電話企業、罐詰《かんづめ》製造工場、金融機関等々が含まれている。

「といったことから」と若いマクロクリンがいった。「当分はぼくたちの居所を隠して、研究作業を極秘のうちに行なわねばならぬのです。それがここ数年のあいだに学びとった教訓なんです。大企業の手先であるロビイストが、国会と政府のあらゆる部門に食いこんでいて、ぼくたちの尾行をつづけ、弾圧のためには手段を選びません。こういうと、おそらくあなたは、あまりにもメロドラマチックで、子供じみた被害妄想《もうそう》だと思われるでしょうが、それが、人民の、人民による、人民のための民主主義国家と称するわがアメリカ合衆国の実状なんです。したがってぼくたちは、彼らの虚偽とまやかしを摘発して、市民の福祉を護《まも》るためには、ゲリラ戦を展開しなければなりません。だが、前途はひらけていて、究極的な勝利は正義の側に訪れるときまっています。ぼくたちの運動の支持者は国民全体でして、絶対的多数であるからです。ただし、戦闘開始には準備期間が必要です。それはこれから六、七カ月後――たぶん今年の十一月か十二月になるでしょうが、そのときはあなたの宣伝戦略の下に、進軍ラッパを吹き鳴らせるものと信じています」

「オーケー！」ランダルはいまや興奮して、大きくうなずいていった。「期待して待ちましょう、六、七カ月後を楽しみに」

「ぼくたちもまた、あなたの協力を期待して、時期の到来を待ちます」マクロクリンはいいおいて、戸口へ向かった。

しかし、その時期が到来しないうちに、ランダルの決意をぐらつかせる出来事が、青天の霹靂《へきれき》のように彼を襲った。国際的な規模の巨大複合企業体《コングロマリット》の一つに、オグデン・タワリー三世を会長にいただくコスモス・エンタープライズというのがあった。アメリカ合衆国ばかりか全世界にその支配網を張りめぐらして、将来性に富んだ中小企業と見ると、次々に買収しては、傘下《さんか》に収めつつあるのだが、それがこんど情報分野に触手を伸ばす方針を決定した。そしてその手始めに、スティーヴン・ランダル宣伝広告会社に狙いをつけた。しばらくは弁護士間のレベルで折衝を重ねていたが、ようやく双方の条件が一致したとみて、タワリー会長とランダルとの会見の運びに持ち込まれた。

それがランダルの、オーク・シティへ飛び立たねばならなくなった日のことだった。午前中早いうちに、タワリー会長自身がランダルの事務所を訪れた。タワリーは社長用の個室に通ると、引き連れてきた社員をしりぞけて、ランダルと差し向かいになった。

アメリカ財界の巨頭の一人で、ランダルにとっては雲の上の存在ともいうべきタワリーだが、一見したところ、富裕な牧場主といった格好で、実際にも彼はオクラホマの出身だった。

ランダルはこの訪問者を、長いあいだ夢に見ていた福音をもたらす天使と考えて、その一語一語を謹聴《きんちょう》した。これでおれにも、仕事から仕事へ追いまくられる苦痛から解放された生活が訪れる。緑の木々に囲まれて、電話の設備もない辺境の一軒家で、手動のタイプライターひとつを相手に後半生をすごせる幸福が。

会見はタワリー会長の一人舞台で終始した。だが、結論が近づいたところで、タワリーが思いもよらぬことをいいだした。この契約の趣旨は、ランダルの会社を買収することにあるが、なお五年の期間、その営業活動を従前どおり、ランダル自身の指揮にゆだねる。そして五年の契約期間後に彼がそのまま経営者の地位にとどまるか、あるいは、将来を安楽に暮らせるだけの現金と証券類を手に職を退くか、そのいずれかを決定する権利はランダル自身にあるというのだ。

「できることなら、この会社の経営は」とタワリーがいった。「末長くあんたに任せておきたい。わしのところの会社接収は、おおむねその方針を採っておる。隆盛な事業に門外漢が介入するのは、賢明な態度でないのを承知しておるからだ」

そのひと言で、ランダルの心に疑念がきざして、幸福をもたらすはずのこの天使の肚《はら》のうちをいちおう確かめておかねばなるまいと考えた。「そのお言葉の意味は、この会社の経営方針はいままでどおり、ぼく独自の判断で行なわれて、どんな依頼主の求めに応じるかを決定するのに、コスモス・エンタープライズ本社の許可を必要としないということですか？」

「そのとおりだ。あんたの会社が引き受けておる契約と依頼主のリストを見せてもらった。それが是認《ぜにん》できぬものであったら、わしはこうして出向いてきてはおらなんだよ」

「ですが、タワリーさん、ご覧になったリストに、現在の契約者の名前が残らず載っているわけではありません。あのリストを提出したときには、契約するかどうか未確定だったものもあるのです。それでもやはり、これまでの方針を継続して差し支えないのでしょうか」

「もちろん、差し支えない。しかし、なんでまた、そうまで依頼主のことにこだわるのかね？」

「二週間ほど前でしたが、ジム・マクロクリンの訪問を受けました。そして口頭ではありますが、不正企業摘発協会の報告書の出版宣伝を受諾してしまったのです」

その言葉を聞いたとたんに、タワリーの顔がきびしく強張《こわば》った。「ジム・マクロクリンだと？」彼は吐き出すようにいうと、立ちあがって、「あの男は共産主義かぶれの無政府主義者だ」

「そんな印象は受けませんでした」

「わしは過激派どもにかかわりあいたくない。トラブルをひき起こすのがやつらの仕事で、わがアメリカの害虫みたいな連中なんだ。わしらの力でかならずやつらを、この国家から追い払ってやる」

そこまでいうと、ふたたび彼の顔に微笑が戻った。

「もっとも、わしらとちがって、あんたの手もとにはろくな情報が集まっておらんのだから、契約を受諾しかけたのも無理はないが、こんごはあんなやくざと付き合うのはやめたほうがいい」

そしてタワリー会長はランダルの反応を観察していたが、攻撃の鉾先《ほこさき》をようやくおさめて、おだやかな口調で、この会談を次のように結んだ。

「話を元に戻すと、コスモス・エンタープライズはあんたの営業方針に指図がましいことをいわぬと確約する。ただし、何者かがあんたの仕事を失敗させようと企てるときは、わしらがあんたに代わって一戦を交える」そして肉厚な手を差し出して、「理解してもらえたかな、ランダル君。これからのあんたは、わしらのグループの一員だ。合併契約書は弁護士が作成中で、八週間以内に署名の段階に運んでくれるはずだ。それであんたは、いぜんとして独立経営者であり、しかも資産家の仲間入りができるというものだ」

スティーヴン・ランダルは選択の余地がないのを知った。これからの彼の進む道は、ジム・マクロクリンと『不正企業摘発協会』とに絶縁して、オグデン・タワリーのコスモス・エンタープライズと手を結ぶことにある。年齢は三十八歳でも、七十八歳の心境に達している男は、たとえ正義のためであろうと、出世の機会をとり逃がす気持ちにはなれぬものなのだ。

タワリーが帰っていったあとも、ランダルは受けたショックから立ち直るのに苦しんだ。バスルームに駆け込んで、朝の食事で腹に入れたものを残らず吐き出したが、デスクへ戻っても気分はよくならなかった。そこへ秘書のウォンダがインターホンで、オーク・シティから長距離電話がかかっているのを知らせた。

電話口に出ているのは妹のクレアだった。今朝早く父が脳溢血《のういっけつ》で倒れた、病院に運んだが、生命《いのち》をとりとめられるかどうかは保証しがたいと、医師がいっているとのことなのだ。

それからの数時間、ランダルとその事務所内では万華鏡《カレイドスコープ》のように目まぐるしい動きがつづいた。面会約束を取り消し、旅客機とホテルの予約をし、留守中の事務処理の打ち合わせをすませ、そのあいだにも何回となくオーク・シティへ電話をしてから、ランダルは、ケネディ空港へ車を急がせた。

車がウィスコンシン州オーク・シティの町へ入ったときは、夜になっていた。妹のクレアが彼へチラッと目をやって、

「眠っているの？」と訊いた。

「眠ってはいない」

「あれが病院よ」彼女は指さしていった。

クレアが車を駐車場へ入れているあいだ、ランダルは目の前のオーク・シティ・グッド・サマリタン病院の建物を見上げて立っていた。そして車を降りて初めて気がついたことだが、それはリンカーン・コンティネンタル・セダンの新車だった。

クレアが戻ってきたので、ランダルはいった。「すばらしい車じゃないか。女秘書

のサラリーで、よくあれだけの車が買えたものだな」

「社長のウェインに買ってもらったのよ」

「気前のいい社長を持って幸せだ。だけど、ボスの細君にとやかくいわれぬように気をつけろよ」

クレアは彼を睨《にら》みつけるようにして、「そんな言葉をお兄さんの口から聞くと、吹き出したくなるわ」といった。


ランダルは、最後に見たときの父親のイメージを目に浮かべて病室へ入ったが、そこで受けた印象は、最悪のものだった。彼の父親ネイサン・ランダル牧師は七十歳を超えていたが、いまなお威風堂々たる風貌《ふうぼう》に変わりがなくて、出エジプト記か申命記の族長が現代社会に歩み出たのかと、少なくとも息子の彼の目には映っていた。高齢の身でありながら、『その目はかすまず、その気力は衰えざりき』と聖書にあるモーセの再来なのだ。薄くなりかけてはいるが銀髪が広い額を蔽《おお》い、面長の顔に鋭い鼻梁《びりょう》が目立ち、静かに澄んだ青い瞳《ひとみ》が、いつも変わらず慈悲の色を湛《たた》えている。顔には深い皺《しわ》が刻まれているものの、それもまた、権威主義的でない彼の威厳を高めるのに役立った。要するに、聖職者ネイサン・ランダルの身辺には、人知では計り知れぬ秘儀的な何かが漂い、つねにイエス・キリストと会話を交わし、主の知恵に参画する選ばれた者を思わせる神秘さがあったのだ。だからこそメソジスト派の教区民は、ネイサン・ランダル牧師を心から敬愛して、彼を通じて主イエスを信じていたといっても過言でないのだ。

しかし、ランダルは病室に入ると、それまで抱きつづけた——いうなれば、ステンドグラスを透《とお》した光線に彩られた——父親のイメージがたちどころに崩壊した。酸素吸入用のテントのなかに横たわっているのは、人間の残骸にすぎなかった。頭がエジプトのミイラのように萎《しな》びて、手足はダッハウの強制収容所のユダヤ人と同じに、骨の袋そっくりに痩《や》せ細っている。銀色に光っていた髪が乱れて黄色に変わり、閉じたまぶたの上に静脈が浮き出て、顔のあちこちにしみが濃かった。

ランダルには、このような父親の姿を見るのが恐ろしいことだった。彼はこの父親から血と肉を受け継いだ。そしてこれまでの長い年月、頼り甲斐のある、もっとも確固な存在と信じていたものが、いまは無力な植物人間に一変しているのだ。

ランダルは涙を抑えて椅子に腰を落としたまま、しばらくは身動きもしなかった。病人にはスラブ系と思われる——たぶんポーランド人であろう——看護婦が付き添っていた。三十分ほどすると、モリス・オッペンハイマー医師が入ってきた。中年をすぎた小柄な男だが、自信に満ちた物腰で、てきぱきした動作だった。ランダルとすばやく握手を交わして、同情の言葉を述べたあと、患者の病状の正確なところを説明すると約束した。

ランダルは、医師が父親を診察する様子を熱心に見つめていたが、疲れて目を閉じ、心のなかに祈りの言葉を呟いた。「天にいますわれらの父よ。願わくは御名《みな》の崇《あが》められんことを」彼が父の家を訪れてから、すでに二年経っている。その前の訪問は、さらに三年以前のことなのだ。

その二回の訪問で、彼の胸に刺さったトゲの記憶が、いまだになまなましく感じられた。父が彼に失望しているのが明らかだったからだ。妻との別居、現代の風潮に捉《とら》われすぎた生き方、シニシズム、そして信仰心の欠如。それを不快に思う父親の態度があまりにも露骨すぎた。

ランダルは心のなかで、そのような失望感と非難とに挑戦していた。社会的基準からしたら、彼が成功者で、父親のほうが失敗者だ。たとえ父親であろうと、失敗者の父親に成功者の息子を批判する資格があるのか？　しかし、聖職者は、一般社会とは異なった見地から人間を評価する。ランダルはもちろん、父の牧師には具《そな》わっていて、自分には欠けているものがあるのを承知していた。それは信仰心である。父は聖書を信じ、それを通じて人間性と、この世に生きることの意義を信じていたが、息子はそれを盲目的信仰とみて無視していた。

いったい誰が恩恵《めぐみ》の神を信じるのか？　人の世は不正に満ち、偽善的で腐りきっている。生きるための道は、けもの同様に凶悪な行動をつづけるか、でなければ俗世を捨て、隠遁《いんとん》生活に逃れるかのいずれかであろう。神を讃《ほ》め称《たた》えたところで、醜悪な現実を天上の至福に変えられるものでない。地獄はすでにこの地上に存在していて、いまさらその恐怖を説き聞かせる必要はないのだ。ユダヤ系の依頼者から聞いたことだが、古いユダヤの諺《ことわざ》に、かりに神の住居がこの地上にあるとしたら、人間どもはその家の窓をぶちこわしたくなるはずだ、というのがあるそうだ。

ランダルは病室を出て、一般待合室へ向かった。そこは蛍光灯《けいこうとう》が明るくて、窓には派手な花模様のカーテンがかかり、ソファがひとつと数脚の籐椅子《とういす》、旧型のテレビに灰皿と手垢《てあか》のついた雑誌類を載せたテーブルとがあり、目下のところは、彼の家族と父牧師の友人たちが独占していた。

籐椅子で映画雑誌を拡げているのが妹のクレア、そのそばの壁ぎわに据えた有料電話で、細君らしい相手と低声《こごえ》で話しあっているのが、ランダルのカレッジ当時のクラスメートで、父が後継者に選んだトム・ケアリー牧師だった。そしてその二人から少し離れたテーブルでは、エド・ピリオド・ジョンソンとハーマン叔父がトランプのジン・ラミーに熱中していた。

エド・ピリオド・ジョンソンは父親の親友である。『オーク・シティ・ビューグル』という週に六日発行の宗教新聞の発行人で、高齢の身でありながら、いまだに主筆の位置におさまっている。彼はランダルに語ったことがある。「地方都市での新聞社経営の要領は、その小都市の住民の名前を、少なくとも年に二回は、紙上に登場させることにある。この方法ひとつで、シカゴの大新聞と競争できるのだ」と。ジョンソンのファースト・ネームのエド・ピリオドは親からもらったものでなくて、実際の名はランダルの記憶に誤りがなければ、ルーカスかルーサーといったものらしいが、社内の誰かが主筆《エディター》を略してエドと呼び始め、口喧《くちやかま》しい文法屋がピリオドを付け加えたのだ。彼はスウェーデン系の大男で、鋭い鼻とあばたが目立ち、四六時中、三焦点の厚い眼鏡をかけていた。

ジョンソンと向かいあった椅子で、トランプ札を不器用な手つきで扇形に拡げているのが、スティーヴン・ランダルの母親サラの弟ハーマンだった。間延びのしたキューピッドのように膨らんだ顔が、幼いときのランダルに、乳脂の桶《おけ》を連想させた。ハーマン叔父は若いころ、インディアナ州のゲアリーで酒屋に勤めていたのだが、たぶん馘《くび》になったのだろう、ランダルの学生当時に彼の家に転がりこんできて、そのまま居ついているのだった。新しく職業を探す気持ちなどさらさらなくて、庭の芝生に水を撒《ま》き、ゆるんだ屋根板を直し、使い走りをしたあとは、フットボールの見物に出かけるとか、自家製のパイを食べるとかが日課なのだ。ランダルの父の牧師は、この居候の存在を少しも気にかけなかった。それが現実に見るキリストの愛のあらわれで、教会における彼の説教を実行することだった。ルカ福音書に次の言葉がある。『二つの下衣《したぎ》をもつ者は、もたぬ者に分け与えよ。食物をもつ者もまた然《しか》せよ』――アーメン。

スティーヴン・ランダルの視線は母のサラの上にとまった。病院に到着したとき、まずもって彼女を抱きしめ、慰めの言葉を投げかけたが、母はかえって、早く父親の病室を見舞えと急《せ》き立てた。その母親がいま、ソファの片隅でうつらうつらとまどろんでいる。七十に近づいているのに、ふくよかな顔にはほとんど皺が見られず、不格好ともいえる肥った躯《からだ》をブルーの木綿服に包んで、この数年のあいだ、ひとつ改良靴を履きつづけている。

ランダルは母親を愛していた。柔順で、辛抱づよく、つねに控え目であるのを心掛けている。敬愛すべき牧師の敬愛する妻サラ・ランダル、彼女こそ、キリスト教界のシンボルといえた。ランダルは同じソファに腰を下ろして、母親が目をさますのを待った。

やがて彼女がソファから身を起こして、木綿服の皺を撫《な》ではじめた。ランダルは母を抱いて、「心配しなくてもいいよ、ママ。パパの経過は順調なんだ」といった。

「生命のあるところには、かならず希望があるというからね」母親のサラが答えた。

「そのほかはすべて、神さまの御心《みこころ》にお任せするだけだよ」そして彼女は、電話をかけおえたばかりのトム・ケアリーにふり向いて、「そうだわね、トム」といった。

「そのとおりですよ、ミセス・ランダル。わたしたちの祈りは、かならず聞きとどけられます」

そのとき、背広に着替えたオッペンハイマー医師が入ってきた。何かに気をとられている様子で、ポケットから煙草を一本ぬきとると、口にくわえた。彼の登場が、この部屋の人々の全員を緊張させた。

医師はスティーヴン・ランダルを手で差し招いた。クレア、ジョンソン、ハーマン叔父、トマス・ケアリー牧師が二人をとり囲んだ。

医師が口を切った。「患者の病症をいちおう説明しておくと、ネイサン・ランダル氏は今朝、原因不明の頭蓋《ずがい》内血行障害に襲われた。通常この発作は、意識の喪失と少なくとも一時的の、顔面または四肢の片麻痺《まひ》を伴う。脳に障害が生じると、その反対側の半身が麻痺状態に陥るが、ランダル氏の場合は左半身だ。さいわい、内臓器官は完全に機能しているので、目下のところは悪化の兆候はあらわれていない」

　スティーヴン・ランダルは苛立って、「率直にいってもらえませんか。回復の見込みがあるのですか、ないのですか?」と問いただした。

　オッペンハイマー医師は肩をゆすって、「断言はできかねるな。われわれ医師はノストラダムスみたいな職業的予言者じゃないのでね。患者の容態はかなり危険なものだが、われわれも最善を尽くすから、心臓発作の併発がなかったら、回復の見込みはじゅうぶんにある」そして医師はサラ・ランダルに上半身を寄せて、「ご主人は頑健な体格に恵まれたうえに、生存への強固な意志と信仰心とをお持ちです。これこそ治癒《ちゆ》のためにはいちばん重要な条件で、ただ、バラ色のガラスの背後に苛酷な現実がひそんでいるのを考えておかねばなりません。ここしばらくはご主人の容態を注意深く見守っておられることです。多くの有名人が、ご主人と同じ脳障害に襲われながら、りっぱにそれを克服して、その後の生命を有意義に働かしています。たとえばルイ・パスツール。彼が発作で倒れて、ご主人よりもさらに強度の麻痺状態に陥ったのは四十六歳のときですが、回復後の後半生にあのような業績を残しています。ニワトリコレラの病菌の分離培養、炭疽《たんそ》熱の研究によるワクチン接種。狂犬病の処理、そして彼が死亡したのは七十三歳でした」

サラ・ランダルも気をとりなおして、「神さまにお祈りしますわ」といった。

オッペンハイマー医師はつづけていった。「ですから、早くお宅に帰られて、睡眠をじゅうぶんにおとりになることです。あなたご自身の体力維持が肝要ですよ。ああ、クレア、お母さんのために鎮静剤を処方しておくから、就寝前にお勧めしてください よ」そしてランダルに向き直って、「スティーヴ、久しぶりに会うのに、こんな状況とは遺憾《いかん》なことだった。しかし、わたしはたえず医務局に連絡をとって、夜間に病状が変わるようならすぐに駆けつけるから、安心していていい。患者に別状がなかったら、きみとは明朝、この病院で会うとしよう」

そして医師はサラ・ランダルの腕をとって、慰めの言葉を与えてから、部屋を出ていった。

ほかの者はなおしばらく、あとに残った。ハーマン叔父がよたよたした足どりでランダルに近よって、「スティーヴ、これからどうする？　きみの以前の部屋に、ベッドの用意をさせてもいいが」といった。

「その必要はありません」ランダルは即座に答えた。「ぼくの秘書がオーク・リッツ・ホテルに部屋の予約をしておいたはずです。長距離電話をいくつもかけねばならぬので……」実際、ニューヨークのダーリーンに電話をする約束がしてあった。それにまた弁護士のサド・クローフォードとも、コスモス・エンタープライズの申し出について話しあいたかった。そして何より、せわしない一昼夜をすごしたことで、彼は心身ともに疲れ果てていた。「サンフランシスコのバーバラとジュディに電話したいのです。あの二人はぼく以上に父と親しくしていたので……」

するとと、妹のクレアがいった。「話すのを忘れていたわ。バーバラとジュディなら、このオーク・シティに来ているのよ」

「おお、そうか！」

「悪かったわね、お兄さん、うっかりしちゃって。わたしニューヨークのあなたに知らせたあと、サンフランシスコにも電話したのよ。あの二人はすっかりあわてて、大急ぎで東行きの旅客機に乗ったのだわ。夕食前に到着して、まっすぐ病院へ来て、お父さまを見舞ったあと、しばらくお兄さんを待っていたのだけれど、ジュディがちっとも落ち着かないので、二人してホテルへ行ったの。わたしがオヘア空港へお兄さんを迎えに行く少し前のことよ」

「どこのホテルに泊まっている？」

ハーマン叔父が口を出して、「オーク・リッツにきまっているじゃないか」といった。「この町には、あそこのほかに、ホテルらしいホテルはないんだ。バーバラはわしにも、おまえへの伝言を依頼した。夜があまり更けていないうちなら、きみが病院を出た直後に会いたいそうだ」

時計を見ると、十二時には間があった。夜が更けたというほどでもないので、バーバラは寝ないで待っているだろう。彼女に会うことで、せわしかった一日を終わらせたい。彼女とよりを戻す気持ちがあるわけでないが、一度は話しあっておかねばなるまい。そして、娘のジュディの顔を、今夜のうちに見ておきたいのだ。

ホテルの彼女の部屋は、ドアに鍵がかけてなかった。

「スティーヴ！」彼女がいった。「お父さまのご病気にはびっくりさせられたわ。善良な人には災難が起こりがちなのね。あら、どうなさったの？　そんなところに突っ立ったままで。お入りになったら？　でも、よく会いに来てくれたわね」

しかし彼女はキスをしようとしなかった。彼もまた、そのために無理な努力をしなかった。部屋は清潔だが、どこか侘《わ》びしげな感じが漂っていて、食器戸棚のグラスのそばにはスコッチ・ウイスキーの新しいボトルが用意してあった。バーバラはあきらかに、彼の来訪を待っていたのだ。

彼女は部屋の中央に立って、異様なほど冷静な落ち着きを見せていた。別居してからこちら、外見にはあまり変化がなくて、以前よりもさらに化粧に気をつかっているのが目につく程度だった。茶色の髪に茶色の目、三十六歳の女性にしては小さなバストとほっそりした腰。着ているものはテイラー仕立てのドレスで、いまはすっかりサンフランシスコ風になりきっていた。

「ジュディはどうした?」

「少し前に寝ました。航空機と病院との疲れがひどくて、もう眠りこんでしまったと思うわ。あなたにとても会いたがっていたのだけれど……あすの朝、会っていただきます」

「いや、いますぐ顔を見たい」

「だったら、どうぞ。その前に、何かお飲みになる?」

「階下《した》のバーで、きみと一緒に飲むよ。まだ開いているはずだ」

「この部屋ではどうなの?　少しお話ししたいことがあるの。簡単にすませると約束します」

名前は忘れたがドイツの哲学者の言葉に、夫婦間の会話は緩慢なものほどいいというのがあった。長たらしい会話のほうが安穏無事にすむ。怒りに満ちた短兵急なやりとりだと、男は自分の雄弁で去勢状態に陥り、女は弁舌による子宮剔除《てきじょ》手術の苦痛に耐えぬいたと思いこんでしまうのだ。

「では、ここで飲むとしよう」ランダルがいった。「スコッチのオン・ザ・ロックを作っておいてくれ」

彼はドアを静かに開けて、寝室に歩み入った。化粧台の上にシェードをかけたスタンド灯がともっているだけで、半暗の部屋に目が慣れてはじめて、右手のツイン・ベッドに眠っている娘を見ることができた。

枕に顔を埋《うず》め、毛布を頸《くび》まで引きあげて熟睡している少女。トウモロコシの毛のようにしなやかな髪が枕の上に流れている。この十五歳の天使こそ、ランダルがこの世に誇りうる唯一のものだ。彼は無言で、娘の可愛らしい寝顔をみつめていた。なめらかな膚、ちんまりした鼻、半ば開いた唇。

ランダルは衝動的に躯を屈《かが》めて、娘の頬に唇を押しつけた。ジュディはきつく閉じていたまぶたをわずかに開いて、「う、う、う、う――」と呟いた。

「起きなくていい。あすの朝、一緒に食事をする。おやすみ、ジュディ」

彼が立ちあがったとき、ジュディはすでに熟睡に戻っていた。彼はなおしばらく躊《ちゅう》躇《ちょ》していたが、けっきょく娘の寝室を出た。居間は前よりも明るかった。バーバラが壁の照明灯をつけたのだ。なぜだろう、と彼はいぶかった。

バーバラは寝椅子に腰を据えて、膝《ひざ》の上の枕に肘《ひじ》をついた姿勢で、ハイボールのグラスを両手で持ち、「あなたはそちらの椅子でお飲みになってね」と、コーヒー・テーブルの隅においたスコッチを顎で示していった。

おかしな形勢だぞ、彼は肚で思いながら、彼女と向かいあった椅子に腰を据えた。これは吉のしるしか、それとも凶なのか。彼は凶とみる心構えをした。

「ジュディは眠っていまして？」

「ああ、ほんの数秒、目をあけはしたがね。あすの朝、食事を一緒にするといっておいた」

「よかったわ」

ランダルはスコッチを味わいながら、いってみた。「こんどの学校に、ジュディは満足しているのだろうね。きみがあれほど推奨していた学校だから」

バーバラはその言葉をさえぎって、「それがそうでないのよ。ジュディはあの学校に一カ月といいなかったの」

ランダルは驚いて、「で、いま、どこにいる？」

「家にいます。それが、今夜のうちにあなたに会っておきたかった理由のひとつ。あの子は退校させられたの」

「退校だと？」考えられぬことだった。ジュディは勉強好きで、成績表にはAばかりが並んでいた。「落第したのか？」

「追い出されたのよ。麻薬を見つかって」

ランダルは顔に血がのぼるのを意識して、「ひどい学校だ！　矯正の見込みがないというのか？　近ごろの子供には誘惑が多すぎて、ちょっと試してみる気になるのは誰にもあることだ。たぶん、友人に誘われて——」

「ちがうのよ、スティーヴ。試してみた程度のことでなくて、ずっと呑みつづけていたのがわかったの。お友達に勧められたのでなくて、あの子のほうが、クラスメートを二人も誘惑したの」

彼は首をふって、「信じられぬことだ。バーバラ、母親の責任はどうしたんだ！」

「わたしひとりの責任かしら？」彼女の言葉はまったく事務的な口調になっていた。

「あなたにとって意外なように、わたしにもぜんぜん考えられないことでした。様子がおかしいとは思っていましたが、学校が変わったばかりなので、お友達がいないうえに、勉強が忙しいからだと思っていたところ、急に、わたしが学校に呼ばれて、あんな話を聞かされたのよ」

「だったら、なぜ電話でぼくに知らせなかった？」

バーバラは彼の顔をじっと見て、「電話しようとは思いましたわ。でも、無意味なことだと思い直して、やめてしまいました。あなたの力で解決できることではありませんもの。それに、わたしたち母子《おやこ》の生活に、あなたがまたも絡んできたら、ことが面倒になるだけで……だからわたし、自分ひとりの力でなんとかしようと……」

ランダルはスコッチを一気に飲んで、「それでジュディは麻薬から離れたのか？」

寝顔はおだやかで、異常な様子は見られなかったが」

「離れつつあるところよ。もう間もなく、元の正常なジュディにもどるはずです。いまでは、パーティーか何かで、マリファナを少しだけ――強いものとは縁を切ったように見えます」

「どうやってその状態にひき戻した？　サナトリウムへ入れたのか？」

「いいえ、サンフランシスコの精神科のお医者に診《み》てもらいました。麻薬患者の治療が専門のひとで、アーサー・バーク医師といいます。著書もあって――」

「何を書いていようとかまったことでないが、いまでもその医者の治療を受けているのか？」

「ええ、あのお医者だと、ジュディは何でも話します。中年で、口ひげと頬ひげをはやして、とても信頼できるひとですわ」

ランダルは飲みつづけ、酔いがまわってきたのを感じとって、「これがみんな父親の責任か」といった。「父親が忙しすぎると、娘が麻薬にふけりだすのか」

「もちろん、あなたひとりの責任じゃないわ。わたしとあなたの共同責任よ」そして彼女は坐り直して、「それから、スティーヴ、もうひとつお話ししておきたいことがあるの」といった。

「ジュディの話が長くなった。その話は明日にしよう」

「簡単にいうわ。話してしまわないと、落ち着けないのよ」

ランダルはグラスをおいて、「では、話したらいい。どんなことだ」

バーバラは彼の顔を正面から見て、「スティーヴ、わたし、結婚したいの」

ランダルは驚かなかった。むしろ興味をおぼえたような顔つきで、「きみが結婚したら、重婚の罪に問われる。刑務所が待っているのだぜ」といった。

彼女は顔を緊張させて、「スティーヴ、茶化さないで。これは真面目な話なのよ。いつだったか、電話であなたに質問されて、男友達なら数人いるって答えましたね。でも、いまは一人だけ、それがアーサー・バークなんです」

「アーサー？　じゃ、ジュディの医者か？」

「ええ、そうよ。彼、とてもいいひとなの。あなただって、かならず好感を持つわ。わたしはもちろん好いていますし、ジュディだってそうです」彼女は喋《しゃべ》りつづけた。「あの子は家庭が欲しいのよ。家族が一緒に暮らす安定した家庭生活が——つまり、父親が欲しいの！」

ランダルはグラスを大きな音をさせてテーブルの上におくと、一語一語に気をつかって、「いっておくが、ジュディの父親はいるのだぜ」といった。

「もちろん、あなたが父親よ。でも、わたしがいうのは、父親らしい父親のこと。一つ屋根の下に住んで、いつもそばにいてくれる父親——ジュディだって世間並みに、愛情と心遣いに満ちた生活が欲しいのよ」

「ぼくを洗脳する気か！」ランダルが叫びだした。「愛情と心遣いに満ちた生活か！あの男から聞かされた言葉だな。他人の生活を乱して、娘を奪いとろうとする男の言葉。娘が欲しかったら、自分でこしらえたらいい。ぼくの娘は渡さんぞ！　ジュディを渡してなるものか！」

「スティーヴ、落ち着いて！」

「とんでもない陰謀だ。ジュディが父親を欲しがっているなんて、きみがその男と結婚したいからの口実だ」

「ええ、もちろん、あの子のためだけじゃないわ。わたし、アーサーと結婚したいの。わたしにだって、夫が必要だからよ。アーサーみたいな夫が。わたし、あのひとを愛していますす。だから、離婚してほしいの。あのひとと結婚できるように」

「離婚だと？」怒ったランダルは立ちあがって、「何をいうか！　離婚なんて、もってのほかだ！」

「スティーヴ――」

「母親がほかの男と寝たがっているからといって、娘まで引き渡さねばならぬ理由があるか！」

「いまのあなたは酔いすぎていて、何をいっても無駄だけれど、わたしは男と寝たいので、離婚を申し出ているのじゃありません。寝るだけなら、とっくに寝ているわ。アーサーと寝た。ただ、それを合法的なものにしたいの。アーサーは、正式の結婚で、正しい家庭生活を持ちたがっているし、ジュディだって同じ気持ちよ。あなたには、以前の家庭生活に戻るチャンスが何度もあったわ。わたしの願いをちっとも聞かないで、いま、わたしのほうから離婚をいいだすと、いきなり怒りだすなんて……」

「ジュディはその新しい父親を望んでいるのか？」

「あの子に聞いてごらんなさい」

「きみは実際に、彼と寝たのか?」

バーバラはそれには答えず、立ちあがって、紙巻煙草の袋をとりにいった。その躯を見ているランダルに、パリでの一夜の遠い記憶がよみがえってきた。彼と彼女の仲はすでに冷えきっていて、その日はとくべつ口争いが烈《はげ》しかった。夜が更けてから、名前は忘れたが、貧弱なホテルに泊まった。寒ざむしたベッドのなかで、二人は眠ったふりをしていた。すると夜中すぎ、ウエハースのように薄い壁を隔てた隣室から、怪しげな物音が聞こえてきた。声もする。男の声と女の声で、言っていることは聞きとれない。そのあと、ベッドがきしんで、女が呻《うめ》き声をあげ、男が喘《あえ》いだ。呻きと喘ぎ。そしてもう一度、ベッドがきしんだ。興奮を示す、情熱的で、強烈な響きだった。

寝ながら聞いているランダルの胸に、隣室の音が短剣のように突き刺さって、ねたみの血が噴き出した。罪と怒りの入り混じった血——彼のベッドには、バーバラの肉体が横たわっていて、彼ら二人には隣室の音からの避難所がなかった。音が、ここ数年来、冷えきったままの肉体を嘲笑《あざわら》っている。ランダルは同じベッドの女性を憎み、隣室の男と女を憎み、そして何にも増して、生涯の伴侶《はんりょ》を愛しえぬ彼自身を憎んだ。

その数カ月後、バーバラは彼をニューヨークのアパートに残して、ジュディを連れてサンフランシスコに移り住んだ。

そしていま、彼女は必死で訴えている。「スティーヴ、最後のお願いよ。文明人らしく、わたしを自由の身にさせて！　ジュディのことなら、いつでも好きなときに会えばいいわ。そのような取り決めにしたらどうなの？　まだほかに、気になることがありますか？」

「ジュディのほかには何もない。赤の他人が、ぼくの娘を育てるのが許せんのだ。少なくともあの子が二十一になるまでは、ぼくが育てる」

「いいわ！　だったら、いいわ！」彼女はついに叫びだした。「避けたかったことだけれど、離婚訴訟を起こすわ」

「では、こんどは法廷で顔を合わせよう。ぼくはあくまで闘いぬく。この訴訟にはかならず勝ってみせる。きみは勝手に別居した。きみの監督不行届きで、娘が麻薬にふけって、学校を追い出された。きみは十五歳の娘がいる家で、ほかの男と一緒に寝た。それでいてきみは、この訴訟に勝てると思うのか？」

彼はバーバラがヒステリー状態になるのを待った。しかし、意外なことに、彼女の顔は平静に戻って、むしろ自信にあふれ、目には憐《あわ》れみの色さえ浮かんでいた。

「スティーヴ」彼女がいった。「敗《ま》けるのはあなたのほうよ。わたしには、あなたの悪いところを数えあげる必要はないのよ。わたしの弁護士が、法廷で、世間の人たちが見ている前で、あなたの論拠をひっくり返してみせたら、裁判官は真相を知ります。わたしとジュディへのあなたの仕打ち、ふしだらなあなたの生活ぶり、度外れたお酒と女狂い。あなたがニューヨークに囲っている若い女……スティーヴ、あなたの敗訴は確定的よ。そしてあなたは、これから先、ジュディに会うチャンスを失います。だから、腹立ちまぎれに頑《かたく》なな態度に出るのはやめたほうが賢明よ。わたしとあなたばかりでなく、ジュディまで不幸にしてしまうもの」

正義は自分ひとりにあると思いこんでいる女の自信。ランダルはそのようなバーバラをさげすんで、「そんな脅迫にぐらつくぼくじゃない。ぼくは法廷で、アーサーなんとかいう男が医師の立場を悪用して、きみとジュディを奪いとった事実を立証してみせる。それで判事は、ジュディの親権をきみと彼に与えるのを拒絶するだろう」

バーバラは残念そうに肩をゆすって、「スティーヴ、もう一度、お願いします。考え直してくださらない？　わたしだって、訴訟なんか起こしたくありません。今夜ひと晩、あなたの気持ちが折れるのを神さまにお祈りして、待っています」そして彼女はまだ何か言いたそうだったが、急に声の調子を変えて、「もうお休みになったら？あすも一日、面倒なおもいをしなければならないはずですわ」

「神に祈るのは、ぼくの気持ちが折れることだけではあるまい。どんなことだか、聞こうじゃないか」

「もちろん、あなたのお父さまのために祈ります。それから、ジュディのために。そして何よりも、あなたのために」

彼はその殊勝めいた言葉を憎んで、「なるほど。きみ自身の欲望のための祈りは、法廷が開かれるときまで取っておくつもりか」

その声は顫《ふる》えていた。そして彼女の顔を見ないようにして、ランダルは部屋を出ていった。


翌朝、目がさめたとき、二日酔いが激しくて、ランダルは寝すごしたのに気がついた。シャワーを浴びて、着替えをすませているうちに、その二日酔い状態が、昨夜の飲みすぎからのものでないのを知った。実際、彼は酒に度をすごしても、翌朝は冴《さ》えた頭で起きあがることができた。この不快感は心の奥深くからのもの、昨夜のバーバラとのやりとりの拙劣さを恥じる気持ちのあらわれにちがいないのだ。

うっかり寝すごしたばかりに、ジュディとの朝食の約束に違背したのが気になって、バーバラの部屋に電話してみた。まだそこにジュディがいるかと訊くつもりだったが、電話のベルに応える者はいなかった。彼は急いで朝食をすませ、エレベーターでロビーへ降りた。病院へ行けばジュディに会えるはずだ。念のためにフロントのデスクに立ち寄って、メモに彼女への伝言を書きつけた。朝食の約束を破ったのを詫《わ》びて、そのかわり昼の食事を一緒にしたいとの内容だった。

病院に到着すると、父の病室の前で、母、妹、ハーマン叔父の三人がオッペンハイマー医師をとり囲み、そこから数ヤード離れたところで、エド・ジョンソンとトム・ケアリー牧師が立ち話をしていた。ランダルは歩みよりながら、不安に心がおののいた。誰もが病室に入らずに、廊下でささやきあっているのはただごとでない。父の容態が急変したのだろうか。

しかし、オッペンハイマー医師がにこやかな笑顔で迎えて、「グッド・ニュースだよ、スティーヴ」と話しかけた。「きみのパパは、今朝六時ちかくに意識を回復した。心電図も良好だし、血圧も正常に戻った。まだ当分は、左半身の麻痺と言語の不明瞭が残るが、生命の危険は去ったから安心して大丈夫だ」

ランダルはほっとして、母親を抱いてキスをし、つづいて妹のクレアにキスをした。彼女はまたも泣きだした。ランダルはさらにオッペンハイマー医師の手をつかんで、「これは奇跡です。あなたの努力には、感謝の言葉もありません」といった。

医師はうなずいて、「いまもランダル夫人に申しあげていたところだが、この回復は生存への意志の力で、医薬だけではどうなるものでない。二、三週間、せいぜい四週間後には、退院に漕《こ》ぎつけられるはずで、それからは自宅で物理療法をつづけてもらえば、歩行可能の状態に立ち戻るのも、そう長い先ではない。繰り返していってくが、リハビリテーションのキイは患者の生存への意欲にあるのですぞ」

「父は意欲を欠いていません」とランダルは答えてから、「父に会ってもいいでしょうか?」と訊いた。

「一分間との条件つきならばね。夜まで待てば、もう少し長い時間でもかまわないが」

しかしランダルは、いそいで病室に入った。看護婦が酸素吸入用のテントを片づけているところだった。ランダルはベッドに歩みよった。髑髏《どくろ》のような頭が枕に載っているのを見ても、昨夜のようなショックを受けなくてすんだ。父は皮膚の下に血色が戻りかけて、平和ないびきの音をたてていた。

ランダルは看護婦にふり返って、「昨日よりはだいぶよくなっているね」といった。

「だいぶどころか、驚くくらいですわ」看護婦が答えた。

ランダルがベッドに向き直ると、意外なことに、父がうつろな目で、彼を見つめていた。

「スティーヴです。もう大丈夫だと、医者がいっています。元の躯に戻るのも間もなくだそうです」

老人の目が了解の閃《ひらめ》きを示して、唇がわずかに動いた。ランダルはいそいで身を屈《かが》めて、父親の顔に口を押しつけ、「ぼくたちの祈りが聞き届けられました」といった。

「これからも祈りつづけて――」

ランダルの言葉が途切れた。父親の口の隅がひきつったからだ。微笑のように見えたが、はたしてそれが、祈りへの感謝なのか、それとも、たとえ父親のためにしろ、この息子に神に祈る気持ちがあるのだろうかとの疑惑なのか。

だが、モナ・リザの微笑めいたものはすぐに父の口もとから消えて、その意味は解けぬままに残った。おそらくは憐れみの微笑であろう。しかもそれは、見せかけの孝心への憐憫《れんびん》ではなくて、神を忘れた〈放蕩《ほうとう》息子〉のランダルには、愛と平和の『神がわれわれと偕《とも》に在《いま》すのを知りえぬはずだ』と見る、信仰の勝利を知る者の悲しみなのではあるまいか。

ランダルがそれを問いただそうとしたとき、父の牧師はすでにまぶたを閉じて、いびきをかいていた。

ランダルはベッドから離れて、廊下へ戻った。そして妹のクレアに、妻と娘のことを訊いてみた。彼女たちは患者の経過が順調なのを聞くと、病室を見舞って帰っていったが、それが三十分ほど前のことだという。ランダルは母親のサラから昼の食事に誘われたが、ジュディと約束をしたからといって断わった。そのあと妹のクレアが「車で町へ戻るけれど、同乗なさる方があって？」と、男たちに訊いた。

エド・ジョンソンは彼の新聞社に戻る考えだったが、その建物は病院から徒歩で帰れる距離にあったので、クレアの車に同乗させてもらう必要はなかった。ケアリー牧師もまた、「新鮮な空気が吸いたくなったし、足の運動のためもあるので、歩いて帰ることにします」と、クレアの申し出を辞退してから、ランダルにふり向いて、「一緒に歩こう。うちの教会は、遠からず近からずのところだ」といった。「それに、きみのホテルからは、数ブロックしか離れていない」

ランダルは時計を見た。ホテルのデスクに書き残してきたジュディとの約束時間に、まだ一時間ちかく余裕がある。彼はいった。「よかろう。付き合うよ」

三人は十分間ほど歩いた。気持ちのいい散歩だった。正午ちかくの湿気のない空気が澄みきって、ニレとカシの並木に緑の新芽が吹き出していた。道路の上を、子供たちが自転車をとばし、犬がネコを追いかけ、洗濯物を乾《ほ》している肥った女が、ジョンソンとケアリー牧師を見かけて手をふった。

ウィスコンシン州の小都市は、マンハッタンの石造建物群の谷間で毎日をすごしているスティーヴン・ランダルには、至福の園だった。しかし、それは、郷愁《ノスタルジア》にとらわれた彼の目に映る風景で、ランダルの精神は現在を見失っていなかった。彼の心を去来しているのは、コスモス・エンタープライズとの合併契約、五年後に入手できる二百万ドル、フランスかどこかの片田舎行きの汽車の切符……

エド・ジョンソンは歩きながら、ネイサン・ランダル牧師との古い友情の記憶をよみがえらせて、若い日の二人が週末を、五湖地方への魚釣り旅行にすごした思い出を語りつづけた。

「ネイサンは説教と行動を完全に一致させた男だ。教会での説教の言葉を、そのとおり実行した」

「それがあのひとの、一生を通じての生き方でした」ケアリー牧師が相槌《あいづち》を打った。

ジョンソンはつづけて「週刊紙発行の件で、彼とわしとのあいだに論争が起きたのを覚えておるかね、スティーヴ?」といった。「あの週刊紙の名はたしか――」

「『地上の福音』ですよ」ランダルが答えた。

「そうだった。計画としては、最上のものだった。しかし、その実行には勇気が必要で、ネイサンにはつねに勇気があった」そしてエドはケアリー牧師に顔を向けて、「トム、これは本当の話なんだぜ。スティーヴが保証してくれる。もっとも、前例がないわけじゃない。カンサス州トピーカの組合教会派の牧師で、チャールズ・シェルドン博士という人物のことを知っているかね？」

「聞いたような名前ですが、はっきりは思い出せません」

「そうだろう。当然のことだ。あの当時は、わしもネイサンも、彼については何も知らなかった。だが、これは実在の人物なんだ。図書館へ行ってみれば、彼の著書が並んでおるはずだ。ニューヨークから移ってきて、カンサス州のトピーカに教会を建てた。三十三歳のときだったらしい。信徒たちへの説教に苦心したあげく、物語を創作することを思いついた。一編を十二章に分けて、日曜日ごとに話して聞かせたところ、とても効果があった」

「面白いアイデアですね」ケアリー牧師がいった。「で、どんな物語です？」

「若い牧師の話だ。現世の実情と人生の生き方に失望したこの牧師が、組合教会派の信徒たちに要請した。一年間でいいから、イエスが生きたのと同じ生き方をするように、とだ。シェルドン博士はその物語を小説風に書きあげて、『神の歩み』という題名で、一八九七年に発表した。それが当時のベストセラーになって、三千万部を売りあげ、四十五カ国語に翻訳された。聖書とシェイクスピアを除いたら、史上最高の売り上げ部数だ」

「夢みたいな話ですね」ケアリー牧師がいった。

「夢みたいな話はまだつづくのだ。その出版の三年後に、『トピーカ・キャピタル』という一万五千部の発行部数を持つ日刊新聞紙の社主が、シェルドン博士に次のような申し出をした。その日刊紙の編集を一週間だけ任せるから、イエスだったら編集したであろうように編集してみないかというのだ。シェルドン博士は喜んで、この挑戦に応じた。新聞紙が煽情《せんじょう》的な記事を排除して、福音中心の報道ばかり載せたにしても、かならず読者を惹《ひ》きつけられるものだと立証してみたかったのだ。博士はそれからの一週間、イエス・キリストの代理人の心構えで、編集主筆のデスクについた」

「で、その結果は？」

「もちろん、シェルドン博士には厄介な実際問題を克服する必要があった。イエスの時代には、自動車、汽車、電話、高圧プレス機械、電灯、新聞紙、印刷物などがあったわけでない。イエスはまた、教会、日曜学校、平和運動、デモクラシーを知らなかった。しかし、シェルドン博士には信念があった。イエスは、時代によって変化しない。永遠の何かを見通していたとの信念だ。人の世が汚辱にまみれておるのは、イエスの時代も現代もまったく変わりがない。そこでシェルドン博士は、新しい編集基準を作った。醜聞、悪徳、犯罪の記事を縮小して、社説とニュース・ストーリーを署名入りで、第一面に載せた。酒、煙草、不道徳な興行物の広告は拒絶した。記者たちにも、飲酒と喫煙、編集室内での粗野な言動を禁じた。それがどんな結果をもたらしたと思うね、トム。シェルドン博士編集の一週間がすぎたとき、『トピーカ・キャピタル』紙の発行部数の一万五千部が、三十六万七千部に躍進しておったのだ」

そこでランダルがエド・ジョンソンの肩に手をおいて、顔はトム・ケアリーに向けながら、「ただしこの話は、めでたしめでたしで終わったわけじゃないのさ」といった。「たしかにこの実験は、新聞業界での画期的な出来事だった。新聞紙の編集はマンネリズムに陥りがちだから、新奇な紙面が目につくだけでも、一時的にせよ、売れ行きが増大する。しかも『トピーカ・キャピタル』の場合は、増刷した部数をシカゴやニューヨークの大都市で発売したのだ。だけど、シェルドン博士の編集方針が、さらに二、三週間もつづいていたら、あの新聞社は破産状態に追いこまれていただろうよ」

エド・ジョンソンは話をさえぎられても、いやな顔ひとつしなかった。「それはともかく、シェルドン博士のあの実験で、新聞紙の読者はかならずしも不道徳な記事ばかり歓迎するものじゃない。倫理感情を強調した編集方針にも追従できることがわかった。ところで、わしの話はこれからが本文だ。ネイサン・ランダルがそれとまったく同じことを、彼自身の手でやってみようと思い立ったのだ」

「あのひとが？」ケアリー牧師がいった。「ぼくの記憶にはありませんがね」

「きみはあのころ、カリフォルニアかどこかへ行っておった。ネイサンは忙しい躯なのに、『地上の福音』という週刊新聞の発行に踏み切って、イエス・キリストの行動に準拠した編集方針をとると宣言した。わしも頼まれて、いやともいえずに、印刷所と社員の一部を貸してやった。最初は日曜学校の児童の父兄たちが目標だったが、世間に知れわたると、発行部数が四万部に伸びて、読者の手紙が各地から殺到した。西はカリフォルニア、東はヴァーモント、いや、イタリアやニッポンからもだ。偉大な事業がいやがうえにも偉大なものになるはずだったが、遺憾なことに、ランダル牧師には時間が足りなかった。ひとつ躯で、編集者イエスと組合教会派の牧師とを兼任するのは無理だった」

話しあっているうちに三人は、町の入口に達していた。エド・ジョンソンはランダルに向かって、「わしはここで別れるよ」といった。「トム、きみとはまた、夜に病院で落ち合おう」

そして彼は手をふって、赤煉瓦《れんが》造りのビルのある横丁へ入っていった。ランダルとケアリー牧師はその後ろ姿をしばらく眺めていてから、十字路を横切って、町の中心部へと歩きだした。そこにはケアリーの教会とオーク・リッツ・ホテルがある。

二人は無言で歩きつづけた。そしてけっきょく、ケアリーのほうが口を切った。

「きみのパパについてのエドの話は初耳だった」

「みんな彼の法螺話《ほらばなし》さ」ランダルは怒りもしないでいった。

「法螺話？　エドのでっちあげだというのか？」

「おやじが週刊新聞を発行したのは事実だ。だけど、最後の部分——その事業に成功したというのは、まったくの嘘だ。四万部を刷ったことは刷ったが、おやじはそのほとんどを無料で配布した。実際に購読したのは、百人かそこらだろう。広告の紙面を買う相手は一人もいなかった。その気になった事業主が少しはいたが、その連中はおやじのほうが、イエスは新聞を発行しても広告を載せなかったはずだとの理由で、撥《は》ねつけてしまった。とにかく、《良き知らせ》など、現金を出して読む奇特な人間のいないのが現実社会だ。だが、かりにイエスがガリラヤで新聞を発行したとしたら、おやじみたいな編集方針はとらなかっただろう。使徒や福音書記者にも同じことがいえる。彼らは読者をつかまえるのに、人の世の善と悪との両面を記事にしたはずだ。

『地上の福音』新聞は、わが家にはむしろ《悪しき知らせ》だったのだ。エドは理想化して喋っていたが、あの新聞がつぶれた実情は、わが家の財政が破綻《はたん》したからだ。おやじがあの事業を思いついたばかりに、うちの全財産が失われてしまったのだ」

ケアリーが心配そうな顔つきで、「彼の全財産が？」と訊き返した。

「いや、ちがう」ランダルが答えた。「ぼくの財産だ」

「なるほど」

ランダルは友人の顔を見て、「だが、誤解しないでくれよ、トム。ぼくはあの失敗をとやかくいってるわけじゃない。ただ、幻想物語を真実と思いこむ年齢をすぎ去って、現実と虚構を見分けるだけの人生経験を積んだということだ。大きな犠牲を払いはしたが、それを無駄にしないで、人生を新しい視点から観察できるようになったと思っている」

「かなり自虐の気味があるじゃないか」

「そんなことはない。自虐どころか、おやじを責める気持ちもない。ぼくはあの老牧師を尊敬している。卑俗なところがかけらもなくて、ぼくみたいな俗人のおよびもつかない高貴な存在だ。だけど、この世の中に生きるには、あまりにも現実離れがはなはだしい。同じ牧師の職にあるきみを前にしてはいいにくいのだが、いつも天上の神るのさ」

の国のことばかりを夢見て、地上に生きなければならぬ神の子らへの責任を忘れてい

ケアリーは黙って笑っていた。

「ぼくたち凡夫がみじめな状態でいるのに、ネイサン・ランダル牧師ひとりが至福への道を信じきって、実の息子の悩みさえ、むしろ満足げに眺めている。盲目的な信仰のあらわれだよ。ぼくはあのような自己欺瞞《ぎまん》には耐えられない。醜悪な現実を直視せずにはいられないのだ。だからぼくは、正直なところおやじがうらやましい。生活方針は盲信にかぎるんだな」

彼は横目で友人の反応をうかがった。しかし、ケアリーは額に皺をよせただけで、まっすぐ前方をみつめたまま歩きつづけた。

この二人は学窓を出ると、まったく違った道を歩みはじめた。ハイスクール当時は同じ陸上競技のチームに属していたし、ウィスコンシン大学の寄宿舎では同室だったが、卒業すると、ランダルはニューヨークの実業界へ、そしてトム・ケアリーはカリフォルニアのフラー神学校に入学して、神学士の学位をとった。そしてその後も勉学をつづけて、オーク・シティ生まれのブルーネット娘と結婚すると、南イリノイ州の小さな教会の牧師となった。

ケアリーは早くに父を喪《うしな》ったが、母親を始めとする親戚たちがオーク・シティに住んでいたので、この小都市をしばしば訪れた。それがランダル一家との交際を深める機縁で、とくにスティーヴンの父親への尊敬の念を新たにすることになった。それから三年がすぎ、老牧師ランダルは、ケアリーがイリノイ州で受けとっている手当をはるかに上まわる高給で、彼の教会の牧師補に招いた。教会内の毎日の仕事はもっぱらこの若い助手にまかせて、老牧師自身は第一メソジスト教会派の主宰する社会事業に没頭した。したがって老牧師の引退後は、その地位をケアリーが引き継ぐのは約束されたようなものだった。

トム・ケアリーは運動家タイプだが、体格がやや貧弱で、ひしゃげた鼻と血色の冴えない顔、頭髪を短く刈ったところが、ボーイ・スカウト団の歩くプラカードといった感じなのだ。実直な性格で、身を処するのに厳格、猛烈な読書家で、社会的関心も強かった。彼はふたたびためらいがちに喋りだした。

「スティーヴ、きみはきみの老父の信仰心をうらやましいという。そこでぼくは、ぼく自身のことも考慮に入れて、その点をきみと話しあうべきかどうかを考えてみた。実をいうと、きみが予想もしていない真実があるのだ」

ランダルは足をゆるめて、「何についての真実だ?」と訊いた。

「きみのいわゆる老牧師の盲目的信仰についてだ。ぼくは長年、ネイサン・ランダル牧師のそばで働いている。そして最近、あのひとのものの考え方に、徐々にではあるが変化が生じてきたのに気づいた。もちろん、きみの老父の信仰心が薄らいだというのではない。しかし、ここ数年間の地上の出来事が、そして人間どもの行動が――まだいまのところ、ほんのわずかなものにすぎないが――彼の信仰を動揺させているように思えるのだ」

意外な言葉だった。ランダルは驚きを隠しきれなかった。「何への信仰が？　まさか、神への信仰ではあるまいが――？」

「その説明はちょっとむずかしい。もちろん、わが主への信仰ではないが、新約聖書の記事を文字どおりの真実と受けとることへの疑いだ。教会の信条とわが主の教えを、現代みたいに極端な科学万能で、移り変わりの急激な社会に、そのまま当てはめてよいものかと考えだした形跡がある」

ランダルはますます動揺して、「それが事実だとしたら、怖《おそ》ろしいことだ。父は一生を無駄に費やしたことになる」

「そこまでは考えていないだろうし、本人自身、その不安感の理由を知っているとも思えないが、要するにこれまでのきみのパパは、二十世紀の人間の抱く悩みを、伝統的な知恵で解決してやろうと努力してきた。しかし、その努力がかえって、神のメッセージに背を向ける連中の数を増大させるだけの結果に終わった。老牧師は落胆し、失望感から苛立つようになった。オッペンハイマー医師は、それを的確に見てとっている。昨日の正午の休憩時間に、ぼくはあの医師に面会を求めて、発作の原因は過労にあるのかと質問した。医師は答えていった。冠状動脈血栓症のような脳疾患は、過労で起きるものでない、原因は挫折《ざせつ》感にあるのだ、とだ」

「なるほど。わからんでもないが、そうだとしたら、一生を通じて守りぬいてきた盲目的信仰に迷いが生じたおやじに、立ち直りが可能だろうか?」

「それにはやはり、信仰を深める以外に道があるまい。ただ、現状では、そこに二、三の割れ目が生じている」

オーク・リッツ・ホテルの建物が見えてきた。ランダルはパイプ煙草に火をつけて、「で、トム、きみはどうなんだ?」と訊いた。「きみの信仰には、割れ目が見えていないのか?」

「神への信仰は微動もしないが、ほかに問題がないわけでもない」ケアリー牧師は言葉を一つひとつ択《えら》びながら、「ぼくを悩ましているのは、救世主のメッセージを伝えるわれわれ聖職者の問題だ。教会人はみな、古代の信仰に新解釈を施し、現代化することで有意義にしようと試みて失敗した。われわれ牧師連中には、激変する社会情勢の認識があまりにも不足している。迅速なコミュニケーション。原子爆弾をもてあそび、月へ宇宙船を送り出し、宇宙の姿をテレビが映して、死の必然性を生物学的に説明するのが可能な時代では、形も定かでない神の国への信仰を説くのは、じつに困難な仕事なんだ。教育が大衆をして——きみを含めてだぜ——現実に目ざめさせ、救世主、奇跡、未来への信仰を促す教義にそっぽを向かせた。現代の若者たちはみな、あまりにも知識が発達して、牧師の言葉を自主的に判断する。神秘的な宗教など、あたまから疑ってかかって、麻薬同然に考えている。どうせ超自然的なことなら、もっと怪奇性に富んだ占星術、魔法、東洋の宗教哲学などのほうが徹底していて面白いというわけだ。だからこそ、観念的な夢想家ほど、神との交わりのために、唯物主義的な都市生活を避けたり、麻薬の耽溺《たんでき》に救いを求めたりすることになる」

「だけど、トム。ぼくの見たところ、ここ数年は若い連中のあいだに、宗教への関心が急激に強まっているようだぞ。ドラマチックな宗教復興だ。ロック、オペラ、ミュージカル、レコード、書籍、新聞といったものに、イエス・キリストの名前がむやみに出てくる。これはきみたちにとって、いい傾向じゃないのか」

ケアリー牧師は力ない微笑を浮かべて、「あれは若者たちの新奇な試み、心の平静をねがう過去への郷愁で、宗教復興などといえるものじゃない。彼らのイエス・キリストは、歌手であり、革命家であり、硬直しきった教会制度では、現代の地上の問題に追従して行けないのだ。われわれ牧師仲間は、彼らに何を説教していいのやら、自分たちのおかれた立場を疑いだしている」

「ぜんぜん希望がないのか?」

「曙光《しょこう》はかすかに見えている。教会制度を改める気運を盛りあげようとするアンダーグラウンド教会運動がそれで、この運動を全世界的なスケールで推し進めるのが唯一の道だろうが、それにはマーティン・ド・ヴローメみたいな牧師の力が必要で——彼はアムステルダムのプロテスタント改革教会の——」

「あの男のことなら、何かで読んだ記憶がある」

「聖書を再検討し、改訂のうえで新しく配布すべきだと、あの革新的な牧師は考えている。イエスは生身の人間であると同時に、神の子、救世主であると強調するのはやめるべきで、新約聖書が書き記している多くの奇跡、昇天その他の再臨後の出来事は、かえって聖書の権威をそこない、教会活動に限界を与える。四福音書の記事のうち、意味のあるのはキリストの知恵だけで、神の子だとか何だとかは神話にすぎない。それはイエスが、あるいはイエスの使徒たちが、一世紀当時の言語で唱道したものだから、現代の問題を解決するには、当然、現代の言葉で再生すべきだというのがド・ヴローメの主張だ」

「そんなことが可能だろうか？」

ケアリー牧師はうなずいて、「もちろん、可能じゃない。だが、ド・ヴローメは可能だと信じている。彼はナチスに処刑されたドイツの神学者ディートリッヒ・ボンヘッファーの影響を強く受けていて、聖職者を古い教会の階級制度から解放させ、ヒューマニズムにもとづく社会活動を行なわせるのを使命と心得ている。それで初めて、キリスト教の教義と信仰、そして究極的には人間性が復活するのだという。おそらく彼の言説は正しいのだろう。しかし、目下のところは少数派だ。ジュネーヴの世界教会会議とヴァティカンの教皇庁は急激な改革を忌避することから、彼とその一派に反逆者の烙印《らくいん》を捺《お》して、現状維持に努めている。一方、現代の信徒たちは、一世紀当時と少しの変わりもない教会人の考え方に満足していない。問題はそこにあるので、きみのパパはそれを見抜いている。どこの教会の会衆席も、年を追うごとに空席が目立ってきた。数年後のわれわれ牧師たちは無人の会衆席を前に説教するのじゃないかな」

「何か方法がないものか？」

「いまの教会階級制度が存在するかぎり、見込みはなさそうだ。われわれ牧師連中は組織の制約に縛られて、急激な改革を口にするのさえはばかっている。この澱《よど》んだ空気を払拭《ふっしょく》するには、方法が一つしかない。牧師が教会を離れることだ。説教壇を放棄して、大衆のなかにとび込む。社会事業に携わりながら、教会制度の改革を試みる。躓《つまず》きもあるだろうが、それによって信徒の心をつかむことができる。ただし、結果の成否は保証しないが」

ランダルはあわてて、「きみはまだ教会を去るべきでないぞ」といった。「少なくとも、きょう明日にそんな行動に踏み切るようなことはしないでくれ。うちのおやじを失望させることになる」

ケアリーは肩をゆすって、「老牧師はすでに失望している。また新しく失望することもないだろう。しかし、スティーヴ、心配しなくてもいい。ぼくが職を辞するにしても、きみのパパの健康が完全に回復してからだ」

次の十字路にさしかかった。ケアリーは喋りつづけている。「教会の改革が困難だとしたら、われわれが救われる道は一つしかない。奇跡の出現だよ。イエス・キリスト生誕当時のユダヤ人のように、救世主の来臨を待つだけだ。当時のユダヤ人は、ローマの圧政からの救世主メシヤの出現を待ち望んだ。イエスという男があらわれて、メシヤと称したが、自分自身を救うこともできないで、十字架の上で死んでいった。

現代のわれわれも、真のメシヤの出現を必要としている。第二のイエスが、あのメッセージを繰り返してくれたら――」

「どんなメッセージだ？」

「《信仰を持て》と《罪を赦《ゆる》せ》だ。この二つの言葉は、一世紀のユダヤでは新奇な概念で、イエスはその唱える真の意味を聞きとってもらえなかった。しかし、いま、キリストがそのメッセージを持って地上に復帰してきたら、現代人も自分たちの貧困、物質主義、不正、暴虐、原爆投下といったものに対して、何か有意義な行動をとり始めるだろう。救世主の再臨、あるいはその予兆だけでも、われわれの希望を繋《つな》ぎとめて、この世界を破滅から救ってくれるはずだ。だが、そうはいうものの、それは奇跡だ。コンピューターとテレビ、月への宇宙船の時代に、奇跡を信じる者がいるだろうか……ああ、スティーヴ、きみのホテルが見えてきたぞ。つまらぬことを聞かせたけど、こんな愚痴を喋るのが、ぼくにとっての精神療法なのさ。では、今夜また会おう」

ケアリー牧師は別れていった。父の病状回復の歓びは、すでにランダルの心から消えていて、これから食事を一緒にする娘のジュディのことを思うと、彼の無力感が深まるばかりだった。ジュディにも、信仰がなく、未来への希望がなく、それだけにまた、救ってくれる父親以上の力を求めている。彼女こそ、奇跡を必要としている。スピード時代にふさわしく、いますぐ出現する奇跡をだ。

オーク・リッツ・ホテルの地下のコーヒー・ショップは客がまばらだった。

ランダルの目に映るジュディは、純潔な少女の美しさそのものだった。皮膚にしみひとつなくて、目がきらめき、人の世に汚染された痕《あと》などまったく見られない。それでいて、十五になったばかりのこの少女の肉体に、皮下注射の針が忌まわしい麻薬を注ぎこんでいたとは事実だろうか。

この食事に彼女を招いたのは、顔を見たかったこともあるが、母親の再婚への反応を知りたかったからだ。いまをおいては、そのチャンスがない。それにまた、これはどちらかといえば知りたくないことだが、麻薬の問題もある。

「ジュディ、こんどの学校の件はどうしたんだ?」

ジュディはサンドイッチを食べおえて、紙ナプキンで口を拭いていたが、父親の質問にきっと顔をあげて、「ママがお話ししたのじゃないの?」といった。「近くに嘆きの壁があったら、ママは大声で訴えたくらいだもの」

「パパはおまえ自身の口から聞きたいのだ」

「運が悪くて見つかっただけよ。クラスメートの十人に九人までがそうなのに、あたし一人が退校だなんて――きっと、あたしがクラスでいちばん成績がいいからだと思うわ」

「だけど、ジュディ、なんであんなものに夢中になった？」

「夢中になったってほどじゃないわ。ただ、その、ちょっと試してみただけよ。どんなものだか知っておきたかったの。たしかにあれ、いい気持ちになるわ」

ランダルは、不快な問題はこれくらいにしておこうと、質問を本題に移して、「で、バーク医師が麻薬から遠のかせてくれたのだね。どんなぐあいにしてだ？」

「なんといったらいいかしら」ジュディは首をひねってから、「とにかくあのひとは上手なお医者よ」と、かるくいってのけた。

「パパの質問は、その医者の手で、どの程度に回復したかと訊いているのだ」

「ママにいわせると、時速三十マイルぐらいには落としてくれたそうよ」そして娘は父親の顔をうかがうと、浮わついた物言いもひっこめて、「ほんとにあたし、いままでは薬と縁を切ったわ」といった。

給仕女がチョコレート・ミルクを運んできた。ジュディはひと口すすって、「おいしい」と満足そうな顔をした。

ランダルはなおも質問をつづけて、「で、おまえ、その医者が好きなのか？」と訊いた。

「アーサーのこと？　彼、感じのいいひとよ。ことにあの顎ひげ――パパだって好きになるわ。あたしには、彼の治療方法のほとんどが理解できないんだけど、熱心にやってくれてるのは確かよ。いいひとなのね」

ランダルは傷つけられた気持ちで、「ママが彼と結婚したがってるのを知っているか？」と、うっかり口走ってしまった。

「そのほうが、ママのためにもいいんじゃない？　アーサーはいまだって、ママと一緒に寝ているし――」いいかけてジュディは、はっとしたように父親の顔を見て、「あら、ごめんなさい。気に障ったかしら？」

「かまわんよ」彼は簡単にいって、「ただ、おまえの口から、そんな露骨な言葉を聞かされるとは意外だった」

「ごめんなさいね。いくどでも謝るわ。でも、二人が結婚したがっているのは確かよ」

そして最後に、もっとも重大な質問が残っていた。「パパがいちばん知りたいのは、おまえがそれをどう考えているかだ」

「ママからうるさいことをいわれなくてすむようになるわ」

「それだけか?」ジュディは当惑したような表情を見せて、「あたしに何をいわせたいの?」と訊き返した。

「パパが二人の結婚に反対したら、おまえはどんな態度をとる？」

なめらかな額に皺をよせて、ジュディは答えた。「むずかしい質問ね。反対の理由を知らなくちゃ、返事のしようがないわ。でも、パパはママと千万年も別れていたのに、いまになってそんなことを気にするのはおかしいわ」

「けっきょく、おまえのことが気懸《がか》りだからだ。これからおまえがどうなるかと思うと――」

「あたしが――？」ジュディは言葉を見出すのに苦しんで、「あたし――あたしは、喜んでいるわ」

「おまえがパパにとって、どんなに大事なものかがわかっていないみたいだな」

「わかっているつもりよ。でも、パパとはめったに会うことがなくて――まるで、別々の世界に住んでいるみたい。あたしはいつも、新しい人たちばかりと暮らしていなければならなかったのよ」

ランダルはうなずいて、「そういうわけだな、ジュディ。パパはおまえに、パパの気持ちを知っておいてもらいたかっただけだ。これはパパとママとの問題で、おまえとは関係がない。うまく解決するよ。おまえさえ不幸に見舞われなければ、パパは満足なんだ」

「あたしは大丈夫よ」そしてジュディはすばやくハンドバッグをとりあげて、「じゃ、パパ、お話はこれだけね。お食事、おいしかったわ」といった。

「なぜ急ぐのだ?」

彼女は立ちあがって、「ママがお部屋でカバンを詰めているのよ。お祖父《じい》さまがお癒《なお》りになったので、あたしたち、サンフランシスコに帰ることになったの。あと二時間かそこらで、シカゴからの飛行機が到着するのよ。乗りおくれたらたいへんだわ。アーサーも待っているし……」

ランダルはいうべき言葉もなくて、娘の顔を見守っていた。そして、うつろな気持ちのまま、彼女の頬にキスをして、「さよなら、ジュディ」といった。

ランダルはそのあと、五分間ほどテーブルを離れなかった。パイプ煙草に火をつけて、部屋でひと休みしようか、それとも散歩に出ようかと考えてから、ロビーへ戻ると、デスクのクラークに呼びとめられた。

「ランダルさま、ニューヨークのミス・ウォンダ・スミスからお電話がかかっていま す。急用だそうなので、お探ししていたところです。ロビーの奥の電話ボックスでお待ちいただければ、お繋ぎいたしますが」

いわれたとおりにしていると、彼の女秘書の声が聞こえてきた。「何かあったのか、ウォンダ？　急用だそうだが」

「ええ。でも、最初に、お父さまのご容態をお聞かせねがいますわ」

ウォンダという、ゆたかな胸を持つ黒人娘は、この三年間、彼の忠実な秘書として、献身的に働いていた。就職当時の彼女は、舞台女優になるのが希望で、俳優学校に通って発声のレッスンを受けていた。その効果があらわれて、語尾をひっぱる南部訛《なま》りは消えたが、入れかわりに宣伝広告事業への興味が生じて、舞台への希望を捨ててしまった。しかし、電話口ではときどき南部訛りがよみがえって、それがまた魅力的にも聞きとれた。

ランダルは父親の回復状態を語って、「だから、ウォンダ、あと二、三日もしたら、ニューヨークへ戻れるよ」といった。

「でしたら、明日の朝までにお帰りいただきたいのです。それでお電話したのですわ」

「明日の朝は無理だな」

「急な用件があって、ぜひとも明日の午前中にお会いしたいと、ジョージ・ホイーラーさんがうるさくいってきます。昨日、空港へ電話してお知らせした宗教書の出版業者ですわ。あの出版社の事業内容は、詳しく調べておきました。彼の『ミッション・ハウス出版社』は、聖書の出版では業界でトップの位置を占めています。年齢は五十七歳。三十年前にフィラデルフィアの名家の娘と結婚して、息子が二人います。出版事業を父親から受け継いだのが二十年前で、本社はこのニューヨークですけれど、支店がナッシュヴィル、シカゴ、ダラス、シアトルの各地にあって――」

「わかったよ、ウォンダ、もう結構だ。で、用件の内容は？」

「あすの午前中、それもなるべく早いうちにお会いしたいそうです。お父さまのご病気のことを伝えますと、正午までには話を終わらせるから、それからまた病院にひき返すようにしていただけないかと――」

「いったい、何を話しあいたいのだ？」

「新しい聖書の出版宣伝ですわ」

「それだけのことか。騒ぎ立てているところをみると、かなり大規模な契約だろうが、一日を争うほど急ぎの打ち合わせでもあるまいに」

少しのあいだ沈黙があってから、ウォンダがまたいった。「これからの一年間、広告宣伝を全面的に依頼して、最高レベルの報酬を用意してあるそうです。それからこんなこともいっていました。近く一カ月か二カ月の予定で、ヨーロッパへ出張していただくことになり、費用は全額、あちら持ちだといって——」

「アメリカの出版社の宣伝に、なぜヨーロッパまで出かけなければならぬのだ?」

「その点はわたしも変だと思って、理由を訊いてみたのですけれど、口を閉ざして説明しませんし、ヨーロッパのどこへ行くのかもはっきりいわないのです。でも、ジョー・ホーキンズと相談したところ、わたしたち二人の意見が一致しました。社長は気分転換のためにも、ヨーロッパへ出張なさるのがいいことですって」

「聖書の宣伝旅行か。冗談じゃない。このランダルは牧師のせがれで、昨夜だって、聖書の文句ばかり聞かされていた。聖書と聞いただけで、気が重くなるよ」

しかし、ウォンダもまた強情だった。「聖書は聖書、契約は契約ですわ。明日の会合には実質的な意味があるのをお忘れにならないで。それから、ホイーラーさんの電話のすぐあと、タワリーさんご自身からの連絡がありました。コスモス・エンタープライズのオグデン・タワリー三世ですわ」

「ほう!」

「タワリーさんのお話だと、ジョージ・ホイーラーはあの方の親友だそうで、うちの社を紹介したのも、タワリーさんなんですって。こんどの新しい聖書の出版はとても大規模の計画だから、その宣伝広告を引き受けるのは、ランダル社ばかりでなくて、コスモス・エンタープライズにとっても願わしいことだとおっしゃっていました」

「タワリー氏の希望とあっては、無視もできないな。では、ホイーラーに電話して、明日の午前十一時に、彼の事務所へ出向くといっておいてくれ」

ランダルは電話ボックスを出て、これはいったいどういうことかと考えた。コスモス・エンタープライズまでが重要な契約と見ているとは……彼の好奇心が湧《わ》きあがってきた。そして昨日、空港で聞かされた、この問題についての手がかりなるものを思い出した。マタイ福音書のあの一節にどんな意味が含まれているのか?

ここはミッション・ハウス・ビルの三階、聖書出版部の会議室。絵ガラスをはめた窓の下から、パーク・アヴェニューを往き交う車の騒音がかすかに響いてくる。壁にかけた植民地時代様式の大型柱時計の針が十二時十五分前を指していた。すでに会談が三十分間を超えてつづいているわけだが、スティーヴン・ランダルはホイーラーの言葉を謹聴している様子をつくろって、室内の飾りつけを観察していた。趣味のよい鏡板、濃いココア色の絨毯《じゅうたん》、一方の壁の下半分を占める書棚には、豪華な革装幀《かわそうてい》の聖書その他、ミッション・ハウス出版社が刊行した宗教関係書が並んでいた。

大テーブルを囲んでいるのは、ランダルを含めて総員七名。ランダルの正面の椅子を占めているのはかなりの年配の女秘書で、救世軍の女士官みたいにいかめしい顔つきをしている。その隣りもやはり女性で、これはずっと齢《とし》が若くて、はるかに見栄《みば》えがした。ミス・ナオミ・ダンという名前で、ホイーラーの営業関係事務を扱う秘書だそうだ。引っ詰めにした茶色の髪、青白い皮膚、グレーの瞳《ひとみ》、細い鼻、きつく結んだ唇。これもまた宗教一途《いちず》に凝りかたまった感じがして、キリスト教関係者でないことには相手にしないといった印象である。普通の人間はこういった女性の前だと、いやでも自分を教会外の者と意識するあまり、かえって軽薄に振る舞いたくなるから皮肉なものだ。そして彼女は角縁の眼鏡をかけて、ホイーラーの一語一語を山上の垂訓《すいくん》か何かのように聞き入っているので、ランダルと目が合うことは一度もなかった。

残りの三名は男子社員で、そろって齢が若いが、編集主任とブック・デザイナーと販売主任だという。同じように髪を短く刈り、クリーニングしたばかりのワイシャツを着て、にこやかな笑顔を絶やさず、ホイーラーの長たらしい説明のあいだ、誰もがひと言も口を挟《はさ》まなかった。

ランダルから数フィートと離れていないところに、アメリカ聖書出版業界の大立者であるジョージ・L・ホイーラーが腰かけていた。二百ポンド（約九十キロ）を超える巨体の持ち主で、額ぎわが禿《は》げあがり、満月のような丸顔に円形の眼鏡をかけ、その奥にまん丸い目がきらめいている。口をきくたびに、球根のように丸い鼻がぴくぴく動いて、無意識のうちに躯のあちらこちらを掻《か》く癖があった。頭、耳のうしろ、鼻のわき、腋《わき》の下といったぐあいにである。

ホイーラーは一人で喋りつづけていたが、話の途中で、秘書のナオミ・ダンに目配せをすると、彼女は即座に立ちあがって、テーブルを囲む全員の前のコップにコーヒーを注いでまわった。ランダルは目をみはった。ナオミ・ダンの脚がこれほど見事だとは気がつかなかった。ひき締まった臀《しり》をゆするような歩き方も刺激的だった。リネンのブラウスの下に、よく熟したリンゴのような乳房が盛りあがって、ランダルにベッドの上の彼女を想像させた。とりすました三十代半ばの女の肉体は、ときに野性的に燃えあがることがあるはずで、そのときこそは最上のものだと知らぬでもないが、遺憾なことに、男まさりの職業婦人の裸体姿となると、ドレスで着飾ったダーリーンと同じに、彼の妄想の領域外にあった。

ホイーラーの長たらしい説明は、要約すると、次のようになる。現在、聖書出版業界の最大手のミッション・ハウス出版社を首唱者として、米英仏独伊五カ国の大出版社の共同プロジェクトが進行中なのだ。革新的かつ完全無欠な新約聖書の刊行計画で、翻訳を全面的に改訂し、最近の考古学の成果を余すところなく採り入れる。キリスト教史上画期的なもので、この業績が発表されるときは、一六一一年の欽定《きんてい》訳聖書はいうまでもなく、一八八一年の改訳聖書、一九五二年の改訂標準訳聖書、一九七〇年の新聖書、そのほか現行のもろもろの聖書がことごとく、時代おくれのものとなるのは決定的である。このインタナショナル新約聖書――ホイーラーはこれをそのような書名で呼んだ――の刊行には、六年間の準備期間を費やした。そしてその投資額たるや、翻訳、植字、印刷、三枚の図版作製、校正、用紙、クロスからモロッコ革におよぶ各種の装幀《そうてい》、さらにこれからの販売促進宣伝費を加算すると、莫大な額になる。もっとも、一九五二年の改訂標準訳は、トマス・ネルソン・アンド・サンズ社が発売したものだが、当時すでに宣伝広告だけに五十万ドルを計上したそうなので、今回の数字はかならずしも法外なものとはいえないのだ。出版予定日は七月下旬か八月の上旬。したがって、あと二カ月の余裕を残すのみである。

「といったわけで、ランダル君」とジョージ・ホイーラーがいった。「きみにも満足してもらえる報酬を提供できるはずだ。そのかわり近日中に、二カ月間の予定で、ヨーロッパの作戦本部へ出張してもらうことになる。あちらの出版業者と協議のうえで、宣伝広告用のスケジュールを作成してほしい。ただし、細かな点は彼らに任せて、大綱的な設計図が樹立できれば結構。そのあとは急いで帰国して、このアメリカでの宣伝工作の指揮をとってもらう。きょうから一週間後の六月七日金曜日に、サウサンプトン行きのS・S・フランス定期船がニューヨーク港を出帆する。それまでの五日間に、出張準備をととのえてもらいたい。話というのはそんなところで、質問があったら、うかがいますぞ」

ランダルは少しのあいだ、パイプをもてあそびながら考えていたが、大出版業者の視線をはねかえすようにして、「重要な質問が一つあります」といった。

「何かね？」

「これだけ各種の聖書が出版されているのに、いまさら新約を発表したところで、屋上屋を重ねるだけのことでしょう。厖大《ぼうだい》な出費に見合うだけの需要があるのですか？」

「その疑問には、いまの説明が答えになっているつもりだ。要するに、聖書はわが主の啓示なんだから、時代おくれの書物になるのを許されない。われわれは現代の言葉による翻訳を要求している。ところが、言語はたえず変化するので、古い言葉に新しい意味が加わり、新しい用語が在来の言葉を駆逐する。また、最近の古代学の進歩と、パピルスや羊皮紙の古文書、古陶器、古碑などの発見が相次いだことから、現存するギリシャ語聖書の解釈も改まって、原始キリスト教当時の世界史に新しい光が投げかけられている。二十世紀の読者はそれを知って、より正確な福音書の翻訳を求めているので、われわれのプロジェクトはその渇望を癒《いや》すためのもの。そしてさらに、現代語による読みやすさを考慮に入れて、印刷、注解、装幀にまで意を用いたつもりだ」

「そして販売量にもですね」ランダルがいった。

「当然のことだ」ホイーラーは巨体をゆすって、「新しい刊本を提供するからには、新しい読者層を開拓せねばならぬ。それで初めて、われわれの事業が成り立つ。だからこそ、宣伝広告が緊急かつ重要な仕事になってくる」

「お説は理解できますが、ぼくの質問への答えにはなっていないようです。問題の核心を率直にいってもらえませんか。彪大な資金を注ぎこんで、新しい聖書を出版する真意はどこにあるのです？　現代の読者に読みやすい翻訳を提供するとか、古代学上の新知識を織り込むとかが、その動機だとは信じられません。したがって、いままでお聞きしたかぎりでは、ぼくの役割にそれほどの意味があるとは考えられぬのです。実際のところ、ぼくがこの計画に参加したところで、あなた方の貴重な資金を徒費するだけのようです。以上の理由で、せっかくのお申し出も辞退させていただかねばならぬように考えます」

沈黙が室内を支配した。大逆罪にも比すべき拒絶の言葉に、誰もが唖然《あぜん》としているのが明らかだった。ホイーラーは当惑した様子で、しきりに顔のあちこちをひっ掻きながら、「やあ、ランダル君、じつをいうと、きみなら間違いなく引き受けてくれると、オグデン・タワリーが請け合ったのだが」といった。

「彼にそんなことをいう権利はないはずです」

「しかし、彼のコスモス・エンタープライズが、きみの会社の全株を入手したと聞いたが」

「まだそこまでは進捗《しんちょく》していません」ランダルは語気を鋭くしていった。「いずれにせよ、これとそれとは問題がちがいます。ぼくはこれまで、営業上の利益を追求してきましたが、いまは心境に変化を来たして、一身を捧《ささ》げるに足る仕事だけに努力する心構えになっています。そしてあいにく、あなたのお申し出には、そのような意義を見出しかねるのです」

彼は椅子をうしろに押しやって、立ちあがった。ホイーラーはあわてて、ランダルの腕をつかんで、る」といった。

「まあ、まあ、ランダル君、話が終わったわけでない、聞いてもらうことが残ってい
「なぜ、全部話してくれないのです?」

「秘密厳守の誓約があるからだ。このプロジェクトの関係者の全員が六年のあいだ、ひと言もそれを漏らしていないのだが、きみがこの仕事を引き受けると約束してくれたら、真相を打ち明けないものでもない」

しかし、ランダルは首をふって、「残念ながら、ぼくとあなたは考え方が反対です。ぼくは、真相をうかがったうえで、お引き受けするかどうかを決定する考えでいます」

出版業者は相手の顔を凝視して、「それがきみの最後の言葉かね?」といった。

「絶対的な条件です」ランダルが答えた。

ホイーラーはうなずいて、ナオミ・ダンに目配せをした。彼女は隣席の中年女秘書の肩に手を触れ、男子社員たちに合図をして、そして全員そろって部屋を出ていった。

ドアが閉まると、ホイーラーはあらためてランダルに向き直った。いまや彼は、聖書復興の情熱に燃える宗教人から、販売量第一主義の実業家に変貌して、動作はもちろんのこと、ラクダの啼《な》き声めいた声までが、きびきびした真剣な口調にあらたまっ

ていた。

「われわれが秘密の保持に努めてきたのは、いうなればダイナマイトの樽《たる》に腰かけているようなもので、この情報が洩れでもしたら、六年間の努力と巨大な投資が水の泡と消える危険があったからだ。全世界のキリスト教会人が、具体的な内容までは知らぬにしても、何かのプロジェクトが進行中なのを感づいている。このプロジェクトには敵が多くて、万が一、インタナショナル新約聖書の出版予定日が近づいたのを知られたら、たちまち妨害工作が開始されると思わねばならんのだ」

ランダルはパイプをテーブルにおいて、「で、ぼくにその真相を打ち明ける理由は？」

「きみが信頼できる人物と知っているからだ。これまでの経歴も調査ずみだ。聖職者を父に持ち、善良な家庭に育ったが、正統派の教会に反逆して、懐疑論者になった。細君とのあいだに、十何歳かになる娘がいるが、彼女たちとは別居して、ニューヨークでひとり暮らし。大勢の婦人たちと親密な交際をしていたが、目下のところはその相手が一人に絞られている。大酒家ではあるが、アルコール中毒の気味はなくて——」

ランダルが顔をしかめて、「もう結構です。そんなことが理由だとは！」といいかけたが、ホイーラーはかまわずつづけた。

「女と酒の問題はあっても、とにかくきみは、私生活と営業上の面とを明確に区別している。契約者の私事を外部に洩らしたことがない。取引相手から信頼関係を裏切ったとの非難を受けたことは絶無だ。われわれは以上の調査で、この人物なら宣伝工作を一任して安心していられるとの結論に到達した」

しかし、ランダルは機嫌をよくするどころか、いっそう渋い顔つきになって、「それにしても、私生活をそれほど徹底的に探られるのは愉快なことじゃありませんね」といった。

大出版業者は言い訳がましく頭を垂れて、「通常の取引なら、行きすぎもはなはだしい調査だが、このプロジェクトの性質からして、取引上のルール違反もやむをえぬことだと了承してもらいたい。もっとも、この調査はコスモス・エンタープライズが行なったもので、あのような巨大企業集団でも、巨額の投資に踏み切るには、万全を期さないわけにいかないのだ」

「やっぱりタワリーが調査したのですね」ランダルは呟くようにいった。

「ところで、ランダル君、現代人の最大関心事は何だか知っているかね」ホイーラーが喋りだした。「数年前のことだが、世論調査機関の一つが、今世紀における最大ニユースは何かと、アメリカ全土の一流ジャーナリストにアンケートをとった。いろいろな返事が戻ってきて、あるジャーナリストはガンの完全治療薬の発見だといい、ある者は人類が百歳まで生き延びる方法だといった。宇宙人の地球来襲だというかと思うと、われわれの宇宙船が他天体に文明人を見出すことだという者もある。なかには大まじめに、全世界の統一国家の出現だというジャーナリストもいた。しかし、彼らの最大多数の意見は、第二の復活に一致したのだ」

「第二の復活？」ランダルは怪訝《けげん》そうな顔でいった。

「イエス・キリストの再臨さ。生身の肉体を持つイエスがふたたびあらわれて、救世主の復活は真実であるのを明らかにすることだ」そしてホイーラーはランダルの反応を待たずに、「それが実際に起きた」とつづけた。「もちろん、言葉どおりのことでなく、比喩《ひゆ》的な意味ではあるが、われわれははからずも、この二十世紀最大の出来事に遭遇した」

ランダルは躯を乗り出して、「つづけてください」と話の先を促した。

ホイーラーはいっそう真剣な口調になって、「六年以前、イタリア人の考古学者で、ローマ大学の教授だったアウグスト・モンティ博士が、ローマに近いオスティア・アンティカで、古代遺跡の発掘作業に従事していた。あそこは一世紀当時に栄えた海港で、モンティ教授はその発掘作業で、イエスの事跡を明らかにする遺物を見出せるものと期待していた。そして、老教授の知識と忍耐力と幸運とが重なりあって、ついに期待の品が発見された」

ランダルは頭がくらくらするおもいで、「その期待の品とは?」と訊いた。

「古代ローマの住宅跡を掘りあてたのだ。一世紀当時の富裕な商人の邸と思われるもので、文庫室《タブリウム》らしい部屋から、パピルスの巻物と羊皮紙の古文書があらわれた。あのあたりは海に近くて気候が湿潤なので、古文書の残存する可能性は絶無というのが学者たちの考え方だった。それがたまたま、彫像の一つのみかげ石の台座に、松ヤニで埋めた割れ目があるのをモンティ教授が見つけて、調べてみると、内部が刳《く》りぬいてある。そして、なんとそこに、大小二つの古文書が、千九百年ものあいだ隠されていたのだ。小さいほうのは羊皮紙に認《したた》めたもので、保存状態は悪いが、五枚の断片を繋ぎあわせてみると、ユダヤ総督ポンティウス・ピラトゥスの部下でペトロニウスという百卒長が、ティベリウス帝の寵臣《ちょうしん》で事実上ローマ帝国の政権を握っていたルキウス・アエリウス・セヤヌス宛てに、ギリシャ語で書き送った報告書だった。そして大きいほうはパピルス二十四片の巻物で、これはかなり保存がよく、アラム語がぎっしり詰まっていて、その内容はエルサレムの初期キリスト教会の指導者だったユダヤ人が、処刑されるに先立つ紀元六二年に書き残したものなのだ」

ランダルの興奮が絶頂に達していた。躯をテーブルに押しつけて、「で、その内容は？」と、もどかしげに訊いた。

ホイーラーもまた目をきらめかして、「二十世紀最大の発見物、われらの信仰を再生させることと疑いなしのものだ。共観福音書の基礎になって、いまは消滅したQ資料と呼ばれているもの、イエスの実弟ヤコブの手になる第五の――実際には第一の――福音書だ。これには、救世主であると同時に生身の人間でもあった主イエスの姿と言動とが、実の弟の目に映ったままに描かれている」

そして出版業者は聴き手の反応を窺ったが、ランダルはいぜんとして無言だった。

「翻訳の原稿を読んだら、きみはもっと驚くはずだ。イエスがどこで生まれ、どこで学び、宣教を始める前には何で暮らしを立てていたか、つまり、十二歳から三十歳までのイエスの姿はどの福音書も伝えていないのだが、その空白期間の実情が詳しく語られている」

ランダルは呆然としたまま、なお無言だったが、ホイーラーは震え声でつづけた。

「そしてそのあとに、もっとも驚くべき事実が控えている。イエスは紀元三〇年に、エルサレムで十字架上に死んだのではなくて、その後十九年ものあいだ生きながらえていたのだ」

「生きながらえて――」ランダルは呟いた。

「ペトロニウス百卒長はイエスの絶命を報告したが、主の弟のヤコブはまだ息があるのを見てとって、十字架から下ろして手当てを加えた。神の加護なのか医者の腕なのかはわからんが、イエスは生命をとりとめた。その後はひそかにパレスチナの各地を宣教して歩き、そして最後に、クラウディウス帝の治世九年、すなわち紀元四九年に、ローマの土を踏んだ。イエスは五十四歳になっていた。主イエスの真の復活と昇天は、このときに起きたと見るのが正しいのだ」

スティーヴン・ランダルは話し手の言葉の最後の部分が理解できぬままに、「信じられぬことです。どこかに伝承の誤りがあるとしか考えられない」といった。

「間違いは絶対にない。二つの古文書が真正のものであるのは確認ずみだ。ついに真の『聖書』が入手できた。これをインタナショナル新約聖書のかたちで提供するのがわれわれの使命であり、真実の姿のイエス・キリストを――かつてわれわれとともに生きた現実の救世主を――ふたたび現代に復活させるのが、このプロジェクトの目的なのだ。この事業の暗号名を『第二の復活』と呼ぶのは、そこに理由がある」

ランダルは目を閉じた。まぶたの裏に火花が散って、彼の過去と現在にかかわりあいを持つ人々の顔があらわれては消えた。生きることと信仰の意義がよみがえった。ヤコブ福音書の出現か。それが救世主の愛と平安のメッセージを生き返らせ、彼と、彼の父、母、妹のクレア、そしてトム・ケアリーにも、救いと慰めを与えるのである。

信じられぬことだ。奇跡というほかに言葉もない。しかし、ランダルの知識のうちにあるどのような奇跡にも、これほど驚嘆すべき力はないのだ。

「どうだね、ランダル君、やってみる気が起きないかね？」

何をやってみるのか。新しい『聖書』を売ることか。ランダルはよろめきながら立ちあがって、「宣伝広告はいつから始めたらいいのです？」と訊いた。

2

それからのランダルの夢には、たえずイエスがあらわれていた。目をさましたあとも、その姿が生き生きとまぶたのうちに残っていた。

弟子たちは、イエスが海の上を歩みたもうを見て心騒ぎ、変化《へんげ》の者なりといいて懼《おそ》れ叫ぶ。イエス、ただちに彼らに語りていいたもう。「心安かれ。われなり。懼れるな」と。そこでスティーヴン・ランダルが答えていう。「主《しゅ》よ、もしなんじならば、われに命じて、水を踏みて御許《みもと》に到らしめたまえ」そしてイエスが、「来たれ」といいたまえば、スティーヴンは舟から下りて、水の上を歩みてイエスの許に往《ゆ》く。しかるに、風を見て懼れ、沈みかかりければ叫びていう。「主よ、われを救いたまえ」するど、ただちにネイサン・ランダル牧師が手をさし伸べて、彼を捉えていった。「ああ、信仰うすき者よ、何ぞ疑うか」と。こうしてスティーヴン・ランダルは救われて、信仰を得た。

聖書のマタイ福音書と混ざりあった突拍子もない夢で、ランダルは夢からさめたあとも、息苦しいおもいを味わっていた。

だが、しっかり目を開くと、彼はダーリーンの柔らかな胸に顔を押しつけて眠っていた。左の乳房で口を塞《ふさ》がれていたのだ。そして、それと知ったとたんに、イエス・キリストもネイサン・ランダル牧師もどこかへ消えてしまった。ただ、彼がいま、ガリラヤ湖ではないが、大西洋という海の上にいることだけは事実だった。

ランダルは一等船室の窓へ目をやったが、茶色のカーテンがまだ蔽《おお》ったままだった。彼は彼女に、「ダーリーン、天気はどうだ?」と訊いた。

「太陽が昇りかけたばかりだけど、海面は鏡みたいにおだやかだわ」

ダーリーンは、ベッドを離れて、シャワーを浴びに行った。ランダルは枕に顔を埋めたまま、エンジンの響きを聞き、白波を切り裂いて大西洋航路の豪華定期船が進み行く光景を想像していた。彼がインタナショナル新約聖書の販売宣伝工作の指揮を引き受けたときは、このヨーロッパ旅行にダーリーン・ニコルソンを同伴する考えはなかった。彼女の無意味な饒舌《じょうぜつ》と毎夜休むことのない性能力発揮に時間を割かれるのを気遣ったからではなくて、ホイーラーを始めとする聖書関係の専門家、旧大陸の聖書学者や神学者たちとは、彼女があまりにも異質な存在だったからだ。

そこでランダルは彼女に言い渡した。こんどの旅行は一カ月か二カ月かかるだろう。そのあいだに彼女は、カンサス・シティの両親を訪れて、ハイスクール当時の旧友たちに会ってみるがいい。でなかったら、ラス・ヴェガスかロスアンゼルスへ遊びに行くとか、ハワイでの一カ月休暇、もしくは南米への六週間旅行という手もある、といってみた。だが、彼女は即座にノーといった。いやだわ、いやよ、いやよ、スティーヴ。あなたと一緒にいられないのなら、あたし、自殺しちゃうわ!

そこでランダルは溜息《ためいき》をついて、彼女を秘書と称して連れて行くことにした。もちろん、彼女を秘書と見る者があるとは思えなかったが、いまはかまってはいられなかった。それに、実際のところ、彼女を同伴する利益がないわけでもない。夜、仕事がすんだあと、ひとりで一杯飲んで、ひとりでベッドに入る淋しさを思いやっただけで、耐えられることでないのだ。昨夜のこの船室内のベッドの上でも、彼女はその手、脚、腰、臀《しり》の動きを最大限に活用して、彼の疲労と鬱屈した気分を一掃してくれた。

出航に先立つ一週間、ランダルは言葉ではいいあらわせぬほどの忙しいおもいをした。留守中の事務処理について、ウォンダとジョー・ホーキンズと打ち合わせを行ない、社員たちにそれぞれの担当任務を命じておかねばならない。そして毎日、オーク・シティへ長距離電話をかけて、母かクレアに父の容態を問いあわせた。病人はまだ半身が麻痺《まひ》状態だが、幸いなことに、徐々に回復に向かいつつあるとの返事だった。サンフランシスコには一度だけ電話した。娘のジュディに、夏のあいだ二週間の予定でニューヨークに遊びに来るように勧めておいたので、特別の用件で海外旅行に出かけることになったから、あのプランは秋まで延期だと知らせておく必要があった。そしてそのあと、バーバラを電話に呼び出して、離婚の気持ちは変わったかと訊くと、彼女は平静な口ぶりで、気持ちの変わるわけがありません、来週にも弁護士に会って、打ち合わせるつもりですと答えた。ランダルは冷ややかに、では、こちらも弁護士のサド・クローフォードに、至急、応訴の準備をするように命じておくと言い放って、電話を切った。

クローフォード弁護士とは、コスモス・エンタープライズからの合併申し込みのうち、解決していない二、三の条件について話しあい、相手方の弁護士の二名とも何回か会見した。

出航の夜、船客がぞくぞくと乗り込んでくるさなかに、ジョージ・L・ホイーラーの一等船室内では、壮行パーティーが開催されていて、ランダルもダーリーンを連れて出席した。彼は彼女につづいて急勾配《きゅうこうばい》のタラップをのぼっていったが、男の船客と高級船員たちの全部が、彼女の姿に目をみはった。薄地のブラウスの下にノー・ブラのゆたかな胸、幅の広い革ベルトに短いシルクのスカート、黒いストッキング、パテント・レザーのブーツといった格好が、男性の目を惹《ひ》きつけないわけがなかった。ホイーラーの船室は、ヴェランダ・デッキの入口のすぐわきにあった。

パーティーに集まった顔触れは、教会か救世軍の関係者とミッション・ハウスの婦人たちがほとんどで、ランダルの顔見知りはあまり見当たらなかった。彼はダーリーンと腕を組んだまま、部屋の中央に進み出て、タキシード姿のボーイたちが差し出すシャンペンのグラスを受けとると、ときたま見出す知人の誰かれに、ダーリーンを〈秘書〉だと紹介した。そしてそのあいだに、ランダルは上機嫌なホイーラーからあまり離れていないところに、ナオミ・ダンが立っているのに気づいた。

ランダルが近づいてゆくと、ホイーラーがとび出してきて、手をしっかりと握って、「おお、スティーヴ、いよいよ明日は、歴史的な旅行の第一日だ！」と叫んだ。「で、この若い美人が、きみの話していた秘書なんだな？」

ランダルは紹介をすませた。大出版社主はあきらかにダーリーンの容姿に魅惑されていた。「やあ、ミス・ニコルソン、あなたは神のための仕事に出航なさるんですぞ。ランダル君を助けて、人類への奉仕に尽力していただくわけだ。ところで、スティーヴ、きみの美人秘書をみんなに紹介してまわろうと思うのだが、どうかね？」

ホイーラーはダーリーンを促して、離れていったので、ランダルはナオミ・ダンと二人だけになった。彼女はシャンペンのグラスを手に、壁掛けを背に緊張した表情で立っていた。

「やあ、ナオミ――これからは、きみをナオミと呼んでいいだろうね？」

「ええ、どうぞ。一緒に仕事をするのですから、当然のことですわ」

「で、今夜はぼくたちを見送りに来たのかね？」

彼女はほほえんで、「何をおっしゃるの。わたしもこの船に乗り込みますわ」

ランダルは驚きを隠しきれないで、「ジョージはそんな話をしていなかったが、しかし、嬉しいことだ」

「ホイーラーさんはわたしなしでは旅行などできませんの。わたしはあのひとのメモリー・バンクで、百科事典《エンサイクロペディア》で、新約聖書の用語索引《コンコーダンス》ですわ。ホイーラーさんは営業上のことならお詳しいけれど、聖書の知識となると、もっぱらわたしが頼りというわけなの。この航海中、あなたの教師役もつとめさせていただきますわ」

「それはありがたい」

ナオミはそういう相手の顔をまじまじと見て、「ほんとうに喜んでくださるの？

だったら、明日の午後から講義を開始します」と、あらたまった口調でいった。

五分後にホイーラーがもどってきた。ランダルを部屋の隅へひっぱっていって、耳もとでささやいた。「会っておいてもらいたい人物が二人いるのだ。どちらもこれから重大な役目をつとめてくれることになる人物で、もちろん、われわれの秘密計画を承知しておられる。いや、実際上、このプロジェクトの一部といっていいくらいなんだ。彼らなしではわれわれも、無力同然といわねばならぬ。一人はアメリカ聖書協会のストーンヒル博士、もう一人は世界教会会議のエヴァンズ博士だ」

アメリカ聖書協会の代表者ストーンヒル博士は、見るからにいかめしい顔つきの男で、頭が禿げあがって、勿体《もったい》ぶった挙動がやや目立つ。そして、統計上の数字で武装していた。

「わしらの協会は、アメリカ全土の教会からの寄金で運営されておるのだが、その主な事業は、毎年、これらの教会に聖書を配布することにある。配布先はアメリカ国内にとどまらず、全世界におよんでおるために、その部数となると、年間、一億五千万部という巨大なものだ。年間ですぞ。われわれはこの数字に誇りを抱いておる」

博士個人が一億五千万部の聖書に責任を負っているような口ぶりだった。ランダルは何と応対していいのかわからぬままに、「大したものですな」と答えておいた。

「聖書が全世界の人々に受容される理由は明白だ」とストーンヒル博士はつづけた。「あの書物こそ万人のもの、あらゆる時代を通じて不変の真理であるからだ。六世紀のグレゴリウス教皇が巧妙な表現をなさった。聖書の流れでは、巨象が泳いで渡るし、仔羊《こひつじ》が徒《か》ち渉《わた》りもできる、とだ」

ランダルは頭がぐらぐらしてきた。

「ところで、こんどの新発見による新約聖書だが」ストーンヒル博士の尊大な口調がつづいた。「わが協会による配布量がいっきょに十倍に増大する。従来の新約聖書は七九五九節から成り立っておるが、こんどのそれでは——まだ書名が確定しておらぬようだな——どれくらいに殖《ふ》えることか。語数でいえば、ジェームズ王の欽定訳が三万六四五〇語で、それがこんどは——」

ランダルは悲鳴をあげたくなった。そこで、喉がかわいたからとの口実で、ホイーラーのところへ逃れたが、そこでまた、世界教会会議のエヴァンズ博士に紹介される羽目になった。

しかし、この博士のほうがよほどましで、頭の禿げ方は前者の半分程度だし、顔つきのいかめしさもそれほどでなくて、物言いは同じ熱心さでも、いちおう抑制されたものだった。

「世界教会会議といいますのは、アメリカ国内についていえば、現存する三十三教派の——プロテスタントとカトリックからギリシャ正教にいたるまでの——全部を含めた公的機関でして、アメリカでの新しい聖書の刊行を成功させるには、われわれの機関の全面的な支援が必要となるのです。われわれとしても、モンティ教授の新発見には非常な関心を持っているので、ホイーラー君の計画には当初から協力しております。第五福音書の発見こそ、キリスト教史上もっとも重要な出来事でして、イスラエルの死海聖書やエジプトのナグ・ハマディでのパピルス写本の発見も、その重要性ではとうてい比肩しうるものでないのです」

「イエス実在説を確認させるからですね」

「それもありますな。イエス非実在説を唱えるのはごく少数の懐疑論者グループ、主としてドイツの学者たちで、ほとんどの聖書学者はイエスの歴史性を疑っておらぬのです。ソクラテス、プラトン、アレクサンドロス大王にしたところで、その実在を示す物的証拠が残っておるわけでないが、われわれは彼らを伝説中の人物とは考えておりません。ただ、イエスの場合は、その行動地域が比較的限定されていて、宣教の期間がきわめて短く、弟子たちはみな、素朴な民衆の一員にすぎなかった。教会も建てないし、彫像も残さなかった。そこで英詩人のシェリーのように、彼は一地方の民衆煽動家《せんどうか》にすぎなかったなど言いだす男があらわれる始末で、実際のところ、イエスの死は当時にあっては、ローマ支配下の辺境における些細《ささい》な事件にすぎなかった」

　ランダルは思いもかけぬ言葉を聞かされて、「すると当時は、イエスの十字架上の死が無視されていたのですか？」と訊いてみた。

「エルサレムでのイエスの裁判は、ローマ帝国の辺境植民地に起きた小さな事件の一つにすぎなかった。ペトロニウス百卒長の三〇年度報告書にも簡単に扱われていて、要するにイエスの生涯の詳しい事実は不明とみるべきです。共観福音書の記者たちが、生前のイエスの言動を直接に見聞した人々の言葉を伝えてくれてはいるが、それもまた伝承によるもので、福音書記者たちの関心は、イエスの伝記を書き残すことよりも、救世主としての意義を宣教する点にあった。つまり主の弟子たちは、この世の終末が近づいたのを信じるのあまり、歴史のごときは無意味なものと考えて、神の子が《雲に乗りて来たる》のをひたすら待ち受けた。しかし、一般大衆にはそれが理解できなくて、懐疑論者がしだいに数を増してきた。そして現代にいたると、イエスなる人物が生きておられたわけではない、あれは民間伝承が創り出した宗教上の象徴だと、ヘラクレスか何かと同じに見ることになった」

「そこで新しい聖書が刊行されたら、懐疑家たちの蒙《もう》を啓《ひら》いてやれるわけですね」

「そういうことです。主が現実に生きておられたのが、写真か映画が保存してあったように確証される。何しろイエスの実の弟が、その目で見て、その耳で聞いた事実を書き残しておいたのだから、これくらい確かなことはない。ホイーラー君とそのグループのプロジェクトは、懐疑論者の疑惑を一掃するばかりでなくて、われわれ人類の心に、至福千年説の信仰と希望を吹きこむ快挙なのだ。これで誰もが、ふたたび救世主の来臨を信じ始める。よろしいか、ランダル君、あんたの今夜の旅立ちは人類史に残るもの――。だからわしは、祝福の言葉を捧げたくて出向いてきました」

これもまた頭のくらくらする話で、ランダルにはまだモンティ教授の新発見なるものの重大性が完全には把握できずにいた。シャンペンをもう一杯飲むことでひと息ついて、ダーリーン・ニコルソンの肉体、すなわち単純な現実を求めて、周囲を見まわした。

彼女はヴェランダ・デッキの窓の前に立って、年若な男と話しあっていた。ダーリーンは二十四だが、青年のほうは彼女よりも少し齢上で――といってもひとつか二つであろうが――だぶだぶの麻服を着ていながら、痩せた躯の骨ばっているのが目についた。赤黄色の髪を船員刈りにして下顎が上顎よりも突き出ていた。

この青年の写真を、いつかダーリーンがいたずら半分に見せたことがあるので、彼女のカンサス・シティ当時のボーイ・フレンドだとすぐにわかった。名前はロイ・イングラム、たしか公認会計士が志望で、その勉強をしているとか聞いた。ダーリーンはランダルが見ているのに気づいて、手をふりながら近づいてきて、二人を引き合わせた。

「ロイ、こちらがあたしのボスのスティーヴン・ランダルさん……社長、このひと、あたしのお友達で、カンサス・シティのロイ・イングラムですわ」

ランダルは青年と握手を交わして、「きみのことは、ミス・ニコルソンから聞いている」といった。

ロイ・イングラムは落ち着きを欠いていた。「お目にかかれて嬉しく思います。ダーリーンの手紙で、あなたのおともでヨーロッパ旅行だと知ったので、別れの言葉をいいにきました」

「それは親切なことで」ランダルがいった。「だが、その言葉をいいたくて、カンサス・シティからわざわざ出てこられたのか?」

イングラムは顔をあからめて、口ごもりながら、「いえ、なに——このニューヨークには、ほかの用件もあったので……」

「ゆっくり話しあっていきたまえ。ぼくはパーティーに顔を出していなければならぬので、失礼する」

ランダルはいったん個室にひき退《さが》ったが、まず思い出したのは、ロイ・イングラムの名を初めて聞いたときのことだった。その日、彼の事務所で女秘書を募集して、何人かの若い娘たちが集まってきていた。ランダルは社長室で仕事中だったが、必要な書類があったので、ベルを押して、黒人女秘書のウォンダを呼んだ。ウォンダが入ってきて、ドアを開けたままにしておいたので、彼女のデスクの前に、長い脚を組み合わせて腰かけている若い娘の姿が見えた。

「あれは誰だね?」ランダルが訊いた。

「きょうの応募者の一人で、わたしが面接をしてみましたけど、うちの事務所には向かないようですわ」

「仕事の性質を知らずにとび込んできたのだろう。だけど、おれが直接会ってみよう。なかへ通したら、ドアをぴったり閉めておいてくれ」

彼女の名前はダーリーン・ニコルソン。二カ月ほど前にカンサス・シティから出てきたという。ニューヨークでテレビのタレントになるのが志望だったが、才能には自信があるのに、雇ってくれるところが見つからないうちに、持ち出してきた金が底をつきかけた。そこで彼女は、有名な人たちが出入りする一流の広告会社に就職すること思ったからだ。そのような場所なら、年来の志望にかなうチャンスをつかめるとランダルは彼女のざっくばらんな態度と、ゆたかな胸、長い脚が気に入った。飲み物を提供して、取引相手と友人のうちから世間的に名の通っている何人かの名前を聞かせたうえで、きみみたいな個性と知力の持ち主が、会社の事務仕事に才能を浪費するのはもったいないことだといって、それから、夜の食事に誘った。

食事のあと、彼女は彼のアパートの部屋までついてきた。そこでランダルが、きみにはボーイ・フレンドがいないのかと訊くと、カンサス・シティにロイというのがいたが、こんどニューヨークへ出てくるとき、二人の仲を解消したと答えた。そしてその理由を、子供っぽいのが物足りないからだと説明した。

「このニューヨークで、決まった友人が欲しくないか？」

「条件しだいね」

「生活費を提供するといったら？」

「あたしの好きな相手なら」

「好きな相手のうちに、ぼくは入れてもらえないかね？」

彼女はその夜を彼と一緒に過ごした。彼はこれは公正な取引だと考えていた。ダーリーンは長いあいだ夢に見ていた有閑婦人の贅沢《ぜいたく》な生活と、有名人たちとの交際、豪《ごう》奢《しゃ》な環境とを手に入れることになった。そしてランダルのほうは、感情上の係わりあいにわずらわされずに若々しい肉体を所有できた。これが公正な取引でなくて何であろうか。だが彼は、そうは考えるものの、彼女と同年配で、しかも彼女に忠実なボーイ・フレンドのことを思うと、罪の意識で胸が痛んだ。

しばらくして、彼女が船室に入ってきて、「やっとロイを追い払ったわ」といった。

「あなた、嫉《や》けたのじゃなくて？」

ばかなことをいう、とランダルは思って、「あの青年、何をいいたくてやってきたのだ？」と訊いた。

「あなたと一緒のヨーロッパ旅行など取りやめにして、カンサス・シティへ帰れというのよ。あたしと結婚したいんですって」

「で、なんといっておいた？」

「そんな気持ちはぜんぜんない、ヨーロッパへ行きたい気持ちでいっぱいだといってやったわ。どお？　満足できて？」

ランダルは罪の意識がいっそう強まった。この女と末長く添いとげる考えなど、かつて一度も浮かんだことがない。それなのにダーリーンは、彼との旅行のために、永続的に彼女に忠実なはずの青年を追い返した。これは正しいことでない。といって、間違っているとも言いきれない。若い女性の肉体に性器《ペニス》を挿《さ》し入れる行為は、相手の女性もそれを望んでいるとしたら、頽廃《たいはい》的と呼ぶにはあたらぬだろう。むしろ非難に値するのは、女の脆弱《ぜいじゃく》な知性につけこんで、富と権威、ないしは父性的なイメージを利用する行為である。彼女は当然、彼女を愛する同年配の青年と結婚して、子供を三人もうけ、新しい洗濯機とドライヤーを購入すべきだ。その相手にはロイ・イングラムという青年がいる。にもかかわらず、彼女は定期船の別れのパーティーを選んだ。それは彼女を酔わせ、ランダルも酔わせ、そして二人に道徳意識《モラリティ》を無視させた。

翌日、六月八日の土曜日、一行は大西洋上にいた。ホイーラー、ナオミ・ダン、ランダル、ダーリーンの四人は、軽い朝食を一緒にとった。その一時間後に第一回打ち合わせ会を開始すると約束しておいて、ランダルはダーリーンを伴って、Dデッキに降り、プールで三十分間の遊泳を楽しんだ。

ダーリーンは、事務上の話し合いにも読書にも興味がないと言いおいて、映画見物かクレイ射撃かに出ていった。ランダルは図書室の先にあるサロン・モナコと呼ぶ小さな部屋で、ホイーラーとナオミ・ダンと落ち合った。ホイーラーは上着を脱いで、ネクタイをゆるめ、ナオミはワニ皮の書類カバンの中身をカード・テーブルの上に移しながら、ランダルがあらわれるのを待っていた。

ホイーラーはさっそく説明を開始した。「スティーヴ、よく聞いてくれ。イタリアのオスティア・アンティカでのモンティ教授の新発見の重要性を理解するには、イエスの生涯について知らねばならぬ。われわれの知識はあまりにも貧弱だ。四福音書を神の啓示と受けとって、その一言半句を純粋に信仰の対象と見るのならばともかく、あいにくなことに、近代の合理主義がそれを否定する方向に傾きだしてからすでに久しい。昨夜のカクテル・パーティーでエヴァンズ博士が、いまだに聖書学者の大半は、イエス実在説を捨てていないと語っていたが、それはかならずしも真実ではない。聖書批評学者と称する急進論者にしろ、古代史の研究家にしろ、みんなそろって、イエス実在説を否定している。考えるまでもなく、それは当然なことだ。イエスの事跡として伝えられているものを、当時の社会情勢のなかにおいてみると、どれもみな首を傾《かし》げたくなる話ばかりだからな。その怪しげなのを削除したら、ルナンの言いぐさじゃないが、イエスの生涯のうちでわれわれの知っている事実は、わずか一ページほどの分量に集約されてしまうのだ。急進的な神学批評家、たとえばドイツのライマールスやバウアー、オランダのピエルソンやナーベルにいたっては、あれは神話にすぎぬと断言して、歴史的事実とは認めていない。それでいながら、なんとこの百年間に、イエスの伝記なるものが、少なくとも七万点は書かれて出版されているのだ」
「その伝記はみな、四福音書の記事を根拠にしているのですね」
「そういうわけだ。マタイ、マルコ、ルカ、ヨハネの四福音書と、あとはごくわずかな補足的資料に依《よ》っている。ところで、福音書記者のうちには、イエスと一緒に生きて、その行動を観察して、生身の姿を見ている者が一人もおらぬ。彼らはみな、イエスの死後三、四十年経ってから、原始キリスト教団の口頭伝承とか文書とかを収集して、パピルスに書き移しただけのことだ。そしてそれが三、四世紀にいたって、新約聖書と呼ばれる不朽の聖典にまとめあげられたってわけなのさ」

そこでひと息ついたジョージ・L・ホイーラーは葉巻をくゆらせてから、秘書のナオミが差し出した書類をめくりながら、さらにつづけた。

「われわれの知識のうちにあるイエスの事跡が、キリスト教徒の証言、四福音書の記載するものに限られているとしたら、どういう結果をもたらすか。新約聖書は二十七編から成り立っていて、その伝えるところはおよそ百年間の出来事だが、イエスの生涯を扱っているのは四福音書だけで、分量的にはあの書物の四十五パーセントにすぎない。しかもそれが、最初にイエス生誕の場面をスケッチ風に描いて、それから十二歳のときのことにちょっと触れただけで、いきなり彼の十字架上の死の直前の二年間の記事に飛んでしまう。つまり、イエスの生涯の十分の九は完全な空白で、いつ生まれて、どこで勉学し、職業が何であったかはもちろん、どんな風采《ふうさい》で、どんな躯つきであったかなどぜんぜん記載してない始末だ……ナオミ、イエスの生涯を要約したものを、スティーヴ君に読んでやってくれ」

ランダルはナオミ・ダンに注意を向けた。彼女の顔は無表情だった。そして、ランダルの視線を避けたまま、手に捧げた一枚の紙片に目を凝らして、

「四福音書の記事を要約すると、こうなります」と、単調な口調で読みはじめた。

「イエスはヘロデ大王の治世の終わりごろ、ナザレかベツレヘムのどちらかで生まれ、ヘロデ王の幼児殺戮《さつりく》を逃れるために、いったんはエジプトへ連れていかれたらしい。少年時代はガリラヤのナザレで育ったものと思われるが、当時の記事はわずか十二語で述べられているにすぎない。そして十二歳のときエルサレムに出てきて、神殿で学者たちに会ったとあるが、その後の経歴はまったく空白で、三十歳に達するまでのことは何の記載もない。次にあらためて登場すると、救世主の来臨に備えて神から差し遣わされた洗礼者ヨハネの手で受洗し、いったん荒野にしりぞいて、四十日のあいだを瞑想《めいそう》にすごした」

「荒野にしりぞいたことは」とランダルが口を挟んだ。「たしか、四福音書のどれに

も記載してありましたね」

「いいえ、マルコ、マタイ、ルカの三福音書は記していますけれど、ヨハネ福音書には記載がありません」そして彼女はふたたび紙片に目を凝らして読みつづけた。「荒野を出たイエスはガリラヤへ戻って、宣教を開始した。カペナウムへ二度の旅行を試み、三度目の旅行にはガリラヤ湖を横切って、ガダラとナザレで説教し、さらに四度目の旅行では北方に向かって、ツロとシドンで教義を説いた。そして最後にエルサレムに戻ったが、城内には入らずに、町の外で弟子たちと幾日かをすごした。そのあと過越《すぎこし》の夜にエルサレムに入城して、神殿で商人を逐《お》い出し、両替商の台を倒し、群衆に神の道を伝えた。その後いったんはオリーヴ山にしりぞいて、十二人の弟子たちとともに友人の家で晩餐《ばんさん》をとったが、ゲッセマネの園で捕えられた。そして最高法院《サンヘドリン》に冒瀆《ぼうとく》の罪を問われて、ローマのユダヤ総督ポンティウス・ピラトゥスの裁判を受けることになり、死刑を宣告されて、ゴルゴタの丘で十字架にかけられた」

以上の文章を読みおえたナオミ・ダンは、紙片を下げ、ホイーラーの顔を見ながらいった。

「これが福音書に書かれているイエスの事跡の、彼の教訓、譬話《たとえばなし》、奇跡物語、〈もし〉とか〈たぶん〉とかいう部分をとり除いたものの全部です。キリスト教徒は二千年のあいだ、人間イエスについてはこれだけの事実を知ることで満足していたのでした」

ランダルは躯をもじもじ動かして、「なるほどね」といった。「イエスを神の子と証言して教会を設立するには、あまりにも記事が少なすぎるな」

「いや、数百万の信徒を維持するにも貧弱すぎるよ」ホイーラーがいった。「だから、科学時代が到来して、急進論者の攻撃が始まると、信仰の基礎をゆるがぬようにするにも困難を感じているのさ」

「だが、キリスト教徒以外の者が書いた記録があるはずだ」ランダルがいった。「たとえば、ヨセフスとかいうローマの著述家などの書き残したものが」

「ところが、スティーヴ、それにもやはり満足できるようなものがなくて、キリスト教徒の証言のほうがむしろ詳しいくらいだ。ローマ人の証言で当時のキリスト教徒の状態はわかるのだが、イエスという男の人相、風采《ふうさい》、その他の特徴となると、何も記述していないのだ。もっとも、敵方がキリスト教団を攻撃しているのだから、キリストと呼ばれる男が実在していたのは疑いないだろう。事実、キリストについて記述したユダヤ人側の古文書を、われわれは二つ知っている。一つは、さっききみが名前をあげたフラウィウス・ヨセフスのものだ。この男はのちにローマの市民権を取得したユダヤ教の導師《ラビ》で、歴史家だった。紀元三七年に生まれて、だいたい一〇〇年ごろまで活躍していたが、九三年に『ユダヤ戦記』を著わし、これが現存しているのだが、それに福音書に関する記載があって、簡単ではあるがイエスにも触れている……ナオミ、あの記載の部分を読みあげてくれ」

ナオミ・ダンはすでにその写しを用意していたので、さっそく読みはじめた。「そのころイエスという名の賢人が出現した。彼を人間と見るのが正しいかどうかは知らぬが、さまざまな奇跡をあらわし、真理を求める人々の教師であった。彼はその奇跡と教えによって、ユダヤ人とギリシャ人の多くを魅了し、救世主《キリスト》と呼ばれた。そこでユダヤの有力者たちが総督ピラトに訴え出て、磔刑《たっけい》の宣告に持ち込んだ。しかし、彼を敬慕していた者たちは、その気持ちをいささかも変えなかった。処刑の三日後、彼は甦《よみがえ》り、信徒たちの前に姿をあらわした。預言者の言葉と一万にも及ぶ奇跡の証《あか》しを示したのである。彼の呼び名によってキリスト者と名乗る教団がいまなお存在して……それから、もう一つのほうは――」

ホイーラーが手をあげて、「そっちは読まなくてもいい」と制止してから、ランダルに向き直って、「これが実際にヨセフスの書いたものなら、キリスト教徒以外の者がイエスに言及した最初の記事となるだろう。だが、残念ながら、問題の部分をヨセフス自身の手になるものと信じる学者は一人もいないのだ。キリスト教徒ならいざ知らず、当時のユダヤ教の導師が、イエスのことを《賢人》だとか、《人間以上のもの》だとか、あるいはまた、《彼は救世主と呼ばれた》などと書くわけがない。その個所は、中世のキリスト教会の書記が、イエスの歴史性を創り出すために挿入したものと考えられている。つまり、ヨセフスの著書そのものはイエスに好意を持って書かれていないので、数世紀後の敬虔《けいけん》なキリスト教会の書記が改竄《かいざん》したということだ」

「だけど、そこにイエスの名が出ているからには、ヨセフス自身はイエスの実在を認めているわけですね？」

「そういうわけだ。まだほかにも、ユダヤ人がイエスについて記載した文書がある。ユダヤの律法学者の口伝や解説を集録した書物を『タルムード』というのだが、二世紀ごろにその『タルムード』に書き入れた個所が、イエスのことを伝えている。資料はもちろん伝聞によるものだが、悪意のこもった筆つきで、イエスという男が魔法で民衆を惑わした罪で死刑に処せられたとあるのだ。それから、もっと信頼してよい証言といえば、キリスト教にもユダヤ教にも関係のないローマ人の残した記録だが、そのもっとも早いものは――あの著者はたしか……」

ホイーラーがその著者の名を思いだそうとして、しらがまじりの眉を掻きはじめたので、ナオミがいそいで口を添えた。「タルスですわ。彼の三巻本の歴史書に載っている記事で、あの書物は一世紀の中ごろに書かれたものと見られています」

「そうだったな。そのタルスの歴史書に、イエスが処刑された日、パレスチナ一帯の天地が晦冥《かいめい》の状態になったとしてある。タルスはその現象を日蝕《にっしょく》だと説明しているが、後年のキリスト教の著者たちは、奇跡だとの主張を頑強に変えなかった。次の著者は、ビチニアの総督をつとめたガイウス・プリニウスだ。彼とトラヤヌス帝との往復書簡は古来有名な文献だが、その一一〇年ごろのものに、彼の領地内のキリスト教徒たちの動静が報告してある。いわく、キリスト信仰なるものは無知な民衆の迷信にすぎず、彼らはただ夜明け前に集合して、キリストを神と称《たた》える讃歌《さんか》を唱えるだけであり、実害はまったくないと述べている。ところが、例の大歴史家タキトゥスの『年代記』の記事は正反対で、一一〇年から一二〇年のあいだのどこかに、こんなふうに書いてある。皇帝ネロがローマを焼いた責任を逃れるため、その罪を、当時の一般民衆からキリスト者と呼ばれて嫌われていた集団に押しつけ、彼らに非道な弾圧を加えた。この教団の宗祖のクリストゥスは、ティベリウスの治世の時代に、ユダヤ総督ポンティウス・ピラトゥスの手で、民心を惑わす者として極刑に処せられた。かくしてこの邪悪な信仰はいったん終熄《しゅうそく》したが、いままた息を吹きかえし、ユダヤの地ばかりでなく、このローマにおいてさえ……とだ」

そしてホイーラーは、タイプで打った二枚の紙片をナオミから受けとって、ランダルを見やりながら、

「いよいよ最後のやつになったよ」とつづけた。「ローマの伝記作家のスエトニウスが九八年から一三八年までのあいだに、彼の主著の『皇帝伝』を書きあげた。ユリウス・カエサルからドミティアヌスまでの十二人の皇帝の逸話集だが、そのクラウディウス帝の項に、皇帝は、キリスト信者の煽動《せんどう》で絶えず騒擾《そうじょう》を起こすユダヤ人全員をローマから追放し、うんぬんとの記載がある。以上の三つが、非キリスト教徒のローマ人が書いた記事の全部だが、どれもみな、イエスの死亡時から半世紀か一世紀すぎたころに書かれている。そして、それ以上詳しいことを知るには、教徒が書き記した四つの福音書に依らねばならぬが、それは四つとも、同時代人が書いたイエス・キリストの伝記と呼ぶには客観性を欠いていて、彼らの信仰が神話に形成されてゆく過程を述べているにすぎないのだ」

「イエスの生涯に関する事実の記載が乏しいばかりでなく、エヴァンズ博士の指摘にあったように、イエスの宣教の期間があまりにも短かったので、ローマ人は彼の処刑を記録に残すほど重大なことと見ていなかったのでしょうね」

「さよう、さよう、そういうわけだ」とホイーラーはうなずいて、「死海文書の研究家のミラー・バローズがそれを的確に表現している。イエスがもし、民衆を蹶起《けっき》させた革命家で、ローマの軍隊と闘い、あの土地に彼らの王国を建設しようとしたのなら、彼の死を惜しんで、その反乱と失敗とを伝える硬貨か石碑が残っているはずだ。要するにイエスは放浪の伝道者で、書物を著わしたり、寺院を建てたり、あるいは教団を組織したりしたわけではない。カエサルのものはカエサルへ返せ。わが求めるところは、この地上に神の国を将来することだと唱えて、そのメッセージを貧しい漁夫を通じて、口から口への方法で民衆のあいだに広めようと意図しただけだと。たしかにバローズのいうとおりで、ヘロデ王の支配の状況でさえ、その証拠を崩壊した宮殿跡の円柱に見ることができる。一方、原始キリスト教には、考古学上の遺物がまったくない。イエスはキリスト教団のほか、なんの証拠も残さなかったのだ」

「それが一夜あけると」とランダルがいった。「世人はイエスの伝説がふたりの人物――ヤコブとペトロニウスという、彼の生身を見た男によって書かれているのを知ったのですな。これはたしかに奇跡ですよ」

「まったくすばらしい奇跡だ。これから二カ月後には、実の弟が書いたイエスの伝記が、青天の霹靂《へきれき》のように全世界の人々を驚かす。しかもその真正が、何ら偏見のない異邦人ペトロニウスの書いた記録で確証されているのだ」

ランダルはパイプに火をつけおえて、「で、その内容をいつ読ませてもらえます？」

「来週か再来週のうちには、全文を読んでもらえるはずだ。さしあたって、ペトロニウスが羊皮紙に書いた記録を簡単に述べておくと、イエスはティベリウス帝の治世下に、パレスチナのローマ皇帝直接管轄属州で宣教を行なった。ティベリウス帝はいろいろな理由から、もっぱらカプリ島の離宮で日を過ごし、統治上の実権が近衛兵団長ルキウス・アエリウス・セヤヌスに移っていた。セヤヌス将軍は野心家で、ティベリウス帝を追い払い、みずから帝位につくのを狙って、各属州の総督に腹心の部下を配置した。ポンティウス・ピラトゥスも彼の支援でユダヤ総督の地位を得たのだ。そして、属州内での騒擾事件、裁判、処刑は細大漏らさず、総督もしくは百卒長からセヤヌスに報告されていた」

ランダルは関心をそそられた様子で、「するとイエスの十字架上の死は、当時のローマの高官たちには重要視されていないのに、その報告書だけがローマのセヤヌスのもとに届いていたのですか」

「だいたいそんなところだ。ピラト自身がそれをダマスカスのシリア総督に知らせて、ローマへの使者を立ててもらったのか、それとも、ピラトの親衛隊長――つまり、この男がイエス処刑の監督者だ――ピラトの名前で報告書を作成して、直接にセヤヌスへ使者を送ったのか、そこまでのことはわかっていない。ただ、ここで興味のあることは、どうやらその報告書をセヤヌス自身は読まなかったらしい点だ」

「というと？」

「その報告書によると、イエスの処刑は、ティベリウス帝の治世十七年の四月七日に行なわれたとなっている。それがつまり紀元三〇年になるのだが、当時すでにパレスチナの地には、セヤヌスとティベリウス帝の不和の噂《うわさ》が伝わっていた。そこで、イエスの処刑についての報告書は、その他の報告とも、せっかく用意されたのに、セヤヌスの地位が確定されるまで、エルサレムにとめおかれることになった。そしてその後、カイザリヤかダマスカスからの情報で、セヤヌスは失脚するまでにいたらず、いぜんとして権力を維持していると判明したので、ようやくローマへの使者が出発した。だが、そのときは翌三一年になっていた。ところが、商船を利用した使者が、イタリアの港オスティアに上陸すると、セヤヌスの陰謀の噂がふたたび広まって、彼はその地位を追われかけていると告げられた」

「実際に謀叛《むほん》の企てがあったのですかね？」

「あったらしい。これは後日談だが、ティベリウス帝はセヤヌスの陰謀の証拠をつかんで、三一年の十月には、彼の処刑を命じている。それはともかくユダヤからの使者は、報告書をセヤヌスに提出して皇帝の怒りを買うのを怖れた。で、彼はとりあえず、それを近衛兵団の知人か民間の友人に預けて、パレスチナの任地にひっ返した」

「だんだん様子がわかってきましたよ」ランダルがいった。

「といっても、これはわれわれが論理的に下した推測で」と、ホイーラーが念を押すようにいった。「確実にいえるのはただ、報告書を預かった男が、それをセヤヌスの処刑後まで隠しておいたことだ。隠しているあいだに、報告そのものが無意味になり、やがては預り主も死んでしまった。遺族の誰かが見出したはずだが、その男がキリスト教に改宗して、報告書とヤコブが書いた文書とを秘密裡に保存する方針をとったものと思われる。キリスト教徒の弾圧が開始されたので、役人の目に触れるのを怖れて、彫像の台座の下に封じこめておいたのだが、十年経ち、二十年が過ぎ、数世紀が経過するうちに、彫像が崩れ、台座は泥に埋まってしまった。そしてそれが、いまから六年前にいたって、モンティ教授の手で発掘されたってわけだ」

「とても興味深い話だ」ランダルがいった。「由来と発見の経過はそれでわかったので、こんどは内容について知りたいものですね」

ホイーラーはもっともだというようにうなずいたが、人差し指を高くかかげて、

「それはまだ早い」といった。「アムステルダムに到着するまで待ってほしい。あそこにはきみに見せるために、ゲラ刷りが用意してある。ヤコブ福音書の全文とペトロニウス羊皮紙からの注解付き資料を読んでもらえる。そのときの強烈な印象を損なわないためにも、いまここで断片的な内容を漏らさんほうがいいと思うのさ」

「知りたいのはやまやまですが、数日間の辛抱なら我慢しましょう。ただ、イエスがどんな格好の男だったかだけでも話してもらえませんか」

「ダ・ヴィンチ、ティントレット、ラファエロ、レンブラントなどが描いたのとは、まるでちがっている。全世界の数百万の家庭が、街で購入してきて祀《まつ》っている十字架上のイエスとは、まったく違った姿かたちなのだ。実の弟のヤコブは人間イエスを、女性ファンに人気のあるスター俳優みたいには描いていないのだよ」

「それからもう一つ、ぼくの頭につきまとっている疑問は、イエスが十字架にかけられたあとも生きながらえたとの話です。それもやはり臆測ですか？」

「いや、臆測なんてものじゃない」ホイーラーは力をこめていった。「ヤコブの証言によって、イエスは十字架上で死んで三日後に昇天したのではなく——少なくとも三〇年には死んでいなくて——その後も長く生きながらえて宣教をつづけていたのが明らかになった。ヤコブ福音書はさらに何人かの目撃者の証言を引用して、イエスが無事にパレスチナを脱出して——」

「どこへ行ったのです？」

「カイザリヤ、ダマスカス、アンティオキア、キプロス、そして最後はローマに入った」

「信じられないことですね、ローマのイエスとは」

「きみがその目で」ホイーラーは自信をもっていった。「真正の証言であるヤコブの福音書を読めば、二度とそのような疑問を口にしなくなる」

「そしてローマのあとは？」ランダルは追及をやめなかった。「イエスは五十四歳ごろまでローマで宣教をつづけたとして、それからどこへ行きました？　いつ、どこの土地で死んだのです？」

突然、ホイーラーの巨体が椅子から立ちあがって、「その答えも、アムステルダムまで待ってもらおう。それがつまり、第二の復活なのだ」といいおくと、部屋を出ていった。


船上での三日目である六月九日の日曜日は、全員が休息にあてた。そして四日目の六月十日の月曜日。その日はインタナショナル新約聖書出版の意義をランダルに理解させるために、ジェームズ王の欽定訳から一九五二年の改訂標準訳までの聖書翻訳についての講義が、ホイーラーとナオミ・ダンによって行なわれた。

そして六月十一日、火曜日。

あすはいよいよイギリスに到着して、ロンドンの大英博物館で、このプロジェクトのヨーロッパにおける協力者たちと会見することになる。

午後、ダーリーンがヴェランダ・デッキで、好色家らしい脂ぎったハンガリー人とピンポン・ゲームに興じているあいだ、あとの三人は甲板上で、最後の打ち合わせを行なった。

船はイギリス本土に近づいて、北大西洋の海上にあった。波のうねりはおだやかだが、頭上を覆う暗いまだら雲が太陽を隠して、空気が冷えびえしていた。ランダルは、はるかかなたの水平線上を行く巨船が立てる白い水の泡へ目をやりながら、ホイーラーの言葉に耳を傾けていた。

「まずもって、アムステルダムの企画本部の状況を頭に叩きこんでおいてもらう。われわれが使用しているのはクラスナポルスキー・グランド・ホテルで、これはあの都会のビジネス中心地の右手にある。ダム中央広場のすぐ右側で、王宮と向かいあった位置だ。この五階建てのホテルの二層分をそっくり使用しているが、そのほかの部分、つまり、あのホテルの五分の三は、従来どおり一般の宿泊客が出入りしている。それだけに、機密保持には慎重な配慮が必要なんだ。われわれはあらゆる危険を想定して、情報漏れを防ぐのに万全を期してきた」

「クラスナポルスキー・ホテルは絶対安全だといえるのですか？」

ホイーラーは肩をすくめて、「われわれはそれを信じて、そのように望んでいる」

ナオミが椅子から半身を乗り出して、「その点ホイーラーさんは、異常といっていいくらい用心深くて、わたしがあのホテルでの作業状態を見たかぎりでは、要害堅固な砦《とりで》といったところですわ。ですから、作業の開始から二十何カ月もすぎているのに、あそこで誰が何をしているのか、噂ひとつ立っていませんのよ」

「そのとおりだ」ホイーラーはうなずいて、頸筋《くびすじ》を掻きながら、「だけど、問題はこれからの二カ月間だ。いよいよ仕上げの段階に入るので、これまで以上の機密保持が必要になる。そのための警備員には、ＦＢＩ、スコットランドヤード、パリ警察本部と、各国の捜査官の腕利きを引き抜いた。これらの連中を統轄しているのが、オランダ警察のヘルデリンク警部で、この男もかつては国際警察の一員だった。これだけ用心しているのだが、まだ安心しきれるわけでない。というのは、こうした計画はいくら隠したところで、専門家たちには感づかれる。すでに出版業界と反対派の教会の連中のうちに、われわれのプロジェクトの具体的な内容を探り出そうとする動きがあらわれている」

ランダルは聞きとがめて、「反対派の教会の連中とは、誰のことです？　教会関係者なら例外なく、このプロジェクトに賛同して、最後の段階までの機密保持に協力しそうなものですが」

ホイーラーは海の上に目をやって、少しのあいだ考えこんでいたが、「アムステルダムで最大の規模を誇るウェスター教会に、マーティン・ド・ヴロームという牧師がいる。きみはその名を聞いたことがないか？」

ランダルは、その名前をオーク・シティの旧友トム・ケアリーの口から聞いたのを思いだして、「ぼくの故郷の友人で、メソジスト派の牧師をつとめている男が、マーティン・ド・ヴロームの賛美者でした」と答えた。

「あんな男を賛美されては困るんだよ。近ごろの若い牧師連中は、正統派教会の在《あ》り方にあきたらないことから、これを社会運動家の団体に改編させたがっている。その運動の中心人物が、オランダ改革教会派のド・ヴローメ牧師だ。彼は西欧諸国のプロテスタンティズムを衰退させようとして、あらゆる方面に魔手を伸ばしている。われわれにとってのもっとも厄介な敵なのだ」

ランダルは面喰らって、「どうして彼が、新しい聖書の出版業者の敵なんです？」

「彼は異端者だ。もう一人の異端者のドイツの神学者ルドルフ・ブルトマンの影響を受けて、新約聖書様式史的研究の学徒であるだけに、もともと福音書記者の記述に根本的な疑惑を抱いている。彼の主張は、新約聖書のうちから、水を葡萄《ぶどう》酒に変え、五千人に供食し、死者を甦らせ、復活して昇天するといった奇跡物語を削除せよ、それで初めてあの聖典が科学時代の現代人に有意義になる、というのだ。歴史的イエスを信じないどころか、その実在さえ無視して、現代人に必要なのはキリスト教の教義だけだと叫んでいる」

「ド・ヴローメが信じているのは、キリストのメッセージだけなんですね。で、彼はそのメッセージをどうしようというのです？」

「彼独自の解釈だが、キリストのメッセージに従って、社会的、かつ政治的な教会を建設するのが狙いなんだ。神の国、救世主キリスト、信仰の秘蹟《ひせき》といった観念を除外してだ。その男の主張はまだいろいろとあるが、それはやがて、きみの耳にも入るだろう。ところで、ド・ヴローメのようなアナーキスト的教会人が、ヤコブの福音書とペトロニウスの報告書が発見され、われわれのインタナショナル新約聖書の出版によって、イエスの真の姿が明らかにされるのを知ったら、どういうことになるか。彼はただちに、これでふたたび正統派キリスト教会の階級制度が強化されて、改革派の急進主義者グループの勢力が一掃されかねないと考える。いうなれば、われわれのプロジェクトが成功したら、ド・ヴロームの教会改革の野望が挫折《ざせつ》するのだ」

「で、ド・ヴロームは『第二の復活』のプロジェクトの内容を、どの程度に知っていますか？」

「詳しいことは知らないはずだが、クラスナポルスキー・ホテルで作業が着々と進行中なのに感づいて、こちら側の警備員の人数を上まわるスパイを送りこんでいる。ゲラ刷りがそろいだしたから、ド・ヴロームの活躍ぶりが強化されるはずで、彼にとってのさしあたっての問題は、宣伝広告界のエキスパートであるきみの登場だ。きみが彼の攻撃目標となるのは必然的だといえるのだよ」

「安心しててもらいましょう」ランダルがいった。「彼らごときにしてやられるようなぼくではありませんからね」

　それから出版業者は、このプロジェクトの主要な関係者について語りだした。「発見者はイタリアの考古学者のアウグスト・モンティ教授で、かつてはローマ大学に講座を持ち、現在は次女のアンジェラと一緒に、ローマ市内に住んでいる。発見された古文書の年代測定は、パリの国立科学研究所のアンリー・オーベール教授に委嘱した。教授は放射性炭素14による年代測定法が専門で、その夫人のガブリエルはフランスの名門貴族の出なんだ」

そのあとホイーラーは、印刷部門の担当者として、ドイツ印刷界の大立者カルル・ヘニッヒ氏の名前をあげた。氏がマインツに工場を、そしてフランクフルトに事務所を持っていること、活版印刷を発明したヨハネス・グーテンベルクの研究家で、グーテンベルク博物館が氏の印刷工場の近くにある関係もあって、その運営を巨額の寄付金で支援していることを説明した。そして最後に、イギリスにおける二名の協力者に触れた。高齢の神学者バーナード・ジェフリーズ教授は聖書の本文批評とアラム語の権威で、オクスフォード大学の神学部門を主宰して、その愛弟子《まなでし》のフロリアン・ナイト博士は、目下のところロンドンの大英博物館で、ジェフリーズ教授のための研究に従事している。そしてこのジェフリーズ博士が、新発見のヤコブ福音書を翻訳する国際チームの指揮をとっているというのだった。

そこまで喋ると、ホイーラーはデッキ・チェアから腰をあげて、

「長話ですっかりくたびれた。夕食前にひと眠りしたい。いいかね、スティーヴ、あすはジェフリーズ教授とナイト博士に会うことになるのだから、もう少し彼らについ

て、ナオミの口から聞いておいたほうがいい」

と言いおいて、さっさと甲板を下りていった。ナオミは膝かけの毛布をはねのけて、

「これ以上こんなところで、北大西洋の風に吹かれていたら、わたし、氷柱《つらら》になってしまいますわ。どこか暖かな場所で、一杯飲ませていただけません？」

ランダルも立ちあがって、「結構だね。その場所はリヴィエラ・バーにするか」というと、彼女は首をふって、「あそこは人の出入りが激しくて、それにバンドがうるさすぎるし」と、いつものきびしい表情を柔らげて、「アトランティック・バーのほうが落ち着けるのじゃないかしら？」といった。


アトランティック・バーでは、フランス人のピアニストが一人、パリの流行歌を弾いていた。ランダルは二杯目のスコッチ・オン・ザ・ロックを飲みおえると、ようやく気持ちがなごやいできた。しばらく雑談を交わしたあと、ナオミの話が本題に入った。

「あすは朝の六時にサウサンプトンに入港しますから、パスポートのチェックと税関の検査がすむのが八時ごろで、それからホイーラーさんの用意した車で、ロンドンのドーチェスター・ホテルへ向かいます。そこでひと休みしたら、あなたを大英博物館

へお連れして、ジェフリーズ教授とナイト博士にお会わせします。そして紹介のすみしだい、ホイーラーさんとわたしはアムステルダムへ出発することになっていますの。あなたは、二人の学者たちに質問なさって、答えをテープにとって、その翌日、わたしたちを追いかけて、アムステルダムに来てくだされぱいいのですわ。あの学者たちとの質疑応答は、とても興味深いものになると思います」

二杯のスコッチ・オン・ザ・ロックが、彼女と二人きりになった堅苦しさを解消してくれた。ランダルはこの気分を持続させたいと、ウェイターを呼んで、三杯目を注文した。

「きみは案外、酒に強いんだな」

「ええ、見かけよりはね。でも、かなりふらふらしてきました。ですから、酔いつぶれないうちに、あとの話をしてしまいます。このバーナード・ジェフリーズ老教授は、現代の神学界で最高峰の位置にあるひとで、ことに一世紀のパレスチナで用いられた言語が専門ですの。ご承知のように、当時のパレスチナでは三つの言語が併用されていて、その一つは、支配者だったローマ人が使っていたギリシャ語。それと、ユダヤ教会の指導者たちのヘブライ語。それから、一般民衆のアラム語の三つ、そしてイエスはアラム語を喋っていましたの。次はジェフリーズ教授の人相風采ですけれど、七十歳に近づいているにしては強健そうな躯つきで、小ぶりの頭の髪が銀白、鼻眼鏡をかけて、マラッカ産の籐《とう》のステッキを愛用しています。オクスフォード大学の東方学研究所の主要メンバーで、欽定ヘブライ語講座の主任教授と神学部門の主宰者と、双方の椅子を占めています。要するに、あの分野での最高権威者なのですわ」

「専門は古代語だな」

「いいえ、スティーヴ、彼はそれだけでなくて、パピルス写本の権威者でもあるのです。もちろん、専門は聖書学と比較宗教学で、現在はこの企画の、ヤコブ福音書とペトロニウス報告書の翻訳に専念しておられます。でも、ご老齢なので、実際の作業は愛弟子のフロリアン・ナイト博士にまかせているのです。ですから、あなたにとっての重要な相手は、その若い学者のほうですわ」

そこへ三杯目の酒が運ばれてきた。ランダルは彼女の前にグラスをかかげて、ふたり一緒に飲んだ。

「で、ナイト博士に話を移しますと」ナオミは説明をつづけた。「まだいまのところ、オクスフォード大学の指導教官ですけれど、東方学研究所では、ジェフリーズ教授に代わって講義をしていて、いずれは老教授の講座の後継者と決まったようなものです。ジェフリーズ教授は七十歳で隠退して、名誉教授になられますから、ナイト博士が近く、欽定講座の主任教授に任命されるのです。ただ、人間的な面では、このふたりの学者には、昼と夜ほどのちがいがありますわ」

「ほう、どんなところが?」

「外見、気質、何もかもです。ナイト博士はイギリス人によくある早熟の天才タイプで、年齢にしてもまだ三十四かそこらです。目が落ちくぼんで、鼻がワシのくちばしみたいに尖《とが》って、下唇が突き出し、耳が大きくて、細くて長い手の持ち主です。甲高い声で喋って、いつも神経が張りつめているみたい。とても興奮しやすい性格ですけれど、新約聖書学の分野では、イギリスが生んだ天才児と見られています。二年前に翻訳作業が始まると、ジェフリーズ教授は有能な若い学者を大英博物館に送り込む必要があると考えました。あそこには新約聖書の貴重な古写本がたくさん収蔵してあるので、新しい発見物と照合させたかったのです。そこで、ナイト博士に大学から休暇をとらせて、大英博物館に読み役《リーダー》として就職するように手配したのです」

「読み役?　読み役とは何だね?」

「大英博物館では、研究員のことをそう呼びます。とにかく、あなたは、明日、ナイト博士にお会いになります。そして博士は、あなたと同行してアムステルダムに向かいますから、あなたは聖書の販売宣伝に有効な材料を、彼の知識のうちから仕入れることができます。あなたにはお手のものの仕事でしょうけれど、ただひとつ厄介なのは、ナイト博士があの若さで、聴覚がまったく駄目なことです。補聴器がなくては、ほとんど聞こえないんですわ。ナイト博士が自意識過剰で、いつもいらいらしているのは、そこに理由がありますの。でも、あなたのことですから、彼と仲よくなって、その口から必要な知識を引き出すなど、簡単な仕事だと思いますわ」

言いおわって彼女は、からになったグラスをかかげると、もう一杯いただけるかしらというような目つきを見せた。

ランダルはうなずいて、「ぼくもまだ飲める」と応えて、ウェイターへ合図をした。

茶色の髪を小さく束ねたナオミ・ダンは、鼻筋が通って唇の締まった顔に、まだいまのところ、生まじめさが薄れていないのだが、三杯目のグラスがからになるころには、グレーの瞳がうるんできて、宗教人らしい表情もゆるんでいた。ランダルの胸のうちに、彼女への好奇心が高まった。五日のあいだを同じ船内ですごしていながら、彼女はいまだにその真の姿を見せていないのだ。

「仕事上の問題はこれくらいにして」とランダルがいった。「もっと気楽な話題に移ろうじゃないか」

「ええ。どんな話題がお気に召しますの？」

「まず第一に、ぼくがきみに与えた印象だ。いまきみは、ぼくだったら、フロリアン・ナイトと仲よくなって、必要な知識を入手するのは容易なことだといったが、あれは皮肉かね？　それとも、賞讃の言葉なのか？」

彼女が答える前に、ウェイターが新しいオン・ザ・ロックを運んできて、からになったグラスを持ち去った。

ナオミは顔をあげて、「最初にお会いしたとき、正直なところ、あなたに反感を抱きました。いいえ、あなただけでなくて、広告会社の人たち全体に、ある種の偏見を持っていたからです。ああいった職業に携わっている人たちは、いわば大衆に誤った観念を植えつけるのが仕事のようなもので、そのためにはあれやこれやの手品を使って、まともな商売とは考えられませんでした」

「まあ、そんなところだな」

「あなたはあの業界の第一人者です。ですから大衆を見下して、傲然《ごうぜん》とかまえておられるものと予想していました。そして、お会いすると、思ったとおり、まるでわたしたちが宗教に凝りかたまった愚かしい人間の集まりであるかのように……」

ランダルは苦笑を隠しきれずに、「ぼくもまた、きみと出会った瞬間から、嫌われているのに感づいていた。伝道事業の意義を知らない俗悪な男と見ているなとね。で、いまでもやはり、同じ気持ちかね？」

「だったら、こうやって話しあってはいませんわ」と彼女は朗らかにいった。「五日間の航海で、あなたを見る目がすっかり変わりました。ただ、一つだけ変わらないのは、あなたがご自分の職業を恥じておられる印象です」

「ある意味では、的を射ている」

「あなたはわたしが最初に考えていたより、ずっと繊細で、傷つきやすい感情をお持ちです。ですから、相手に好感を与えます。つまり、わたしのさっきの言葉は、賞め言葉ですわ」

「それを聞いて安心した。では、乾杯させてもらおうか」

二人はゆっくりスコッチ・オン・ザ・ロックを飲んだ。

「ところで、ナオミ、きみはいつからホイーラーのところで働いているのだね？」

「五年になりますわ」

「その前は？」

彼女は黙りこんだ。そして、ランダルの顔を見つめていたが、「わたしは修道女でした」と答えた。「フランシスコ派の修道院に二年間——シスター・レジナと呼ばれて……お驚きになりましまして？」

ランダルには驚き以上だった。その驚きを隠しもしないで、目を彼女に据えたまま、「どんなことから、修道院を出たのかね？」と訊いた。

「宗教上の理由ではありません。いまでもわたし、信仰は少しも揺らいでいなくて、ただ、わたしという女には、修道院のきびしい戒律に耐えられないのを知ったのです。修道院を出るには、教皇庁の許可が要《い》ります。けれど、その願い出をしましたのは、わたし一人ではありません。現在、全世界での修道女の数は百二十万人ですが、わたしみたいに修道院を出て行くひとは、あの年だけでも七千人にのぼっていました。わたしは、孤独で、戒律きびしい生活から、世俗的な日常生活に復帰するのに、かなり苦しいおもいを味わいました。短いドレスを着ただけで、裸体をさらしているみたいに感じたりして……職業のほうは、カレッジ当時に英語学を専攻していたので、ホイーラーさんのミッション・ハウス出版社に採用していただきました。この仕事はわたしに向いていて――」

彼女の身の上話は、甲高い声で中断させられた。「やっとつかまえたわ！　こんなところにいらしたのね」ダーリーン・ニコルソンの声だった。「ずいぶん探したわ。お仕事の話、まだおすみにならないの？」

「ちょうど終わったところだ」ランダルがいった。「ここへ来て、一緒に飲むがいい」

「そうしてはいられないの。映画が始まってるのよ。始まってから四十五分も経っているけど、最後の場面だけでも見ておきたいので」

そして彼女は、ランダルの口にキスをすると、いそいでまた、出ていった。

そのあとランダルは気まずそうにナオミの顔を見て、「とんだ邪魔が入ったが、それできみは――?」

「あの話はあれでおしまいです」ナオミはスコッチの残りを口へ運んでから、数秒のあいだランダルを見つめていたが、「せんさく好きみたいで何ですけれど、お訊きしないではいられないようなことが……」

「いってみたまえ」

「失礼なことをいうと、お怒りにならないでね。わたしには、あなたみたいな方に、あのタイプの女性がお気に召す理由が不思議に思えてなりませんの。ダーリーンがあなたの秘書でないのはわかっています。彼女はこの船に乗ってから、一度も自分の船室を使用していませんもの。品の悪い言葉でいえば、愛人といったところですわね」

「そのとおりだ。ぼくは妻と別居して二年になる。別居して六カ月後、ダーリーンに出会った。それからずっと、彼女はぼくと一緒に暮らしている」

ナオミは唇を噛《か》んで、ランダルの顔は見ないで、「セックスのほかにも、一緒に暮らす意味がありますかしら?」といった。

「残念ながら、あまりないね。だけど、年齢の隔たりはベッドのなかで克服できる。あれで彼女、性格は素直なんだ。若い女をそばにおいておくのは、いいことなんだ」

ナオミはからになったグラスをテーブルの端まで押しやって、「もう一杯、いただこうかしら」といった。

「それがいい。ぼくも飲む。船内での最後の夜を愉快にすごそう」

「わたし、もう愉快になっていますわ」

二人は無言で飲んだ。彼女のグラスが先にからになった。「スティーヴ、もう一杯!」彼女がいった。「最後の夜を惜しんで」

そして彼女はグレーの目を細めてランダルを眺めていたが、急にいった。「思い出したわ。翻訳のことで、上陸前に読んでおいていただきたい資料がありました。わたしの船室においてあるので、とってきますわ」

「明日でいいじゃないか」

「いいえ、いますぐ読んでいただきたいの。とても重要なことですのよ」

彼女は最後の一杯を飲み干すと、ふらふらしながら立ちあがった。

彼はナオミを支えて、その腕をとろうとしたが、彼女は拒否して、それでも貴婦人らしく、まっすぐ歩こうと努めていた。ランダルはそのあとに従ったが、彼自身の足どりも不確かなものだった。

床のスタンド灯のほのかな光に浮かび出た彼女の船室は、広々として、豪奢《ごうしゃ》だった。グレーのベッドカバーに覆われているのは、ソファ兼用のものではなくて、本物の寝台だった。いたるところに鏡が飾ってある。

「いい部屋だね。ホイーラーの部屋はどこだ？」

彼女はふり返って、「それ、どういうこと？」と訊き返した。

「彼もこの続き部屋に一緒のはずだが」

「ここはわたしの個室ですわ。専用で、鍵をかけておきます。隣りが大きなパーラーで、彼の寝室はその向こう側、一マイルも離れていますわ。仕事のときは、パーラーで落ち合うことにしていますの」彼女は喋りながら、スーツケースから書類挟みをとり出して、「これがその資料。どこかそこらに腰を下ろして、目を通していただきますわ。そのあいだ、わたしは失礼して、バスルームに行ってきますから」

ランダルは酒の酔いにもうろうとした目で、船室内を見まわしてから、近くのベッドの端に腰を下ろして、マニラ紙の書類挟みを開いた。三通の書類が挟んであった。欽定訳と改訂標準訳と新聖書の三種の翻訳の方針を比較検討したものだが、酔った目にはタイプに打った文字がちらついて見えるばかりで、はっきりとは読みとれなかった。隣りのバスルームから、ナオミ・ダンの動きまわる音と便器の水のほとばしりが聞こえてきて、注意力の集中をいやがうえにも妨げた。

やがてバスルームのドアが開いて、ナオミが彼の前に立った。酔いにゆるんでいた表情が、ふたたび元のきびしさに戻っていた。

「いかが？　どうご覧になって？」

ランダルが書類挟みをベッドのわきのテーブルの上において、「この資料は――」といいかけると、

「いいえ、資料じゃなくて、わたしのことよ」と、彼女がいった。

思わず知らず、ランダルは眉をあげて、「きみのこと？」と叫んだが、彼女はかまわず、彼と並んでベッドに腰を下ろすと、いきなり背中を向けて、「ファスナーをはずしてくださらない？」と、思いつめたような声でいった。

ファスナーのつまみは、彼女の小さく束ねた髪のすぐ下にあった。それを引き下げると、ナイロンの型染めドレスのうしろが開いて、背骨と明るい茶色の皮膚があらわれた。ブラジャーもパンティも身に着けていなかった。

「こんなわたしをご覧になって、ショックじゃありません？」彼女は繰り返した。声

がかすかに震えていた。そして身をよじって、彼の正面に向き直ると、ドレスが肩からすべり落ちた。「スティーヴ、これでも興奮なさらないの？」

興奮するには、驚きのほうが大きすぎた。ランダルが混乱した気持ちで見守るうちに、彼女は裸の肩をのけぞらせて、ひき締まった小ぶりの乳房を見せつけた。そして、片手を彼の両脚のあいだに差し入れて、指をゆっくり、左の太腿《ふともも》の内側に這わせだした。ランダルはペニスが強直してくるのを感じて、片手で彼女を抱きしめ、もう一方の手を彼女のスカートの下に突っ込み、温かい肌の奥のほうまで伸ばすと、「ナオミ！」と小さく叫んだ。「じゃ、ぼくたち、これからここで――」

「待って、スティーヴ、あなたの服を脱がせてあげるわ」

彼女の助けで、彼は手早く服を脱ぎ捨てた。彼女もドレスを足もとに落として、まったくの裸になった。ベッドの上で、二つの裸身が触れあうと、彼女は背中を丸めて、彼の手を拒んで、

「スティーヴ、ダーリーンとは、どんなことをなさるの？」と訊いた。

「どんなことって、きまっているじゃないか。つまり、その――ぼくのものが彼女のなかに入りこむ」

「そのほかには？」

「おかしなことを訊くね。あれで彼女、あんがい、潔癖なんだ」

「わたしはその正反対よ。躯のなかに入りこまれるのはいやなの。そのほかのことなら、あなたのお好きなことを、何でもするわ」

彼はつかんでいた手を放して、「それ、どういうことだ?」

「スティーヴ、時間を無駄にしないで。お見せするわ」

彼女は小さくて丸い臀を彼の顔に向けて、胸に跨《また》がった。全身を伸ばして、彼の上に蔽いかぶさると、陰嚢《いんのう》を両手でくるんでペニスの先端へ口を近づけた。腰がもちあがったので、彼女の陰部が彼の目のすぐ前にあった。彼の指が彼女の臀をつかんで、いっそう近くへひきよせ……

ややあって、ぐったりなったランダルは半意識のうちに、彼女がベッドを離れてバスルームへ駆け込み、トイレの水をほとばしらせるのを聞いていた。そして、彼女が戻ってきた気配にしぶい目をあけると、いぜんとして裸身の彼女が、ベッドの端に腰かけていた。彼がまた手を差し伸べたが、彼女は身を避けた。

ランダルがバスルームに入っているあいだ、彼女は無言で待っていたが、彼が服を着けはじめると、ナオミはもう一度バスルームへ向かった。そしてドアのところでふり返って、ためらいがちに、「スティーヴ、このことはなかったことにしてね。夜のお食事のときに、お会いするわ」といった。

その五分後、服を着けおわったランダルは彼女の船室を出て、廊下でパイプに火をつけていた。


船内での最後の晩餐が終わりかけていた。

料理はホイーラーがあらかじめ決めておいて、キャヴィアから熱いホットケーキのデザートまで中身の濃いものだったが、ランダルは食欲がないので、修道院の簡素な食卓がむしろねがわしいと考えていた。

デザートの皿が運ばれるところで、船内インターホーンの呼び出しがあって、ジョージ・L・ホイーラー氏にロンドンから電話がかかっていると告げた。

「なんだ、こんな時間に誰がかけてよこしたんだ?」ホイーラーはぶつぶつ呟きながら、食堂を出ていった。ナオミ・ダンが給仕長を招いて、「デザートを運ぶのは、ホイーラーさんがお戻りになるまで待っててね」といった。

やがて戻ってきたホイーラーは、暗い顔つきで椅子に腰を落として、ナプキンをとりあげながら、「厄介なことだ」と愚痴めいた言葉を洩らした。

「誰からの電話でしたの?」ナオミが訊いた。

ホイーラーはそれで初めて、みなの前だと気づいたかのように、「ジェフリーズ教授がロンドンからかけてよこした。ちょっとした問題が生じてね」と答えた。そして、給仕長が彼の前にデザートの皿をさし出すのを手で払いのけるようにして、「いまは食べたくない。アメリカン・コーヒーを持ってきてくれ」と命じた。

「ちょっとした問題って、どんなことです?」ナオミが質問をつづけた。

ホイーラーは彼女を無視して、ランダルに話しかけた。「ジェフリーズ教授は、きみに会うときが近づいたので、だいぶあわてていた。宣伝工作の準備にも、これ以上の遅延は許されないと知ってるだけにね。この段階になって、フロリアン・ナイトが使えないとなると、こんな困ったことはない」

ホイーラーには似合わしからぬ持ってまわった言い方だった。ランダルは怪訝そうに、「ナイト博士がどうして使えないのです?」と訊いてみた。

「つまり、こうなんだ、スティーヴ。ジェフリーズ教授がきょう、フロリアン・ナイトと大英博物館で会うために、オクスフォードから上京した。彼に会って、きみと一緒にアムステルダムへ出張するように言い渡そうとしてだ。きみの宣伝活動の相談相手には、ナイトが最適任者だからだ。彼は新約聖書についての最高の知識の持ち主で、当時の言語ばかりでなく、一世紀当時のパレスチナの民間伝承に精通している。そこでジェフリーズ教授は、今夜早いうちに彼と食事を一緒にして、打ち合わせをする予定だった。ところが、二、三時間前に老教授が、約束の場所へ行こうとしてクラブを出かかると、ナイト博士の婚約者《フィアンセ》から電話がかかってきた。彼女とは一度会ったことがあるが、ヴァレリー・ヒューズといって、明るい感じの若い娘だ。で、このフィアンセが電話でいうには、今夜の会食は取りやめにしてほしい、ナイトは急病なので、今夜はもちろん、明日もお会いできかねます、とだ」

「騒ぐほどのことでもありますまい」ランダルがいった。「明日会えなくても――」

「明日だけの問題じゃないのだ。ミス・ヒューズがはっきり、ナイトは健康を当分のあいだとり戻せそうもないから、アムステルダム行きは辞退させてもらいたいといった。ジェフリーズ教授が驚いて、いつまで待ったらいいのかと訊くと、ミス・ヒューズは口をにごして、ナイトの主治医の意見しだいだと、あとは何もいわずに、電話を切ってしまったそうだ。おかしな話だが、困ったことだよ。ナイト博士にプロジェクトから脱退されたら、われわれには大打撃だ」

「なるほどね」ランダルは気のない口調でいった。「たしかにおかしな話ですね」

「とにかくこちらは、いまの電話で、明日の午後二時に、大英博物館でジェフリーズ教授と会う約束をとりつけた。ナイトには健康の回復しだい、われわれのメンバーに復帰するようにと、あの老教授から圧力をかけてもらわねばならぬ。彼の脱落は、このプロジェクトの将来に重大な影響をおよぼすからだ」

ランダルはしばらく考えていたが、あいかわらず気のない調子で、「まだ病名を聞いていなかった。フロリアン・ナイト博士はどこが悪いのです？」

ホイーラーはほっとした様子で、「大失敗だった。それを訊くのを忘れた。明日、ジェフリーズ教授に会ったら、まっ先に訊いてみることだ」といった。


次の日のロンドンは曇り空で、うすら寒かった。一行は運転手つきのベントリーS3で、パーク・レーンのドーチェスター・ホテルからブルームズベリーの大英博物館へ向かった。後部座席に乗っているのは三人だけで、ダーリーンは観光バスで市内見物に出かけて行った。

車が、グレイト・ラッセル・ストリートに面した大英博物館の正面入口に到着した。ランダルは、かつてバーバラを連れて、この堂々たる擬古典建築物を見物にきた日のことを思いだした。当時はジュディもまだ幼い子供だった。有名な円形大閲覧室を見たときの感激がいまだに記憶になまなましい。中央に図書職員の高いデスクを据えて、それを書物をおいたデスクがとり囲み、さらにその外側を、一般利用者のデスクをあいだに挟んで、厖大《ぼうだい》な書物を収めた書架が並んでいた。それから、それにつづく多くの部屋と階上のギャラリー。展示してある品々に、彼は目を見張らずにはいられなかった。フランシス・ドレーク卿が世界周航に持参した一五九〇年版の古地図、シェイクスピアのファースト・フォリオ、『ベオウルフ』の最古の写本、ネルソン提督の航海日誌、スコット大佐の南極踏破日記、中国唐朝の青磁器、紀元前一九六年に象形文字を刻んだエジプトのロゼッタ・ストーン。

ジェフリーズ教授が正面ホールで待ち受けていて、大理石の床を踏んで一行を階上にあるナイト博士の執務室へ導いた。老教授の風采は、船内でナオミが語ったとおりだった。身長はほぼ六フィート（約一八二センチ）、樽のように太い胴。櫛《くし》を入れたことのない頭髪、目には目脂《めやに》が、赤い鼻には大きな毛穴が目立っていて、手入れの悪い口ひげに皺だらけの顔、鼻眼鏡が垂れ下がり、ブルーの服はプレスの必要があった。

歩きながらホイーラーが質問した。「ナイト博士が急病だそうですが、病名は何です？」

しかし、老教授はその質問には答えず、ランダルにふり返って、「聖書関係の貴重本は階下に保管してあるので、ご覧になりたければ、ナイトの部屋へ行く前に立ち寄ってもよろしいが」と話しかけた。

ランダルが答える前に、ホイーラーがいった。「ぜひそうしてください、教授。ランダル君は宣伝活動に先立って、何でも知っておく必要がありますから……スティーヴ、わたしとナオミに遠慮しないで、ゆっくり拝見させてもらうがいい」

ジェフリーズ教授は右手に向かって、ランダルが肩を並べるのを待ってから、説明にとりかかかった。「こんどのオスティア・アンティカの新発見にいたるまでは、わがイギリスの所蔵する福音書の古写本のうちで最古のものというと、紀元一五〇年より以前にギリシャ語で書かれたヨハネ福音書の断片なんだが、これは縦三・五インチ、幅二・五インチと小さなものでね、現在はマンチェスターのジョン・ライランド図書館に保管されておる。次にわれわれが入手したのは、このロンドンに居住しておったアメリカ人でチェスター・ビーティという男の所蔵しておったパピルス。それからもう一つは、スイスの銀行家マーティン・ボドマーから買いとったものだ。これもやはりパピルスで、紀元二〇〇年ごろに書かれたと思われる。いずれも断片で……」そこまで喋ると老教授は歩みをゆるめて、「いや、こんな話はあんたの興味をひきますまい。わしも少し衒学的《げんがく》になりすぎたようだ」と笑った。

「そんなことはありません、教授。何でもうかがいます。ぼくは知識を仕入れにきたのですから」

「さようか。結構なお考えだ。では、つづけさせていただくか」

老教授は古文書展示室へ向かいかけたが、また足をとめて、少しのあいだ考えこんでから、ふたたび語りだした。

「聖書古写本発見史上の主要な出来事をお話ししておこう。まず最初が、一九四七年にユダヤのキルベト・クムラン周辺の――キルベトとはアラブ語で廃墟のことだ――洞窟《どうくつ》内で発見された五百あまりの羊皮紙とパピルス、いまは『死海写本』の名で広く知られておるものだ。第二は『コデックス・シナイティクス』――一八五九年にシナイ山の僧院から発見されたギリシャ語の新約聖書だ。四世紀に書かれたものがそっくりそのままの完本で保存されておった。これはこの博物館の所蔵品なので、これからお見せできる。第三の重要な出来事は、一九四五年における『ナグ・ハマディ文書』の出現だが、上エジプトにナグ・ハマディという小さな村があって、その村の近くで肥料用の腐植土を掘っておった農夫たちが、たまたま素焼きの壺《つぼ》を見つけた。これをあけてみると、四世紀のエジプト語、いわゆるコプト語で書いたパピルスが十三巻も収めてあった。われわれの新約聖書とは異なった系統の文書で、イエスの言葉にしても、従来知られていなかったものが百十四も採録してある。第四は『コデックス・ヴァティカヌス』、これは紀元三五〇年ごろに書かれたギリシャ語聖書で、現在は教皇庁のヴァティカン文庫に秘蔵されておるが、誰の手になるのかは不明だ。そして第五がわが大英博物館の誇る貴重な『コデックス・アレクサンドリヌス』、上質な子羊皮に書かれた五世紀以前のギリシャ語聖書の本文で、一六二七年にコンスタンチノープルの君主からチャールズ一世に献呈されたものだ」

「初めて聞くものばかりで、ぼくの無知を恥じ入ります」とランダルがいった。「で、その《コデックス》というのは何なのです？」

「いい質問ですぞ、ランダルさん」ジェフリーズ教授はにこにこして、「ラテン語の《カウデックス》から派生した言葉で、元来は樹幹を意味する。太古の人々は木の板に蠟《ろう》を塗ったものに文字を書いた。イエスの時代になると、もっぱらパピルスと羊皮紙が用いられておったが、大きな巻物にしなければならぬので、読む者にとっては、取り扱いがしごく厄介だった。そこで二世紀になると、パピルスの巻物をページごとに截断《せつだん》して、その断片の左側を皮紐《かわひも》で綴じることにした。これがいわゆるコデックスで、つまりわれわれが手にする現代の書物の原形なのさ。さてと、どこまでお話ししたかな？」

「第五の発見物のところまでですよ、教授」と、ホイーラーがいった。

ジェフリーズ老教授はゆっくりした歩みをつづけて、「やあ、ランダルさん、重要な発見が、まだほかに四つもありましてな。その全部を話しておかぬことには、聖書本文の研究者として心残りなんですよ。そこでこれから、あとの四つの発見を順序をかまわずに喋るが、最初に知ってもらいたいのは、ドイツの若い牧師で聖書学者だったアドルフ・ダイスマンの功績だ。彼の出現まで、新約聖書のギリシャ語が古典期のギリシャ語と異なるのを知りながら、それを聖なる文字を記すための、新約聖書だけに用いられた特殊の言語と考えておった。ダイスマンは彼以前の百年間に見出されたギリシャのパピルスを研究した。そしてそれが、二千年の昔に書かれたギリシャ人の手紙、家庭の出納簿、取引上の書類、契約書、申請書などの用語と同じであるのを明らかにした。ギリシャの民衆が日常生活に使用しておった言語——つまり、われわれが《コイネー》と呼ぶ当時の日常語が、福音書記者たちの用いたギリシャ語だったのだ。その事実をダイスマンが発表したのが一八九五年で、それもまた聖書翻訳史上の画期的出来事だった」

そしてジエフリーズ教授はランダルを横目で見ながら、

「あとの三つの貴重な出来事を簡単に述べると」とつづけた。「ひとつは、教皇庁のヴァティカン宮殿の地下三十フィートのところ、古代の墓地に発見された使徒ペテロの墓石で、これは真正のものと見られておる。なぜかというに、会堂《バシリカ》の内陣の床下に、紀元一六〇年ごろに刻んだと思われる碑文を記した石板が入れてあって、その文字をマーゲリータ・ガードゥチ博士が解読したところ、『ここにペテロを葬る』と読めたからだ。

次は一九六二年にイスラエルで発見された建築用の石材だ。紀元前三七年よりさらに以前に、ティベリウス帝に捧げられた宮殿の廃址《はいし》があって、そこから出てきた土台石に、ユダヤ州総督ポンティウス・ピラトゥスと刻んであったので、彼の身分が実証されたのだ。

そして最後が、一九六八年の発掘にかかわる石棺だ。エルサレムのギヴァト・ハ・ミヴタルで掘り出したもので、石棺には遺骸の主の名前をアラム語で《エホハナン》と刻んで、遺骸の腕と踵《かかと》の骨に、七インチ釘《くぎ》の跡が残っておる。二千年前の遺骨が、新約聖書時代のパレスチナにおける十字架刑の模様を教えてくれた。歴史書が語り、福音書が述べているところを、エホハナンの遺骨の発掘で、文字の記載に誤りがないのを確認させてくれたのだ」

四人の男女はようやく古文書展示室の入口にたどりついた。そこに立っている警備員は、グレーの上着に黒のズボン、黒の帽子という扮装《いでたち》で、老教授の姿を見かけると、愛想よく挨拶をした。なかへ入ってすぐ右手のところに、金属製の細長い展示ケースがあって、二枚のガラス板をブルーのカーテン二枚が蔽っていた。

ジェフリーズ教授はランダルとホイーラーをケースの前に導いて、片方のカーテンをかかげ、低い声でいった。「これがコデックス・アレクサンドリヌスだが、見ておいてもらいたいのは、こちらのほうだ」と、もう一つのカーテンを開き、なかの貴重な書物にほほえみかけるような表情を見せて、「コデックス・シナイティクス――聖書史上もっとも重要な三つの古写本のうちの一つ」といった。

ステイーヴン・ランダルとナオミは一歩進み出て、茶色っぽい子羊皮のページをのぞきこんだ。狭く仕切った四つの欄に、きちんとしたギリシャ文字が書き込んであった。

「いま開いてあるのはルカ福音書の二十三章十四節だ。左ページの第三欄の下のところに、イエスのオリーヴ山上における苦悩が述べてあるが、それはこの聖書が発見されるまでの古写本には記載してなかった。この古写本の元来の姿は、七百三十葉から成り立っておったと思われるが、残存しておるのは三百九十葉――そのうちの二百四十二葉は旧約聖書で、あとの百四十八葉は、新約聖書の全文を記載してある。見られるとおり、子羊の皮と子山羊《やぎ》の皮を使用し、文字はみな大文字、三名の書記の手になるもので、紀元三五〇年以前に書かれたと推定されておる」そしてジェフリーズ教授はランダルに向き直って、「このコデックス・シナイティクスはあやうく焼失するところをまぬがれたのだが、その話はスリラー小説のようにおもしろい。コンスタンティン・ティッシェンドルフという名前を聞いたことがおありかな？」

　ランダルは首をふって、そんなおかしな名前は聞いたことがないと答えたが、好奇心をそそられた。

「われわれのスリラー物語を簡単に話すと、こういうことだ」ジェフリーズ教授は、彼自身がその物語を楽しんでいるかのように語りだした。「ティッシェンドルフというのはドイツの聖書学者で、古い文献を捜し出そうと、中近東のあちこちを歩きまわっておったが、一八四四年の五月に、エジプト領のシナイ山に登って、聖カタリナ僧院を訪れた。そしてその廊下を通りかかると、かなり大きな屑籠《くずかご》に紙屑が山になっておった。そしてそのなかに、羊皮紙の切れ端らしいものが目についた。そばにはなお同じような屑籠が二つあったが、その中身はすでに焼き捨ててあって、彼の目に触れたものも、同じ運命をたどるところだった。ティッシェンドルフは修道僧たちを説き伏せて、中身の点検を承知させた。不用の紙屑をとり除くと、ギリシャ語で書いた旧約聖書の百二十九葉が発見された。修道僧たちもその価値を知って、そのうちの四十三葉を謝礼として彼に与えた。ティッシェンドルフはそれをライプチッヒに持ち帰って、ザクセン国王に献上した」

「それがこのコデックスの一部ですか?」とランダルが質問すると、「待ちなさい。この話にはまだ先がある」とジェフリーズ教授は手をふって、「その九年後に、ティッシェンドルフは僧院をふたたび訪れた。ところが、こんどは修道僧たちが協力的でなかった。しかし、ティッシェンドルフはあきらめずに時期を待って、さらに六年すぎた一八五九年の一月に、もう一度シナイ山に登った。そのときの彼は慎重のうえにも慎重な態度で、古文書を見せてくれともいわなかった。そして最後の晩に、僧院長と聖書の古写本について論じあったところ、僧院長は博学ぶりをひけらかしたいためか、わしはいま、新約聖書の最古の写本を研究中だといいながら、コーヒー茶碗を入れてある食器戸棚から、赤い布にくるんだ厚い包みをとり出した。なんとこれが、現在知られておる最古の新約聖書の完本、コデックス・シナイティクスだったのだ」

そしてジェフリーズ老教授はくすくす笑って、

「思うに、そのときのティッシェンドルフの気持ちは、新大陸を初めて見たときのコロンブスに劣らぬ感激に満ちておったであろう。それから数カ月間、ティッシェンドルフは修道僧たちを口説きに口説いた。この写本をロシア皇帝《ツァー》に献呈したら、ツァーは喜んで、この僧院のパトロンになってくださるはずだ、とだ。かくしてコデックス・シナイティクスは、ツァーの宮殿内に所蔵されることになった。もっともそれは一九一七年のあの国の革命までのことで、共産主義者たちは聖書に関心を持たなかった。彼らはそれを金に換えようとして、アメリカ政府に売却を申し出たが、あの国も折りからの経済恐慌で資金の余裕がなくて、この取引は不調に終わった。そして一九三三年、イギリス政府と大英博物館が、その購入のための醵金《きょきん》に成功した。それでいま、コデックス・シナイティクスは諸君の目の前にある。いかがかな、この話は？　スリラー小説以上におもしろいと思うが」

「おっしゃるとおりですな」ランダルがうなずいていった。

「以上の説明で、われわれのプロジェクトがいかに重要なものであるかが、わかってもらえたと思う」ジェフリーズ老教授は長々しい話を次の言葉で結んだ。「モンティ教授がオスティア・アンティカで発見したヤコブ福音書は、コデックス・シナイティクスよりも三百年前、四つの福音書からでもおよそ半世紀は前に、イエスの実弟によって書かれたものだ。したがってそこには、イエスの肉親の者の目に映じたその生涯の大部分が、ありのままに描かれておる。この貴重な贈り物を全世界の人々に提供する事業がいかに有意義なものであるかは、わしの口からくだくだしくいうまでもあるまい。では、これから階上のナイト博士の部屋で、諸君の作業の具体的な問題を検討なさるがよかろう」

ホイーラーとナオミ・ダンとランダルは老教授の案内で、かなり急な階段を二つのぼって、フロリアン・ナイト博士の個室に入った。

そこは学究の仕事部屋にふさわしく、床から天井に達する書棚に書籍がぎっしり詰まって、参考書と資料のたぐいがテーブルと絨毯《じゅうたん》の上を埋めつくしている。鍵のかかる書類キャビネットのほかには、窓ぎわに古いデスクとソファが一つ、椅子が二脚おいてあるだけだった。

四人がそれぞれの席につくと、ジェフリーズ老教授が長道中で息を切らせながらいった。

「さしあたっての問題は、フロリアン・ナイトが顔を見せてくれぬことだ。彼の婚約者のミス・ヴァレリー・ヒューズから電話で知らされはしたが、何がどうしたのかさっぱりわからん。わしもほとほと当惑しておるところだ」

ホイーラーがソファからデスクのそばの椅子に席を移して、「フィアンセは電話で、彼が急病だといったそうですが、病名は何でした?」と訊いた。

老教授はいらいらするように口ひげを撫でて、「それがわかれば苦に病まんですむのだが、彼女はただ、フロリアンが高熱でベッドを離れられぬ、主治医の診断だと、長期の休養が必要とのことだといっただけだ」

「神経衰弱かもしれないな」ホイーラーはいって、ランダルに顔を向け、「きみもそう思わんか？」と同意を求めた。

ランダルは反対意見だったが、そこは如才なく、「神経衰弱なら、あらかじめその兆しがあったはずですよ」といってから、オクスフォード大学教授の顔を見て、「どうなんです、教授？　この数カ月、彼に異常なところが見られませんでしたか？」と訊いた。

「そんなことは絶対にない」老博士は力をこめて答えた。「フロリアンはいたって元気で、わしが依頼した仕事はきちんきちんと片付けておった。彼はわれわれの作業に必要なギリシャ語、ペルシャ語、アラブ語、ヘブライ語――そしてもちろんアラム語を、自国語同様に心得ておる。あのパピルス断片のアラム語を翻訳するにしても、一語一語と取り組むような必要はない。いうなれば、タイムズ紙の朝刊を手にしたと同様に読み下せるのだ。だからフロリアンが、この作業で神経を傷《いた》めたとは、ちょっと考えられぬことだ」

「すると彼には、翻訳の誤りがまったくなかったといえるのですか？」と、ランダルが追及をつづけた。

ジェフリーズ教授は答える前に、しばらくランダルの顔を見ていて、「人間にミスは付きものなんで、どんな作業にも誤りをまぬがれぬ。聖書の翻訳を例にとれば、考古学上の新発見と文献学の進歩から、過去の誤りが次々と明らかになってきた。だからこそ、新訳が求められるのだが、そこのところを具体的に説明しておくと、聖書には《ピム》という単語が一度だけサムエル書に使われておる。かつての翻訳者たちは、これを大工道具の一種と考えた。ところがその後の研究で、古代ユダヤの重量単位のことだとわかった。最近の新訳では、そのように訂正してある。もう一つ具体例をあげると、イザヤ書の七章十四節を欽定訳聖書では、『視《み》よ、処女孕《おとめはら》みて子をうまん』と訳してあるので、長いあいだこれが、キリスト誕生の預言だと考えられておった。それを改訂標準訳聖書は、『視よ、若き女孕みて子をうまん』と訂正した。ヘブライ語の《アルマア》というのは《若い女》のことで、それ以前の聖書訳者は不正確なギリシャ語本文を用いたので、この誤りが生じた。ギリシャ語の《パルセノス》は《処女》のことだったからだ」

「販売宣伝用には絶好の材料ですね」ランダルは思わず叫んだ。

しかし、ジェフリーズ教授は首をかしげ、細心の注意を促すように指をあげて、

「だが、その一方、翻訳には、言葉を現代語に近づけようとして、意味を不正確なものに歪めてしまう場合がある。その一例が、使徒行伝二十章三十五節のパウロの言葉だ。パウロは主イエスの御言《みことば》を引用して、『与うるは受くるよりも幸福《さいわい》なり』と述べておる。これはギリシャ語聖書からの忠実な翻訳だ。ところが、新聖書の翻訳者たちは、この部分に現代英語の用法をあてはめた。そこで、旧来の翻訳が原語に忠実でありながら、主のお言葉の強い語調を伝えておるのに、弱々しい表現に変えられたばかりか、いささかながら意味にもずれを来たすことになった。しかし、フロリアン・ナイトにかぎって、そのようなミスをおかす怖れはない。そこのところをもう少し詳しく述べると――」

ジェフリーズ教授はいいかけて、考えこんだ。ランダルはナイト博士の急病の謎を解く糸口をつかもうと、老教授のつぎの言葉を心待ちに待った。

「聖書学者の多くは、イエスの宣教した相手が農民であったのを忘れておる。福音書の用語が、一世紀初期のパレスチナの農夫たちの言葉なのを無視しておるのだ。フロリアンはそれにあきたらずに、彼らの言葉を研究した結果、イエスと同時代の農夫たちが小麦、大麦、カラス麦の穂を呼ぶのに特別の言葉を持っておったのを調べ出した。それを的確に写しとらぬことには、正しい翻訳とはいえぬと主張して、まず最初に、家畜という語彙《ごい》に挑戦した。聖書時代の人々のいう家畜とは、牛だけでない。ロバ、ネコ、犬、山羊、ラクダその他多くのけものを含んでおるので、これを軽率に翻訳したら、思わぬ誤りをおかしかねぬと警告した。そんなわけで、われわれは彼のおかげで、不正確な作業を避けることができた」そして老教授はあらためてホイーラーとランダルを見やり、「こんな強靱《きょうじん》な頭脳の持ち主が神経衰弱で倒れるなど、常識では考えられぬことじゃないか」といった。

ランダルも素直にうなずいた。

ジェフリーズ教授はおだやかな表情のまま、「ところが、諸君、いくらフロリアン・ナイトの頭脳が強靱でも、あんなおもいをさせられたら、ショックで神経がおかしくなるのも当然のことなのだ」と意外なことをいいだした。

ランダルは眉に皺《しわ》をよせて、「あんなおもいとは？」と問いただした。

「わしはあの気の毒な男を、数カ月ものあいだ、理由を知らせないで働かせた。わしには守秘義務が課せられておったからだ。フロリアンばかりでない。この翻訳作業チームの全員に、オスティア・アンティカにおける新発見について何も語らなかった。本文を断片に切り離して、そのそれぞれを、各員が独自に翻訳する。それがわしの手もとに集まって、初めて本文がまとまるというわけだった」

「では、フロリアン・ナイトは『第二の復活』の意味を知らなかったのですか?」

「そういうことだ――昨日の午後まではね。こんど彼が諸君と同行して、アムステルダムに出張する。そして販売宣伝活動のコンサルタント役をつとめる。それが決まったので、本文のゲラ刷りも出はじめておることだし、いよいよモンティ博士の画期的発見の真相を語るべきときだと、わしは昨日、オクスフォードから上京してきた。そしてこの部屋で、初めて彼に、ヤコブ福音書とペトロニウス羊皮紙の出現を話して聞かせた。当然のことながら、彼のショックは並みひととおりのものでなかった。無理もないことだ。彼は四福音書の研究に一生を捧げる気持ちでおったところに、新しく第五の福音書が出現したのだからな。しばらくは口も利けなくて、卒倒せんばかりの興奮状態をつづけておった」

「そして住居に帰って、実際に寝ついてしまったのですね」

ジェフリーズ教授はふたたび口ひげを撫でて、「どうやらそうらしい。晩の食事を一緒にして、さらに細かな打ち合わせをしようと約束しておいたのだが、ミス・ヒューズからの謎めいた電話で、夜の食事の約束を取り消させてもらう、ここ一週間か二週間は、面会謝絶の状態におかねばならぬと、主治医にいわれたと知らせてきた」

そして老教授は首をふって、

「こんな大事なときに、フロリアン・ナイトが使えぬとは困ったことだが、とりあえず翻訳チームのうちから代わりの者を、アムステルダムに派遣するとしよう。で、フロリアンが回復したら交替させる。それよりほかに方法があるまい。なんといってもフロリアンは、この仕事のために生まれてきたような男だからな」

ホイーラーが渋面をつくって立ちあがった。「次善の策は好ましくありませんが、しかし、やむをえないことのようですな、教授」といって、「アムステルダム行きの旅客機の出航時間が近づいたので、わたしとナオミは一足先に出かけます。スティーヴのために、ナイト博士の代理を探してやってください。彼はドーチェスター・ホテルに泊まっていますから」

ジェフリーズ教授は出版業者と女秘書を戸口まで送っていったが、戻ってくると、ランダルにいった。「しかし、なんだな。フロリアンに代わるだけの男がおるわけでなし、この問題は考慮の必要がありますぞ。よく考えたうえで、明日の朝、あらためて相談しますが、いかがかな？」

「同感ですよ」ランダルは老教授と別れの握手を交わしてから戸口へ向かったが、ふり返って、さりげない口調で訊いた。「ナイトのガール・フレンドのヴァレリー・ヒユーズという女性は、どこに住んでいます？」

「さあ、聞いておらんな。だが、勤め先はわかっておる。サザビーの書籍部だ。サザビーはもちろんご存じだろうが、ニュー・ボンド・ストリートにある競売場のことで、実際のところ、フロリアンが聖書関係資料のせりを見にいったのが、彼女との初めての出遭いだった。それはそうと、ランダルさん、今夜の食事をわしのクラブでおとりにならんか？」

「ご好意は感謝しますが、次の機会にさせていただきます。きょうの午後から夜にかけて、会っておきたい相手がかなり大勢いますので」

その日の午後四時半、スティーヴン・ランダルはニュー・ボンド・ストリートの目的地に到達していた。

骨董品《こっとうひん》店と新聞売り場のあいだのダブル・ドアの建物が、世界最古の競売場で知られているサザビーだった。入口に、黒玄武岩を刻んだエジプトの太陽女神の頭像が据えてある。ランダルは何かで読んだ記憶があるが、この頭像をせりにかけたところ、買い手があらわれないので、この施設の経営者が入口の装飾にすることに決めて、商標に使用しているのだそうだ。頭像の下には『サザビー・アンド・カンパニー』と記した看板がかかげてあった。ランダルはいそいで屋内へ入ると、タイルを敷きつめたホールを横切り――そこのドア・マットにも『サザビー、一八四四年』と織り込んであった――緑色の絨毯を敷いた階段をのぼって、ニュー・ギャラリーへ向かった。

階上の競売品展示室は人々の群れでいっぱいで、そのほとんどが男性だった。その点は宝石陳列室でも変わりがなくて、客のうちの何人かがルーペを目にあてがって、個々の品を点検していた。近く競売に付される絵画の展示室には、緑色の表紙のカタログを手にした人々が集まって、開け放したショーケースの前で初老の紳士が、稀少価値のある古代貨幣の陳列棚をのぞきこみ、そのあいだをブルーの制服に金色の組み紐を着けた数名の警備員が歩きまわっていた。

ランダルは警備員の一人をつかまえて、ミス・ヴァレリー・ヒューズのことを訊いてみた。

「年は若いが、しっかりした婦人でしてね、書籍部の受付係をやっています。競売希望の書籍が持ち込まれると、彼女がそれを区分けして、それぞれ八つの部門の担当者の意見を参考に、落札予定価格を決定するんです。だからミス・ヒューズの書籍についての知識は、どんな専門家にも負けませんよ。書籍部へおいでになったら会えますが」

書籍競売場はかなりの広さの部屋で、中央にUの字形の大きなテーブルを据えて、そのテーブルを落札希望者たちが囲んで、一方の端に競売係が立つ仕組みになっている。ランダルはその部屋で、彼女と初めて向かいあった。彼女は小柄だが、どちらかといえば肥《ふと》り気味だった。頭髪を短く刈りあげて、大型の眼鏡をかけていた。こぢんまりした鼻と口と、バラ色の頬の持ち主なのだ。

「ナイト博士からお聞きになったと思うが、ぼくがニューヨークのスティーヴン・ランダルでね。明日にでも博士と一緒に、アムステルダムへ向かう予定だったが、博士が急病と聞いたので、とりあえずあなたに会いにやってきたのです」

彼女はアムステルダムと聞いて、急に警戒の色を深めた。「では、ジェフリーズ教授の指示で、わたしを訪ねていらしたのですか?」

「いや、この訪問は、あの教授には関係がない。ぼく個人が、ぜひともナイト博士にお会いしたかったので――」

「お気の毒ですけれど」と彼女は暗い顔つきで、「フロリアンの病気はかなりの重態でして、とてもお役に立ちそうもありません」と答えた。

ランダルは急に熱心な口調になって、ナイト博士の協力の必要性を縷々《るる》と説明したあと、実際に重病なら同行を断念するが、そうでなければと、病状を気遣う気持と協力が必要な理由とを、真剣な口調で述べたてた。

彼女はようやく、大型眼鏡のうしろの目に動揺の色をあらわして、「お約束はできかねます。わたし、口を封じられていますので」と、なおも逃げ口上を繰り返した。

だが、ランダルはあきらめずに、この有意義なプロジェクトに、ナイト博士の知識と協力がいかに必要であるかを言葉をつくして説きつづけた。そしてやっとミス・ヒューズの口から、今夜八時にフロリアン・ナイトの部屋で落ち合えるように手配するとの約束をとりつけた。

その夜、ランダルはダーリーンをピカデリー近くの映画館に送りこんでおいてから、同じタクシーをハムステッド・ヒル・ガーデンズの目的地へ走らせた。

彼は薄暗い道路に降り立って、ヴィクトリア朝期風の三階建ての建物を見上げた。破風《はふ》をそなえた赤煉瓦造りで、玄関の上に天蓋《てんがい》形のひさしが張り出している。内部をのぞくと、共同使用の階段がついているので、この建物を五、六家族の小世帯が使用しているのが明瞭だった。

フロリアン・ナイトの住居は階段をのぼってすぐのところにあった。ドア・ベルが見当たらないのでノックをしてみたが、返事がなかった。もう一度強くノックをすると、やっとドアが開いて、ブラウスにかかとの低い靴の軽装で、ヴァレリー・ヒューズが顔をのぞかせた。フクロウの目のような大型眼鏡のおくから、不安げな目で、来訪者が誰だかを見定めた。

「ナイト君にお会いできますか？」ランダルがことさらに明るい調子で訊いた。

「いまやっと承知させたところですわ」彼女はささやくような声でいった。「さあ、お入りになって」

そこはかび臭いような居間で、古ぼけた家具が並ぶところに、書籍と書類綴りがおびただしく積み重ねてあった。ランダルはその居間から狭苦しい寝室に導かれた。

「フロリアン、この方がアメリカからいらしたスティーヴン・ランダルさんよ」

彼女は紹介をすますと、すばやく壁ぎわへひき退《さが》った。フロリアン・ナイトはベッドの上で、ワイン・グラスのシェリー酒を飲んでいた。

「やあ、ランダル君ですか」ナイト博士は尊大ぶった口調で、「あんたの熱心さに負けたヴァレリーが、ぜひともと勧めるのでお会いするのだが、話しあうようなことはありませんぞ」

しかし、ランダルは愛想のよい態度を変えずに、「お会いできただけで幸せですよ」と応えた。

ナイト博士はグラスをわきにおき、手でベッドのそばの椅子をさして、

「おかけなさい」といった。「ただし、長居をされては困るので、用件は五分以内に

片付けてもらいます」

「結構ですとも、ナイト博士」ランダルは椅子に腰を下ろして、この少壮学者が補聴器の助けを借りているのを見てとった。そして、この扱いにくい男の気分を損ねずに話しあうには、何から切り出したらよいのかを考えながら、「急病とうかがったが、案外元気なので安心したところでね」といってみた。

「急病とは嘘でね」ナイト博士はいった。「あの腹黒いジェフリーズに会いたくなかったからだ。だけど、あんた、ぼくが元気そうだといわれたが、実際は最悪の気分なんですよ」

いまは遠慮がちに喋っている場合でないと、ランダルは思い直して、単刀直入に用件を語りだした。「正直なところ、ぼくは牧師の伜《せがれ》であるのに、聖書や神学にはまったく無知。だから最初から、この作業にはナイト博士の協力を仰ぐべきだと言い渡されたくらいで、きみとジェフリーズ教授との仲がどうあろうと、アムステルダムへ同行してもらわねばならない」

「ランダル君、演説は簡単にねがいますよ。ぼくは、ジェフリーズみたいな悪人が関連している仕事にはかかわりたくないんでね」

「それほどあの老教授を嫌うには、それ相応の理由があるのでしょうな」

「あの男には、いったいやりたいことが山ほどある。正直者のぼくは、彼の嘘に操られて、貴重な二年間を徒費してしまった」

「どんなことで？」

「もうちょっと大きな声でねがいます」ナイト博士は補聴器をいじって、「ぼくの耳が悪いのがわかりませんか」

「これは失礼した」ランダルも声を張りあげて、「老教授にたいするきみの怒りは、昨日まで真実を告げないで働かせたからだと聞いたが、ちがったかな？」

「やあ、ランダル君、あんたみたいな富裕なアメリカの実業家に、一文なしの聖書学者の暮らしの苦しさなど察しもつかんでしょうが、できることなら、ぼくの身になって考えてもらいたい」彼の声は顫《ふる》えていた。「二年前まで、ぼくは貧しいながらもオクスフォードの落ち着いた環境で、好きな研究に従事していた。それをジェフリーズがもっともらしい理由をつけて、ガソリン臭いロンドンへ誘い出した。狭苦しいこの家に住まわせて、彼の重要な研究と称するものを手伝わせた。それにはもちろん反対給付の約束があったが、口約束だけで実行の気配もない。それでもぼくは彼を信頼していたので、文句もいわずに、奴隷同様の努力をつづけてきた。もっとも、仕事自体はぼくの専門分野なので、興味があった。だからぼくは、全力をそそいできた。ところが、昨日になって、真相がわかった。ジェフリーズはぼくの信頼感につけこんで、新しい福音書とかいうインチキ出版物のために働かせていたのだ。これが腹を立てずにいられようか！」

「その気持ちは理解できないこともないが、きみは自分でもいってるように、この仕事に興味を持っていた。そして実際、この仕事の成果は偉大なもので、ジェフリーズ教授も賞讃の言葉を惜しんでいない。このプロジェクトの重大意義を考えたら――」

ナイト博士はいっそういきりたって、「重大意義？　オスティア・アンティカで出土したとか称するパピルスと羊皮紙が？　人間イエスの新しい出現が？　ぼくがそんなたわごとを信じると思うのかね？」

ランダルは眉をひそめて、「しかし、それが真正なのは、ヨーロッパと中近東の、この方面の権威者たちが均しく認めていて――」

「あんたはアマチュアだ。何も知ってはいない」ナイト博士はきっぱり言いきった。「しかもあんたは、彼ら出版業者に雇われた人間だから、あの連中の言葉を信じるのも無理でないが、ぼくはこれでも、この方面の専門家だ。史的イエスとその時代、彼が生きていた国のことなら、ジェフリーズごときはいうまでもなく、どんな学者よりも詳しい知識を持つものと自負している。このような計画を立てるのなら、まずもってこのフロリアン・ナイトの意見を聞くべきだ。出土したという新福音書の真正いかんを、ぼくのこの目で確認してもらうのが至当なんだ」

「だったら、ぼくと一緒にアムステルダムへ出向いて、現物を点検してみたらいいと思うが」

「もうおそい」ナイト博士がいった。「おそすぎる」そして、疲れきったような青ざめた顔で、背後に積み重ねた枕によりかかって、「ランダル君、あんたには気の毒だが、ぼくはこの作業に手を貸す気持ちがまったくない。ぼくはもともと、自己破壊的とか自虐的とかいった性格とは縁のない男だが」と額に手をやり、「ヴァレリー、また熱が出てきたようだぞ」といった。

ヴァレリーはいそいでベッドに近よって、「疲れすぎだわよ、フロリアン。鎮静剤を呑んで、眠ったほうがいいわ。わたし、ランダルさんをお送りして、すぐ戻ってきますから」

ランダルとしては、何の収穫もなしに引き揚げるのが心残りであったが、仕方なしに寝室から居間へ出た。階段の上まで彼女が送ってきて、低い声でいった。

「ボンド・ストリートの角のローバック酒場でお会いしたいのですが――二十分とはお待たせしませんわ。わたし――わたし、ぜひともお話ししたいことがありますの」

九時四十五分――ランダルはまだミス・ヒューズを待っていた。ぜひとも話したいとの言葉が気になったからだ。何を話したいのか？　なぜこんなに待たせるのか？店内はがらがらで、カウンターで労働者の老人がひとり、ホット・ソーセージをかじっているだけだった。

ようやく入口にミス・ヒューズが姿をあらわした。ランダルが入口まで駆けよって、彼女の腕をとってテーブルへ導くと、彼女はとりあえず、「お待たせしてすみません。なかなか眠ってくれないもので」と詫《わ》びをいった。

ランダルが給仕女にビールを二杯注文してから、「ぼくが興奮させてしまったせいですね」というと、彼女は笑って答えた。

「昨夜は興奮がもっとひどくて、まだそれがつづいていますのよ。お会いしたかったのは、その興奮の理由をお耳に入れておきたかったからですの」

給仕女がビールを運んでくるのを待って、ミス・ヒューズはふたたび喋りだした。

「時間がないので、いそいでお話しします。もう一度フロリアンのところへ戻って、それから家へ寝に帰らなければなりません。この話をお耳に入れたと知ったら、フロリアンは怒りだすにきまっていますから、かならず秘密を守っていただきます。でも、彼の更生のためには必要なことなので、わたし、彼を裏切るのだとは思いません」

彼女はふっくらした顔を緊張させて、声の調子までが厳粛なものへと変わった。

「ランダルさん、フロリアンの聴覚は見かけ以上にひどいもので、補聴器の助けを借りても、会話さえ満足にできません。ただ、ずっと以前に学んだ読唇術で、どうにか間に合わせている始末です。その点でもあのひと、天才的な能力の持ち主といえますわ。そしてあの状態を癒《なお》すには手術が必要でして、それ以外に方法がないそうです。鼓膜の切開手術を何回も繰り返して——」

「それで完全に回復しますかね？」

「耳鼻科の専門医は、かならず癒るといいます。でも、とてもお金のかかる手術で、しかも、スイスまで出向かなければなりません。こちらのお医者が、それを勧めていますけど、フロリアンの財政状態では、とうてい不可能なことです。彼の母親がマンチェスターに住んでいますが、フロリアンの仕送りを当てにしているくらいですし、わたしが費用の提供を申し出たところで、彼のプライドが許しません。あの三部屋のフラットを借りていることだけで、週に八ポンドが必要です。車がなくては不自由なのに、中古車を買うお金もありません。ジェフリーズ教授のために、とても貴重な仕事をしていますのに、いただけるものはわずかで、内職をしたくても、耳の悪いのが邪魔をして、思うような仕事が見つからないのです。それやこれやで、彼はいつでも、あのようにいらいらしているので、いまのところ彼の最大の目的は、耳の手術に必要な費用を稼ぎ出すこと——それができたら、わたしとの結婚も可能になりますの」

「わかりますよ」

「ですから、フロリアンの希望は、ジェフリーズ教授が七十歳の定年前に引退して、ヘブライ語の欽定講座主任教授の椅子を譲ってくれることです。それはただの希望でなくて、ジェフリーズ教授が二年前に約束してくれました。大英博物館の読み役に転任して、翻訳仕事をしてくれたら、自分はなるべく早く引退して、後任者にフロリアンを推薦すると約束したのです。主任教授のサラリーなら、耳の手術はもちろんのこと、わたしとの結婚にもじゅうぶんなものがあります。その了解のもとに、彼はロンドンへ出てきて、ジェフリーズ教授の仕事に一身を捧げました。ところが、それからいくらも経たないうちに、いやな噂がフロリアンの耳に入ったのです。それもかなり確かな筋からで、フロリアンはとても気にしました。いまのジェフリーズ教授に引退の考えなどあるわけがないというのですが、フロリアンが聞いたところだと、近くジュネーブの世界教会会議の事務総長が改選になる。そして教授はその選挙に立候補する野心を持っていて、それにはオクスフォード大学神学部の主任教授の椅子を持続しなければならないというのです」

「候補者としての肩書が必要なんだな」

「そういうわけです。かわいそうなフロリアンはびっくりしました。といって、噂がほんとなのか嘘なのか確かめることもできません。ジェフリーズ教授が約束を守ってくれるのに希望を託して、待っているより方法がなかったのです。そこで不安になった彼は、別の方法でお金を作ることを思い立ちました。新しいイエス・キリスト伝を書きあげて、出版社に買ってもらうのです。彼がこれまでに集めた資料を基礎にして、神学者たちの研究に彼自身の考察を加えた画期的な著作。書名も『人間イエス』ときめました。執筆し始めてから二年になりますが、その二年のあいだ、午前と午後はジェフリーズ教授の作業にあてて、夕方から真夜中まで執筆に没頭しました。週末も休日も夏期休暇のあいだも、一日だって休んだことがありません。そして数カ月前に、できあがった一部分をロンドンの大出版社に見せますと、とても感心したとみえて、完成しだいに出版契約を結ぶ、相当の金額の前渡し金を提供してもよいといってくれました。耳の手術をして、わたしと結婚するのにじゅうぶんな金額でした。フロリアンはさっそく最後の仕上げにとりかかって、あと二カ月で原稿を出版社に渡せる運びに持ちこみました。彼は上機嫌でした。あんなに幸福そうな彼は、いままでわたし、見たことがありません。昨日までは――」

「ジェフリーズ教授から事実を告げられるまでは、だね?」

「昨日、ジェフリーズ教授が初めて、オスティア・アンティカで発見された第五の福音書のことと、それを基礎にしたインタナショナル新約聖書の出版が進行中なのを話しました。フロリアンにとって、頭を棍棒《こんぼう》で殴られたよりももっと大きなショックでした。二年のあいだ、彼の著作の『人間イエス』に心血をそそいで、夢と希望のすべてを託してきたのに、それがみんな、水の泡になってしまいます。二年前に、ほんとうのことを打ち明けてくれていたら、無駄な努力をしないでもすんだのに……そしてフロリアンが何よりもくやしがったのは、彼が教授のために働いてきた翻訳が、彼自身の著作を無意味なものにして、彼の将来を破壊するための作業だったことです。そのようなショックを受けたフロリアンが、あなたのお勧めの言葉を聞いても、アムステルダムへ出かける気になれなかったのは、当然のことじゃありませんかしら」

ランダルはいうべき言葉を知らずに、ビールのコップを眺めているだけだった。やがて、気の毒そうに顔をあげて、「ナイト博士のショックはわかりますよ。ぼくが彼だったら、自殺したかもしれない」

「彼も、実際に、自殺をはかりました」ヴァレリーは急に烈《はげ》しい語調になった。「隠し立てしても始まりませんから申しあげますが、ジェフリーズ教授の話を聞いて帰宅すると、睡眠薬を一ダースか二ダース呑んで、ベッドに躯を投げ出しました。死んでしまうつもりだったのです。さいわいわたしが、夕食を一緒にする約束があったので、部屋に入ってみますと、彼が意識を失って倒れていました。すぐに、ママのお医者を電話で呼んで、手当てしてもらったので、命をとりとめることができたのです。夜どおし苦しんで、夜明けごろになって、どうにか力をとり戻したところでした」

「そんな状態のナイト博士に、アムステルダム行きを勧めたのは、ぼくの誤りだった」

「いいえ、それが誤りではありませんのよ、ランダルさん」ヴァレリーは急に口調をあらためて、「あなたのお申し出は、フロリアンのためには願ってもないことでした。あのひとは、長いあいだ仕事に熱中していたので、心身ともに疲労しきっています。そんな状能なのに、あんなショックを受けたのですから、気分を一新するために思いきった手を打つ必要があります。アムステルダムまで出かけて、あなたのお手伝いに没頭できたら、悩みも疲れも忘れられるのではないでしょうか。ですからわたし、あなたと話しあっている彼の様子を観察していました。わたしには彼の言葉のニュアンスが完全に聞きとれました。口先で何をいおうと、ほんとうの気持ちが感じとれたのです。さっきの彼の言葉は、オスティア・アンティカの出土品を疑っているのじゃなくて、実物を見たい、自分の目で見ておきたい。それが本心なんです。ただ、行きがかりから、それを口に出してはいえなかっただけです」

「それで——？」

ヴァレリーは初めて笑顔を見せて、「わたしにはフロリアンを説得する自信がありますあのひと、自分の口からいいだすのはプライドが許しませんが、行きたい気持ちはやまやまなんです。でも、アムステルダムへ出かけるには、健康を回復しなければなりませんから、もう一週間ぐらいはお待ちいただきたいのです。お願いしますわ」

ランダルはほっとしたおもいで、ハムステッドの通りでタクシーを拾い、帰途についた。車内に落ち着くと、外套のポケットに突っ込んであった『ロンドン・デイリー・クーリア』紙を拡げた。その第一面に、三段ぬきのコラム記事が載っていて、大きな見出しの活字が目にとび込んできた。

マーティン・ド・ヴローメ師　新聖書を婉曲《えんきょく》に非難

無益不必要な出版計画だと語る

記事の発信地はアムステルダムで、セドリック・プルマー特派員の署名入りである。ランダルは胸が躍って、車内の薄暗い照明の下で、いそいで読み始めた。

クーリア紙の特派員プルマーが、近ごろ評判の高いオランダ改革教会派の指導者マーティン・ド・ヴローメ牧師の独占インタビューをとるのに成功したのだ。この牧師こそ、彼らの出版プロジェクトのもっとも危険な敵であり、この記事のなかでも、新しい聖書の出版など無益不必要なことで、沈滞しているキリスト教信仰を甦らせるのは、もっぱら因襲的な教会制度の改革にあると主張している。要するにこの出版プロジェクトは、旧制度の崩壊を防ごうとする資本家階級の焦りと、彼らの事業欲のコマーシャリズムのあらわれにすぎぬというのである。

ホイーラーたちがあれほど機密の保持に慎重なのに、どこからこの噂が流れ出たのか。しかし、インタビュー記事のなかには、具体的な名称、たとえばオスティア・アンティカといった地名、あるいはインタナショナル聖書の書名は一つも出てきていなかった。ランダルはやれやれと思ったが、そのとたんに、さきほどのミス・ヴァレリーとの話し合いが気になってきた。この出版に敵意と恨みを持つフロリアン・ナイトが、敵方の実力者マーティン・ド・ヴローメ牧師と手を握ったら、どういう結果が生じるか。あの若い神学者は、トロヤの城内に破綻《はたん》を持ち込む木馬になりはしないか。

スティーヴン・ランダルは、どうしてよいものやら判断がつかなくなった。

3

ＫＬＭ航空のジェット旅客機が、オランダの首都アムステルダムの上空に近づいていた。この都会は不規則な形状のチェッカー盤に似ていて、それぞれの碁盤目のなかに、尖塔《せんとう》がそびえ立ち、低層のビルディング群が並び、その碁盤目をかたちづくって白く光らせているのが、旧市街を縦横に走る運河なのだ。

ランダルはこの都会を訪れたことが一度ある。すでに不仲になっていたバーバラと一緒で、わずか二日の滞在期間内に、ダムと呼ばれる中央広場、ショッピング街のカルヴェル・ストラート、レンブラントの家、国立博物館のヴァン・ゴッホの絵と、盛りだくさんのものをせわしなく見物した。

いま、スキポール空港には、ジョージ・ホイーラーが大柄な紳士とともに出迎えにきていた。ホイーラーはさっそく連れの紳士を紹介して、「こちらはミュンヘンの宗教書出版社の社長で、われわれのプロジェクトの、ヨーロッパにおける中心的な位置におられるエミール・ダイヒハルト博士だ。ぜひともきみを出迎えにいくといわれるので、ご一緒した」といった。

エミール・ダイヒハルト博士は、六フィート四インチ（約一九二センチ）は間違いなしの大男で、かなりの長身のホイーラーでさえ、二人で並ぶと小ぶりに見えるくらいだった。丸い頭のまわりになめらかな銀髪がつやつやと光り、縁なし眼鏡の奥には鋭い目、そして尖った鼻と大きな黄色い歯の持ち主だった。

ダイヒハルト博士はまずもって、ダーリーンの手の甲に、唇を触れないキスをしてから、ランダルの手をしっかり握って、「よく来てくださった、ランダル君。これでわしらのチームも万全の態勢になったというものだ。あんたの名声は、ヨーロッパ大陸にも喧伝《けんでん》されておりますぞ」と、いちおう正確な英語でいった。

ホイーラーは彼らを駐車場へ導いて、「時間を無駄にしたくないので、これからまっすぐアムステル・ホテルへ向かうことにする。あそこはこの都会の最高級ホテルで、われわれのチームの首脳陣のほとんどが滞在している。きみは部屋に荷物をおいたら、その人たちに会って、それからすぐに、本部でわれわれと一緒に、昼の食事をとってもらおう。出席するメンバーは、グループの出版業者五名と、このプランに参画している神学者の全員だ。さよう、欠席するのはジェフリーズ教授ひとりで、これは知ってのとおり、数日のうちに合流することになっている。ああ、そうだ。フロリアン・ナイトからもきみの説得で協力の気がまえができたとの電報を受けとった。さすがはアメリカ第一級のセールスマンだけのことがあると、きみの実力に感じ入っているところだ。そのいきさつの詳しいことは、食事の席で聞かせてもらうよ」

メルセデス・ベンツの大型車が待っていて、オランダ人の運転手が左右の扉を開いた。ランダルとダーリーンとダイヒハルト博士の三人が後部座席に乗りこみ、ホイーラーが前の席に着いた。

車は空港の巨大な管制塔をあとにして、照明のまぶしい地下道を走りぬけ、アムステルダム市に向かう高速道路へ出た。そのあいだ、ホイーラーとダイヒハルト博士は出版スケジュールのことを話しあっていたが、ランダルはほとんど聞いていなかった。彼は、知らない土地で未知の人々と会う前には、エネルギーを貯えておくのに気を遣う習慣があった。その日はよく晴れて、道路沿いの家並みがあたたかな陽差しを浴びていた。ＩＢＭの工場が見えてくると、車は高速道路を離れて、アムステルダムの市内に入った。

急にダイヒハルト博士が、ダーリーンに話しかけた。「アンネ・フランクの家はこの近くです。それからこの運河だが、空港より十三フィートも高い位置にある。ご存じかもしれないが、空港にかぎらず、アムステルダムのほとんど全部が、海面以下なんです。オランダ人は勤勉な民族で、途方もない低地に、これだけの大都会を築きあげた。ご覧なさい、前を走っておる電車を。車体の後部に、赤い箱が見えるでしょう」

なるほど、前方を市内電車が走っていて、クリーム色の細長い車体の後部に、赤く塗った箱が付いていた。彼らのメルセデス・ベンツは市内電車に邪魔されて、スピードを落としているようだった。

ダイヒハルト博士は電車の後部を指さして、「あれは郵便物の集配箱でね」と説明をつづけた。「うまいことを考えたものですな」

それからのメルセデス・ベンツは、アムステル河に沿って走った。数多い運河には、ガラス張りの屋根のある遊覧ボートが浮かんで、河沿いの道路は、自転車、モーター・バイク、小型車の群れでいっぱいだった。その小型車のほとんどが、オランダ製のDAFか、フィアットか、ルノーだった。道路わきに、破風《はふ》をそなえた煉瓦造りの家並みがつづいているのを、ランダルは初めて見るもののように眺めていた。

彼らの大型車は、かなりの規模の橋にさしかかった。そこでさらにスピードを落として橋を渡りきると、車はすぐに左へ折れた。

前部席でホイーラーがいった。「やっと着いた。この袋小路の突きあたりに、アムステル・ホテルがある。十九世紀の建築だが、ヨーロッパでもっとも優雅な建物といっていいだろう。ユリアナ女王とベルンハルト殿下の銀婚式の祝典が、大陸諸国の王族たちを招いて催されたのも、このホテルだ。ランダル君のために、このホテルの最上の部屋を予約しておいた。女王陛下が必要に応じて使用なさる部屋で、それに比べたら、ダイヒハルト博士とこのホイーラーが泊まっている部屋は、侍従クラスの者があてがわれるところのものだ」

「ご厚意は感謝しますが、何のためにそんなことを?」

ホイーラーはドイツの大出版業者に片目をつぶって見せて、「これからはわがスティーヴン・ランダル君の音頭取りで、史上最大の宣伝活動が開始される。このニュースが洩れたとなると、全世界の出版業とテレビ放送界の代表者たちが、数百人も押しかけてくる。きみはその連中を王族たちのような態度で迎えて、きみもまた王者みたいに振る舞う。それで初めて、宣伝の意味がある。高雅な舞台装置が効果的なのだ。そんなわけで、きみにも女王陛下の部屋をあてがった。一〇号室、一一号室、一二号室がそれで、ミス・ニコルソンの部屋はその隣りだ。それにまた、あの雰囲気なら、きみの頭に創造的なアイデアが浮かんでくるという狙いもある」

「最善をつくしますよ」とランダルがいった。

そしてランダルは、ダーリーンと一緒にメルセデス・ベンツを降りたが、ホイーラーが車内からさし招いたので、またもとの座席に戻った。

ホイーラーが注意を与えた。「フロントのデスクに、きみ宛てのアメリカからの郵便物が届いているはずだ。だけど、このアムステルダムには、きみが当地に到着したのを知る者は、税関の連中は別として、一人もいないのだ。これが肝心なところで、万が一きみの到着が知られたら、たちまちジャーナリスト連中が動きだす。部屋のどこかに隠れていたり、電話を盗聴したり、部屋つきのボーイを買収したりして、われわれの動きを探り出そうとする連中が続出するのだ。広報担当者のきみが、もっとも攻撃しやすい相手だからだ。したがって、きみの秘書のミス・ニコルソンにも――」

「彼女には何も話してありませんよ」ランダルは答えた。「つまり、これからのぼくは、透明人間になればいいのですね」

「そういうことだ。それから、あと四十五分のうちに、外出の用意をしておいてくれ。迎えの車をさし向けるから、それに乗り込む前に、電話で知らせてくれたら、われわれはクラスナポルスキー・ホテルの階下で待っている」

ランダルとダーリーンは、アムステルダム・ホテルのロビーへ歩み入った。東洋産の絨《じゅう》毯《たん》が大理石の床を蔽《おお》って、正面の階段には豪奢な茶色のカーペットが敷きつめてある。階段をのぼったところで、アーチ型天井の廊下が左右に分かれて、彼らの荷物を運ぶ二人のポーターが待っていた。右手がフロントのデスクで、そのすぐ隣りに、両替所があった。

ランダルはフロントのデスクに歩みよって、「スティーヴン・ランダルだが、部屋の予約がしてあるはずだが」といった。

クラークは丁重なお辞儀をして、「はい、お待ちしていました、ランダルさま。それから、お手紙がたくさん届いております」と、封筒のひと束を差し出した。どれもみな、ニューヨークのランダル宣伝広告会社から回送してきたもので、なかでとりわけ厚手なものには、コスモス・エンタープライズとの契約書がはいっているはずだった。

封筒の束を手に、ランダルが歩きだすと、クラークが呼びとめた。「ランダルさま、これを見落としていました。あなたさまへの伝言です」

「ぼくへの伝言?」ランダルは驚いた。ホイーラーの言葉が、いまだに耳に残っている。まだいまのところ、きみがこのアムステルダムに到着したのを知る者は、一人もいないのだ、との言葉が。

「一時間ほど前に、おひとりの紳士が、これをあなたさまにお渡しするようにとおっしゃって、階下のバーでお待ちになっておられます」

それは訪問用の名刺で、中央にセドリック・プルマー、左下側にロンドンと浮き出し活字で印刷してあり、そして右側には紫インキで手書きの一語――〝裏を〟という文字が見えていた。

裏面には、やはり紫インキで、きちんとした細字が並んでいた。

「ランダル君、予定どおりの到着を祝福させていただく。そして第二の復活プロジェクトの進捗《しんちょく》も。あのグループは、きみの宣伝活動に全幅の期待を寄せている。ご多忙中を承知のうえで、きみとぼく相互の関心と緊急な要件のために、少々の時間を割いていただきたい。階下のバーでお待ちしている。プルマー」

プルマーか！

ランダルは震える手で、名刺をポケットにすべり込ませた。プルマーがどうしてお れの到着を知っているのだろうか。しかも、昨夜読んだロンドン・デイリー・クーリア紙の、ド・ヴローメ牧師のインタービュー記事には見られなかった「第二の復活」という暗号文字が書き込んである！

ホイーラーに電話して相談するにも、彼はまだクラスナポルスキー・ホテルの本部に帰りついていないだろうし、部屋へ逃げこんでみたところで、いつまでも身を潜めていられるものでない。しかし、ランダルは徐々に、いつもの冷静さをとり戻した。敵手が出現したときは、落ち着いて、力強さの外見を失わずに、応接するのが実業人の心得である。できることなら、敵の出方を逆手にとって、利用するだけの要領が必要なのだ。そしてランダルは何よりも、この相手がどんな顔の、どんな風采の男であるかを見ておきたかった。

彼はいそいでダーリーンにいった。「面会客が待っているそうなので、階下のバーで会ってくる。きみはそのあいだに、部屋で荷物を解いているがいい。すぐに戻ってくるよ」

彼女は何か苦情をいいかけたが、思い直して、二人のポーターと一緒にエレベーターへ向かった。ランダルはそれを見てから、フロントのデスクにひき返して、「バーはどこにある？」と訊いた。

クラークはロビーの左手を指さして、「あちらです」と教えてから、「この紳士は、衿《えり》のボタン穴にバラの花を挿しておられます」と付け加えた。

バーはガラス張りの広い部屋で、窓の真下が屋根のないレストランになっていて、幾組かの男女がおそい朝食をとっていた。その先には、遊覧船の浮かぶ運河の一部が見えている。ランダルはバーの内部を見まわした。午前中のせいか客が少なくて、陽気な性格らしいオランダ人のバーテンが鼻歌まじりでグラスを拭っているカウンターに、肥《ふと》った男が一人、オレンジ・ジュースをすすりながら、ガイド・ブックに目をそそいでいるのと、ずっと奥の、カーテンをひいた窓ぎわに、身なりのよい男が新聞を読んでいるだけだった。齢《とし》のわりには若造りで、衿のラペルにバラの花が挿してあった。あれが敵か。

ランダルは大股に、部屋を横切っていった。

セドリック・プルマーはめかし屋だった。薄くなりかけた映えない色の髪を入念に撫でつけて、禿《は》げた頭のてっぺんを隠し、イタチのように小さい目、落ちくぼんだ頬、骨ばった鼻、短いヴァン・ダイクひげ。顔の色は黄みがかったグレーで、エビ茶色のネクタイに宝石入りのネクタイ・ピン。地味な仕立ての細縞入りのズボンをはいて、指に巨大なトルコ石が光っていた。新聞記者といっても、フリート街をとびまわっているくたびれた感じの連中とは、かなり様子がちがうな、とランダルは見た。

彼が近づくと、クーリア紙の特派員は読んでいた新聞をおいて、立ちあがった。

「ランダル君ですね」新聞記者は甲高い声でいって、愛想笑いを浮かべた。「まあ、腰かけてください。何をお飲みになる?」

ランダルはテーブルを挟んだ椅子に腰を下ろして、「酒はやめておきます」と簡潔にいった。「いま着いたばかりで、時間がないので」

「なあに、わたしの話は数分間ですみますよ」

「で、用件は？」

「あなたに協力していただこうと思いましてね」

「ほう、協力を？」

「昨日のクーリア紙に載せたわたしの記事を読んでいただけましたか？」

ランダルは指の関節でテーブルの上を叩くだけで、何も答えなかった。

「こんどの新約聖書の出版について、あなた方の全員は秘密の保持に汲々《きゆうきゆう》としておられるが、真相はとうてい隠しおおせるものでありません。げんにわたしの仲間は、とうの昔に、クラスナポルスキー・ホテルの動きに気づいています。あなた方の予想以上に実状を知っておるのです」

「だったら、ぼくを必要とすることもありますまい」

ランダルは椅子をうしろへ押しやって、立ちあがろうとした。

「まあ、まあ、お待ちください、ランダル君。正直にいうと、わたしもまだ全貌をつかんだわけではなくて、記事にまとめるには、どんな内容の聖書なのかを知らねばならぬのです。あと二週間のうちには、詳しいデータを入手する自信がありますが、ご承知のようにわれわれ新聞記者の仕事は、他社を出しぬく必要があるのです。スクープ記事ですよ。そこであなたの力を借りたい。協力してもらえたら、こんどはわたしが、新出版物の売れ行き増大のために、新聞紙上で宣伝役をつとめますよ」

「お断わりしたら？」

「当然、わたしは不快感を抱く。それが紙面に反映したらどうなるかは、誰よりもあなた自身がおわかりだ。それからついでに、報酬の件に触れておくと、われわれにも彼らに負けないだけのものを提供する用意があるのです」

　ランダルは相手の灰色がかった顔に、平手打ちを食わせてやりたい気持ちになったが、かろうじて自制した。まだひとつ、知っておきたいことがあったからで、「何にたいする報酬を？」と問いただした。

「さすがはあなただ。ポイントを突いた質問をなさる。ゲラ刷りを見たいのです。あなたなら、容易に入手できる。好きなときに要求できて、それを妨害する者は、あの本部には一人もいない。それをちょっと拝借して、スクープ記事が書けたら、わたしはとても満足というわけです。報酬額は、わたしの一存で決めてよい権限を与えられているのです」

ランダルは立ちあがった。そして、「はっきり申しあげる——断わりますよ、プルマー君」

言い捨てると、彼はくるっとふり返って、出口に向かって歩きだした。その背後に、プルマーの甲高い声がひびいた。「わたしはあきらめませんぞ。第二の復活の真相を、かならず記事にしてみせる。あと二週間のうちに」

ランダルはダーリーンの気が進まぬのを承知のうえで、午後から夜間にかけての彼女ひとりのアムステルダム見物の手配をすませると、ジョージ・ホイーラーに電話して、これから本部へ出向くと伝え、そのついでに、イギリスの新聞記者とのやりとりを報告した。

迎えの車メルセデス・ベンツの運転手は、テオという名の中年のオランダ人で、車を運転しながら、主だった場所と建物を説明して聞かせた。「ここですよ、ダムと呼ばれる中央広場は。これがアムステルダムの旧市街の中心でして、主要な道路はみんな、ここから放射状に伸びているんです」

それはランダルの記憶に残る、かつての旅行の数少ない思い出の一つで、つい十五分ほど前に、ダーリーンがＫＬＭのガイド・ブックを読みあげるのを聞いて、記憶を新たにしたばかりだった。

「左手にあるのが王宮ですよ」ランダルが見ると、広場の側面いっぱいに、堂々たる建物がそびえ立っていた。「王宮であると同時に、あたしたちオランダ国民の聖廟《せいびょう》でもあって、イギリスでいえば、ウェストミンスター寺院みたいなものですね。沼地の上に建築したので、地盤の補強に、ふとい材木の柱が一万三千本も打ち込んであると聞きました。ただし、現在では女王はここでなくて、街の外に住んでおられます。この宮殿は儀式のときにだけ使うんです」

テオの丁寧な説明がつづいた。

「ド・ビエンコルフが見えてきました。ビエンコルフとは蜜蜂《みつばち》の巣箱のことですが、あの六階建ての建物が、アムステルダムの最大のデパートなんです」

たしかにいまも、クローム鋼の枠で縁取ったその回転ドアを、おびただしい買物客が出入りしていた。

「それと並んでいるのが、この車の行く先のクラスで」

「なに、クラス？」

「クラスナポルスキー・グランド・ホテル。あんまり名前が長たらしいので、あたしたちはクラスと呼んでいます。創立者のＡ・Ｗ・クラスナポルスキーの名をとったわけで、その名前でわかるように、このひとはポーランド生まれの仕立屋でしたが、一八六五年に商売替えをして、ヴァーモス街にカフェを開業したんです。最初は、ワインと、義理の妹の手製のパンケーキを売るだけの小さな店でしたが、ビリヤード・ルームを増築したり、冬期庭園を造ったりして、だんだんと周囲の家屋を買収しながら、部屋の数が百室もあるホテルにまで発展させてしまったんです。いまではそれが三百二十五室に増えています。ああ、ご覧なさい。ホイーラーさんが待っておいでです」

そのホイーラーが走りよって、「よかったな。途中で妨害工作にも出遭わないでご到着とは」と物騒なことをいった。「ここがわれわれの本部なのだ」

「見たところ、ふつうの豪華ホテルと変わりありませんね」

「それがわれわれの狙いでね。一階には、わずかの部分しか借りていない。そのかわり、食堂にしろバーにしろ、われわれのグループは割引き値段で利用できる。作業に使用しているのは二階と三階だ。そこのスペースの全部を独占して、外部の人間の出入りをいっさい許さない。きみには二階の一部をあてがってある。きみと、宣伝部門のスタッフのために、会議室が二つ。それから、F号室がきみの専用事務室で、その隣りがきみの秘書の控室だ。まだほかに、部屋が二つ——二〇四号室と二〇五号室だが——これは室内の模様替えをしないで、ふつうのホテルの部屋のままにしてある。

つまり、きみ個人の面会客と会うためと、それから、ときにはきみに休息をとってもらうためだ。もっとも、これからの一、二カ月は、きみも忙しすぎて昼寝の時間などとれんだろうが」

「そんなところでしょうね」ランダルはうなずいて、「では、いちおう各部屋を拝見させてもらいましょうか」といった。

二人は表玄関を避けて、デパートとのあいだの道路に面した横手の入口から、ホテルにはいった。

ホイーラーは説明して、「このホテルには出入口がいくつもあるが、この入口を利用するのがいちばん安全だ。表玄関からだと、いつなん時、プルマーみたいな男がとび出してきて、話しかけてこないともかぎらんからな」といった。

緑色大理石の円柱に挟まれた回転ドアを入ると、右手に小さな部屋、左手にかなり大きな部屋があって、どちらのドアも開け放したままだった。大きな部屋の入口には、カーキ色の制服を着て、拳銃ベルトを締めた警備員が立っていた。

「この廊下が直接、エレベーターに通じている。しかし、そのまえに、ヘルデリンクに会っておいてもらおう」

ホイーラーは警備員に目配せすると、ランダルを部屋のなかへ押しやった。そこが警備員の詰所であるのはひと目でわかった。ふたりの若い女性が忙しそうに書類ファイルの整備中で、日焼けのした平服の青年二名が、テーブルの上の図面に見入っていた。もう一人、年長の男がワイシャツ姿で、マイクロホンとプッシュ・ボタンをそなえた小型のスイッチ盤をわきにおき、四台のテレビ・セットと取り組んでいた。テレビ・セットのそれぞれの画面に、二階と三階のホールの廊下が映し出されていた。

この連中と少し離れた位置に、真鍮《しんちゅう》で縁取りをしたローズウッドのデスクが据えてあって、五十年配のひきしまった体躯《たいく》の男が、受話器を耳に話しこんでいた。レンブラントの絵に見る謹直なオランダ市民を思わせる顔だちで、デスクの上には、J・ヘルデリンク警部という名札がおいてあった。

電話が終わると、ヘルデリンク警部はいそいで立ちあがって、ランダルとかたい握手を交わした。そのあいだにホイーラーが両者の紹介をすませた。

「ずいぶん厳重な警備ですね」ランダルがいった。「これだけ厳重なら、秘密漏洩《ろうえい》の怖れはありますまい」

「しかし、先ほどあなたがプルマーにつかまったようなことが起きますのでね」

ランダルは驚いて、「ホイーラーさんから聞いたのですか?」

「いえ、いいえ。あなたがホイーラー氏に連絡なさったとはこれが初耳で、むしろわたしが、氏にその件を報告しようと考えていたところです。

　それはともかく、あのバーでのあなたの態度には感心させられました。あなたは彼に、断わると、きっぱりいわれた。彼も負けずに、かならずこのプロジェクトの内容をあばいてみせると言い返した」

「よくそこまでのことがわかったものですね」

　ヘルデリンクは毛深い手で空中に何かを描くような格好をして、「造作ないことですよ」といって、「わたしたち警備班はこのプロジェクトの関係者の全員をたえず観察しています。それでもなお、ド・ヴローメ牧師のような男が蠢《しゅん》動《どう》するので、油断は禁物です」

　ホイーラーが横合いから口を入れた。「スティーヴ、ヘルデリンク君の経歴を話しておくと、いわゆるインターポル、正確な名称では国際刑事警察機構に勤務しておった。それをわれわれが第二の復活プロジェクト防衛のために、無理を承知でグループに参加してもらった。あの強引な引き抜き工作がなかったら、ヘルデリンク君はいまごろ、総裁の次くらいのポストに就いていたであろうよ」

「いや、わたしはみずから進んで、この任務を引き受けました。インターポルは人類のための仕事でしたが、第二の復活プロジェクト防衛は神のためのもの、はるかに重要な仕事ですからね」

拳銃片手に神のための仕事か、とランダルは思ったが、「あいにくぼくは、インターポルという機関のことに詳しくないのです」とだけいっておいた。

ヘルデリンクは説明して、「あれは国際犯罪を追うために、二十カ国の警察が協力して創設した多国籍機関です。わたしはパリの郊外にある本部に勤務していましたが、現在の加盟国は百カ国を超えていて、それぞれの国に支部が設置されています。

パリの郊外、ブーローニュの森を通り抜けたところのサン・クルー市に本部があって、そこには国際犯罪者百万人分の資料カードが保管してあります。このカードの記載項目はおよそ二百、追っている犯罪者の特徴が、国籍、人種、容貌、風采、前歴、刺青の有無、不具その他肉体上の欠陥、日常の習慣、等々といったぐあいに、あますところなく書き入れてあるのです。わたしはこのシステムを第二の復活プロジェクトにも採り入れて、このグループに所属する者はもちろんのこと、報道関係者を始めとして、宗教改革運動者、過激論者、競争相手になりうる出版人にいたるまで、考えられるかぎりの人々のデータを調べあげてあります」

「まったく驚き入りました」ランダルがいった。

「あなたに本部内の通行証をお渡しするにも、この調査が役立っています。われわれはあなたの弱点を調べあげました。酒や麻薬にふけっておられないか。どんなタイプの女性と同棲《どうせい》しておられるか。恐喝者につけ込まれる怖れはないか。たとえば、ジュディお嬢さんのマリファナ、妹さんのクレアの交際仲間、あるいはまた、ミス・ダーリーン・ニコルソンの口から、ベッド・ルームでのあなたの秘密が洩れることがないか……」

「ぼくは完全に見張られていたのですね。聖域はゼロというわけですか」

「第二の復活を除けばですな」ヘルデリンクは平然として答えた。

「で、調査の結果、ぼくは通行証を交付してもらえることになりましたか?」

ヘルデリンク警部はデスクの引き出しから、小さな赤いカードをとり出して、「あなたの場合は、通行証Aではなくて、Bのほうです。しかし、このBにしても、最高の特権をお持ちの方でなければ差しあげていません」

ホイーラーは代わって具体的な説明をした。「これもやはりインターポルのシステムを採用したもので、われわれのグループの人間を、五つのクラスに分けてある。赤色カードのAを所持しているのは、このジョージ・ホイーラーと四名の出版業者、それから、保管責任者のフロートという男の六名だけだ。赤色カードBの所持者にしても、極秘の場所を除いたら、どんな区域にも自由に出入りできる。赤色以外のカードは従業員たちに渡されるもので、それぞれのクラスに応じて、ブルー、グリーン、ブラックの三色に分かれている。けっきょくきみは、五名の首脳陣を別にして、最高の特権保持者ということになる」

ランダルはデスク越しにヘルデリンクの顔を見て、「ホイーラーのいう極秘の場所というのは？」と質問した。

ヘルデリンク警部は答えて、「このホテルの地下にある鋼鉄製の保管金庫で」といった。「そこではフロート君が見張りの役をつとめています」

「で、金庫のなかには？」

「紀元六二年に書かれたヤコブ福音書の原本であるパピルスと、おなじく三〇年のペトロニウス報告書の羊皮紙です。ほかに、この二つを現代の五カ国語に移しかえた翻訳文があって、そのどれもが、この世の宝石と金塊の全部を集めたよりも貴重だといえるのです」そしてヘルデリンク警部は立ちあがり、デスクをまわって近づいてきて、赤色のカードをランダルに手渡し、「これさえあれば、あなたはこの本部内のどんな場所にも出入りできて、いますぐにでも作業にとりかかれるわけです」といった。

それから二時間かけて、ランダルは二階の部屋を使用している作業メンバーたちに面接してまわった。その後の予定は、五カ国の大出版業者とその学術顧問たちと一緒に昼の食事をとる。食事がすむと三階に席を移して、彼の指揮の下にインタナショナル新約聖書の販売促進大キャンペーンに従事する部員たちと、第一回の事務打ち合わせ会議を開く手配になっていた。

食事までのあいだ、ランダルは二階の彼の個室F号でひと休みした。部屋にはL字形の大きなデスクが据えられ、そばにスイス製の電動タイプライター、背後には緑色の防火用書類ロッカーのいくつか、そして頭上には、蛍光灯の照明が輝いていた。ランダルのポケットは、面接してきた人々の印象を書きつけたメモ用紙でふくらんでいた。それをいちおう整理しておこうと、彼はタイプライターの前に椅子をひきよせた。

ハンス・ボガルダス――痩せぎすで、平凡な顔だち。ブロンドの長い頭髪に女性めいた声。感じはよくない。前歴、オランダ聖書協会の図書室主任。いまも机の周囲に聖書古版本の複製がうずたかい。数カ国語に通じ、ナオミの話だと、コンピューターのような記憶力の持ち主で、調査事項はまずもって彼に質問するのが捷径《ちかみち》とのこと。

ヴァーノン・ザカリー牧師――カリフォルニア州の教会人のうちでは最高の雄弁家。主イエスの孫のような口吻《こうふん》で喋りまくる。聖書セールスマンとして貴重な存在。

ヘンリー・アンダーウッド――アメリカ世論調査の有力な機関の主宰者。イギリスと欧大陸にも支所多し。穏健な人柄、思索家タイプの好紳士。出版予定日までのあいだ、月に一週間、アムステルダムの本部に出張してくる。彼の調査だと、週に一回の教会出席率がかつては人口の五十パーセントであったのに、現在では四十パーセントに低下している。とくにカトリック教界に著しい。プロテスタント教界は比較的良好だが、ただし、聖公会派は減少が目立つ。また、大学生の六十パーセントは、宗教にまったく関心がないという。

アルバート・クレマー――編集と校正部の主任。矮躯《わいく》で、眼球がとび出して、甲状腺肥大の気味がある。態度は控え目で、しかも仕事熱心。スイスのベルン生まれ。先祖代々、聖書その他宗教書の校正を専門にしてきた家柄。何代目かの一族の一人に失敗譚《たん》がある。この男はチャールズ一世の治世時にロンドンに招かれて、欽定訳聖書の校正にあたったが、否定辞NOTの欠落を見落としたばかりに、一六三一年版の出エジプト記二〇の一四、十戒の七番目に、『なんじ姦淫《かんいん》すべし』

との文句が出現した。同版本が姦淫聖書と呼ばれるゆえんである。激昂《げっこう》した大司教は出版者に三百ポンドの罰金を科し、五部を除いた全部数を廃棄させ、真の責任者クレマー某氏はその後半生を不遇にすごすことになった。それもあってか、当代のクレマーは、インタナショナル新約聖書の校正に絶対的な正確さを期している。

A・アイザックス――イスラエルのユダヤ大学教授、古代ヘブライ語学を専攻。死海文書の翻訳で有名。彼いわく、古代ヘブライ語の知識の欠如が、いかに福音書記事のニュアンスをあいまいにしていることか。その実例――ヘブライ語の前置詞alは、つねに『上に』の意味に訳されているが、alにはまた『そばに』の意味もある。だから、マタイ福音書に『イエス海の上を歩みて』とあるのは、海のきわを歩みて、とも読める。おそらく後者のほうが正しいであろう。しかし、初期キリスト教会の宣教師たちは、主イエスの湖畔散歩よりも、奇跡物語を選択したのだと思う、と。

そこまでタイプしたところで、ドアにノックの音がして、ジョージ・ホイーラーが入ってきた。

「ほう、さっそく仕事にとりかかっていてくれたのか。昼食の時間がきた。その席できみを、わがグループの大物たちに紹介する」と、アメリカの大出版業者は上機嫌でいった。

楕円形《だえんけい》の大食卓を囲んで、十の席が設けてあって、英語とフランス語の入り混じった会話が交わされていた。ランダルはホイーラーとエミール・ダイヒハルト博士のあいだの席に着いた。ホイーラーの隣りにヴァーノン・ザカリー牧師が並んでいるように、出版業者五人がそれぞれの神学顧問を伴なっていた。

西独の出版業者ダイヒハルト博士の隣りがボン市のフリードリッヒ・ヴィルヘルム大学の神学教授ゲルハルト・トラウトマン博士であり、頭に半月状の髪を修道僧風に残しているところが、銅版画に見るマルティン・ルターそっくりだった。その隣りの席はイギリスのトレヴァー・ヤング卿、いかにも貴族らしい風貌で、五十歳という年齢にしては若々しく見えた。その神学顧問のジェフリーズ教授はまだ到着していなかった。

フランスの出版業者シャルル・フォンテーヌは、才気煥発なのを鋭い顔だちに示して、しきりと警句を口にしている。ランダルの耳もとにホイーラーがささやいたところだと、フォンテーヌ氏はフランスでも有数な資産家だそうで、パリのフォシュ・アヴェニューに大邸宅をかまえて、政界の有力者にも知己が多いとのことだ。その神学顧問はコレージ・ド・フランスの教授フィリップ・ソブリエ。外見はいかにも貧相で、見るからに非社交的、無口な男だが、あんがいこれで、議論が文献学上の領域におよぶと、舌端火を噴く雄弁をふるうのでないか、とランダルは思った。

それからまた、ミラノから来たイタリアの出版業者のルイジ・ガイダがいた。この男は教皇ヨハネス二十三世に驚くほど似ていた。甲状腺腫《せんしゅ》なのか、顎が四重にくびれている。ひどく陽気な性格のようで、いまも大声で、彼がイタリア国内で発行している雑誌類の販売部数と、その出版王国を監督してまわるのに、アメリカ式に専用ジェット機を使用しているのを自慢している最中だった。オスティア・アンティカでのモンティ教授の新発見を最初に知ったのは、このガイダ氏なのだ。氏は即刻、それを持参してミュンヘンに飛び、ダイヒハルト博士の意見を聞いた。ダイヒハルト博士はすぐさま、新しい聖書出版のシンジケートを組織すべく、活動を開始した。ガイダ氏の神学顧問カルロ・リカルディ司祭は最高の知性をそなえた聖職者で、彫りの深い容貌とワシ鼻、そして黒い僧服とが、この人物を近よりがたいものに見せていた。イタリア聖書学会のメンバーで、ヴァティカン教皇庁の非公式の代表者だった。

この二人のイタリア人を見ているうちに、ランダルに疑問が浮かんできて、彼はさっそく質問してみた。

「ガイダさんにお訊きしたいことがあります。あなたはカトリック系統の出版者とうかがっていますが、そのあなたが、どうしてプロテスタント教徒用の聖書を発行なさるのです？　イタリアのようなカトリック教国家で、新教の聖書が売れるものでしょうか？」

ガイダ氏は驚いたように肩をそびやかした。顎の先が大きく揺れた。「意外な言葉を聞くものですな、ランダル君。イタリアにだって、新教徒は大勢いる。あの国で最初に出版された聖書は、プロテスタント用のものだった。つまり、カトリック用の聖書を出版するには、まずもって教皇庁の認可が必要となる。プロテスタント聖書の場合は、教皇庁が介入しないんですよ」

聖職者リカルディ師が口を添えて、「そのあとはわたしが補足しましょう。それでわたしが、このプロジェクトに参加した理由も明らかになるので」と説明しかけて、ややしばらくは無言で考えをまとめていたが、「つまり、その、カトリックとプロテスタントの聖書のあいだには、それほどの差異がないので、あるといったら、カトリック教会が正典と認めて、旧約聖書のうちに採り入れている諸書を、プロテスタントの友人たちは、いわゆる経外典として除外しておることぐらいです。そのほかの点は、まったく同一のテキストといっても差し支えない。げんにフランスでは、カトリックとプロテスタントの共同聖書が発売されていて、その編集には、カトリックの神学者二名が協力しておるのです」

「そうでしたか。初めて聞きました」とランダルがいった。

「それも当然のことで、おそらくこの傾向は、これからも強まる一方でしょうな。もちろん、フランス版の共同聖書は、教皇庁の認可を得ておらんのです。われわれの新しい聖書にしても、それと同じ状態で刊行されるでしょうが、ただ、カトリック教団はいつかそのうち、インタナショナル新約聖書のカトリック版を編集するものと思われます。われわれの教義に則した、さらに新しい翻訳が要請されるわけで、それというのもわれわれカトリック教団には、重要な点で、プロテスタントの友人たちと大きく相違した見解があるからです」

「といいますと?」

「義人ヤコブとイエスとの肉親関係です。マタイ福音書にも、マルコ福音書にも、イエスは木匠《たくみ》の子、その母はマリア、その兄弟はヤコブ、ヨセフ、シモン、ユダうんぬんの個所があるが、プロテスタントの友人たちは、この言葉を血を分けた兄弟の意味に解釈しています。イエスもヤコブも同じように、マリアとヨセフの肉体的結合によって生まれたものと見ておるのです。しかし、このような解釈は、カトリック教会としては、まったく認めることのできぬものです。われわれはマリアの絶対的処女性を信じている。オリゲネスや初期教会の教父たちのころから、われわれカトリック教会は、ヤコブをイエスの異母兄であり、ヨセフが最初の結婚によって、マリア以外の女に生ませたものとの見解をとっておるのです。もちろんこの見解には、確固たる根拠があります。アラム語とヘブライ語の《兄弟》というのはかなりあいまいな言葉で、血を分けた肉親のほかに、いわゆる半兄弟、義理の兄弟、いとこ、遠縁の者までが含まれておるのです。われわれは主の神性がゆるがぬものであるのを信じるにしても、ヤコブ福音書が将来、カトリックの教徒たちにおよぼす影響を考慮しないわけにはいかんのです」

ランダルは以上の説明に納得して、その後はもっぱら聴き手の立場を守った。食卓での会話は、当然のことかもしれぬが、完全に二つのグループに分かれた。神学顧問たちはキリスト教会の権威と正統思想の維持に関して議論を闘わし、出版業界の大物五名は、インタナショナル新約聖書の発売部数とその利益といった採算上の具体的問題に話題を集中していた。

食事がすむと、ナオミが迎えにきて、ランダルを二〇四号室へ導いた。彼はようやく、彼自身の世界に戻ったかのように、気持ちが落ち着いた。

そこは超現代的《ウルトラ・モダン》な部屋で、純白の壁面、白いラッカーを塗った立体主義的《キュービズム》スタイルの家具、クローム仕上げのスタンド灯。深紅の色の長椅子の上には、いわゆる動く芸術《キネティック・アート》のひとつ、液体を入れた金属製の箱が天井から垂れ下がっていて、空気のわずかなそよぎにも、微妙な振動を示していた。ナオミはさっそく販売宣伝部門のメンバーを紹介した。

パディ・オニールはアイルランドのダブリン生まれで、見かけはトラックの運転手そっくりだが、ロンドンとニューヨークの広告業界では、敏腕で知られている男だった。ただし、信仰心はゼロに近いそうで、いまも平気な顔で、「宣伝文句はいくらでも書かせてもらうけど、これもけっきょくは、特別ボーナスを期待してのことでしてね」と、不遜《ふそん》な言葉を吐くのだった。

ナオミはつづいて、ランダルを長椅子にうずくまっている青年のところへ連れていった。

「このひとがエルウィン・アレグザンダー、聖書の雑学屋さんなの」と引き合わせた。

「聖書の雑学屋とは?」ランダルは怪訝そうな顔で訊いた。

青年は鎌首をもたげて、「ニュースがほしくてがつがつしている新聞記者連中を煙に巻いて、コラム記事のネタをあてがってやる仕事ですよ」といって、息を深く吸いこみ、つづいて大きく吐き出してから、「新約聖書のうちでいちばん短い章節はどれか? 『イエス涙をながしたまう』がそれだ。使徒たちはキリストを何といって呼んでいたか? 導師《ラビ》ですよ。教師の意味ですね。新約聖書に記載されているイエスが行なった奇跡の数は四十七回。旧約聖書には、ナザレという名の町が一度も出てこない。新約聖書に、イエスが飼葉桶《かいばおけ》のなかで生まれ、馬小屋のなかで祝福されたとの記事はぜんぜん見当たらない……といったところで、雑学屋の意味がおわかりになりましたか?」

「そのどれも、ぼくは初めて聞いた」と、ランダルは笑った。

その後、新しい顔触れがつぎつぎと加わった。室内は急激に活気づいた。最初に入ってきたのは、結核患者みたいな顔つきで、ひょろひょろっとした長身の男で、名前をレスター・カニンガムというアメリカ人だ。徴兵逃れに、わざわざ南部まで出かけて、浸礼教会派の神学校に入学したところ、熱烈なキリスト教徒になってしまった経歴の持ち主で、以前には、『クリスチャン・ブックセラー』、『クリスチャン・ヘラルド』、

『クリスチャニティ・トゥデイ』の各出版社で、広告部員をつとめていた。

　ロッテルダムから来たオランダのブルジョア娘がいた。男性に負けない頑健な体躯で、前髪をそろえて切り、化粧をぜんぜんしていなかった。ヘレン・ド・ボアという名前で、ナオミの話だと、いま地球上にはプロテスタント教徒が三億二千五百万人もいるが、新教の教義についての知識では、この娘の右に出る者はいないそうだ。それから、ジェシカ・テイラーといって、黒い瞳に短く刈りあげた頭髪、しなやかな肉体を小ざっぱりしたドレスに包んだ美女がいた。両親ともにアメリカ人だが、ポルトガルで育って、専門は聖書考古学、この第二の復活プロジェクトに参加するまでは、ガリラヤ湖の北、レバノンとの国境に近い丘で、発掘作業に従事していたとのことだ。

　最後にあらわれたのが、オスカー・エドルンドというスウェーデン人だった。撮影技術の優秀さを買われて、ストックホルムから招聘《しょうへい》された。どことなく暗い印象の男で、集まったメンバーのうちではいちばん取っ付きにくそうに見えるが、人格的には誰よりも信頼できると、ナオミがランダルの耳もとでささやいた。ニンジン色の赤毛、ひどい斜視、頬に吹き出ものが目立って、いまも首からローライフレックスのカメラをぶら下げているが、それがまるで、彼の肉体の一部であるかのように見えた。アメリカの写真術の大家エドワード・スタイケンの下で、長年のあいだ技術の腕を磨いただけあって、現代における最高の写真家と称しても過言ではないのだという。

ランダルはこの男とさっそく話しあった。「きみが撮影したパピルスと羊皮紙の写真を、紙面いっぱいに飾った新聞広告を出すつもりだが、画面の映り具合はどうなのかな？」

「最高の出来だと、自信がありますよ」エドルンドは答えた。「千九百年ものあいだ、地下に埋まっていた品なので、まずもって専門家をわずらわせて、臨界点の限度まで湿らせる必要があったのです。それではじめて平らに伸ばし、ガラス板の下におくことができる。つまり、撮影可能の状態になったのですが、それにしても、かすれて薄くなった古代文字が読みとれるように撮影するには、赤外線フィルムの力を借りなければなりませんでした。しかし、結果は上々でしたから、安心していただいて大丈夫です」

「何組できあがっているのかね？」

「たったの三組」エドルンドは答えた。「それ以上はまかりならぬという厳命なんです。その三組をロンドンに送って、ジェフリーズ教授の翻訳チームに作業をさせたのですが、地下金庫の原本との照合を許したのは、不明の個所が生じた場合にかぎりました。そして、翻訳が完了すると、すぐさま三組のフィルムを回収して、その二組を焼却しました。ですから、現存しているのは一組だけで、それがいま、あなたのお手もとにあるのです」

「ぼくの手もとに？」

「つい昨日、わたし自身の手で、地下金庫からあなたの事務室の防火用ロッカーへ移しておきました。非常に貴重な品なので、出し入れにはじゅうぶん注意していただきます」

「心得ている」とランダルはいった。

「もちろん、ネガはぼくが責任をもって保管しています。ぼくの住居の暗室内にです。ですから、新聞広告用のプリントならいつでも作製できます。ネガの安全も確保してありますから安心してください。あの暗室はヘルデリンク警部の監督の下に新設したもので、外部の者の侵入は絶対不可能なんです」

「そうとわかったからには」とランダルがいった。「いますぐここで、第一回の打ち合わせ会議を開くとしよう」

会議の席上で、パディ・オニールがひとつの提案をした。販売宣伝活動の開始にそなえて、インタナショナル新約聖書の出版に中心的な役割をつとめた人々の紹介文を、あらかじめ書きあげておくべきだというのだ。まず第一に、ローマ大学の考古学教授アウグスト・モンティ博士が、イタリアのオスティア・アンティカでこの貴重な古文書を発掘した経過を、ドラマチックに叙述する。第二は、放射性炭素による年代測定の権威であるパリの科学研究所のアンリー・オーベール教授が、原本のパピルスと羊皮紙の年代測定に成功した事実。第三には、イギリス・オクスフォード大学のバーナード・ジェフリーズ教授が三つの翻訳チームを指揮して、原文のアラム語と古代ギリシャ語を完璧な現代四カ国語（アメリカ版は英語版による）に移しおえたこと。そして第四には、現在その印刷がドイツの宗教書専門印刷業界の最大手カルル・ヘニッヒ氏の工場で進行中であり、はからずも同工場の所在地マインツがヨハネス・グーテンベルクによる活版印刷発祥の地であること、等々だ。

ランダルはうなずいて、明日の最初の仕事に、宣伝部門のスタッフが調査した資料をとりよせて、数日間をその検討に割くつもりだと応えた。そして付け加えて、目下のところは、その内容が外部に洩れるのは極力避けることだといって、きょうもホテルに到着するが早いか、イギリスの新聞記者につかまったと、セドリック・プルマーとの会見の模様を語って聞かせた。

すると、カニンガムとヘレン・ド・ボアの二人が、各自の経験を喋りだした。プルマーの署名入りのド・ヴローメ牧師のインタビュー記事が新聞紙上に載ると、その晩から匿名の脅迫電話に悩まされている。何を要求するのかと問いただすと、それには答えないで電話を切ってしまうというのだ。

ランダルは、それもやむをえないことで、これからはむしろ激しくなる一方だろうから、各自が覚悟していなければなるまいと注意しておいて、次の議題に移った。インタナショナル新約聖書の公刊を最初に発表する方法についてである。

その点は論議するまでもなく、世界各国の報道記者、テレビ局員、放送関係者をひろく招いて、できるだけ盛大な発表会を開催すべきだと、全員の意見が一致した。

つづいてランダルがいった。「そこでぼくに、アイデアが二つある。一つは発表会の会場に、このオランダの王宮を使用したい。もう一つは、そのときの模様を、通信衛星を通じて、地球上のあらゆる個所に伝えることだ」

このアイデアには、メンバーの全員が興奮して、一人の異議もなく賛成した。そしててヘレン・ド・ボアが躯を乗り出して、さっそく王室供奉官《ぐぶかん》との折衝に入るけれど、日取りはいちおう七月十二日金曜日としておいてよいのかと質問した。レスター・カニンガムもまた、国際通信衛星放送連盟《インテルサット》の首脳陣に知人がいるから、七十いくつかの加盟国に放送してくれるように依頼してみると、重大な役目を買って出た。

ランダルは満足して、「さしあたっての打ち合わせ事項はこんなところだが、当日までにわれわれ宣伝部員は、広報文の内容を検討しておかねばならぬ。ところで、この重要な出版物についてのぼくの知識ははなはだ貧弱なんだが、諸君のうちの誰と誰とが、翻訳文の全部に目を通したのかね?」

全員がそれを否定すると同時に、口々に不平と抗議の言葉を述べはじめた。一人として翻訳文を読ませてもらった者がいないというのだ。

ランダルはうなずいて、「そんなことでは、われわれ宣伝部員に思うような活躍ができるものでない。明日はさっそくホイーラーに掛け合って、かならず諸君が満足できるようにしてみせる」と確約した。

ランダルは個室に戻って、少しのあいだ休息をとった。六時間にわたって大勢の人々と面接したことで、疲労の極に達していたが、まだ一つ重大な仕事が残っているのを忘れるわけにいかなかった。至急に目を通しておかねばならぬ資料が山積しているのだ。そこで彼は防火用ロッカーを鍵で開いて、マニラ封筒に入れた資料の全部を黒革の書類カバンに移した。ホテルの部屋に戻って、今夜のうちに、いちおうその全部に目を通しておくつもりだった。だが、もっとも重要な品が欠けている。ここを離れる前に、ぜひともそれを借り出しておかねばなるまい。

彼は回転椅子に腰を下ろして、デスクの上の電話機に手を伸ばそうとした。ちょうどそのとき、ドアにノックの音がして、おはいりと応えるまもおかずに、ナオミ・ダンが入ってきた。彼女は彼をじっと見つめて、

「あら、洗濯機で掻きまわされたみたいな顔をしているのね」といった。

「洗脳用の洗濯機といってもらいたいな」ランダルは笑いながら訂正して、「百人からの相手に、いいように掻きまわされた。これもみんな、きみのお膳立《ぜんだ》てによるものだ。骨の折れる一日だったよ」

「でも、これ、始まったばかりですからね」ナオミは同情のない言い方をして、彼のデスクの前の椅子に腰を下ろすと、急に事務的な口調にあらたまって、「きょうのあなたは、みんなに会うたびに、メモ用紙に何か書きつけていらしたわね」といった。

「ぼくは初対面の相手に会うと、いつもかならず、心覚えのノートをとっておく。そうでないと、名前と顔との記憶が合わなくなるし、何をしている人物なのかを思いだすのに苦労するからだ」

「あなたみたいなお仕事の方には、当然のことでしょうね。それには、秘書が必要なのよ。あなたの到着前に、その手配をしておくべきだったわ。どんなタイプのひとがお好み？　もっとも、ダーリーン・ニコルソンというごりっぱな秘書をお連れだけれ

ど、あのひとをお使いになるのだとしたら、ヘルデリンク警部がいちおうの調査をするといいだすし――」

「厭味《いやみ》なことはいわないでくれ。あの女が不適任なのは、きみがいちばんよく知ってるはずだ」

ナオミは肩をすくめて、「それはそうね。この仕事に適任なのは、宗教書出版にくわしくて、しかも完全に信頼できて――」

ランダルはデスクに両肘をつき、彼女の目を正面から捉えると、「ナオミ、きみにしよう」といった。「きみなら信頼できるし、知らない仲でもないし」

彼女は顔を赤らめて、「駄目よ、わたしは駄目。ホイーラーさんの忠実な秘書なので、あのひとのお仕事で手いっぱいですわ」

「おやおや、そういうことか。では、ぼくはどうしたらいい？」

「わたしに心あたりが三人あるわ。三人とも、この本部で働きだして一年以上になるし、みんな有能なので、グリーンの通行証を与えられているのよ。ほかの女の子は黒のほうなのにね。その三人にお会いになってみたら？」

「いや、その必要はない。きみに決めてもらおう。きみが推薦するのにするよ」

彼女は立ちあがって、きびきびした口調でいった。「そうおっしゃると思って、三人のうちの一人を連れてきているの。いまも外の事務室で待っているわ。ローリ・クックといって、アメリカ人なの。そのほうが、あなたに使いいいだろうと思ったからよ。ここ二年間、アメリカを離れていて、タイプの技術は大したものだわ。この階で働きだして一年と二カ月。わたしたちのプロジェクトにとても傾倒していて――つまり、それだけ宗教心が強いってことね」

「なるほど」

ナオミはちょっと息をついて、「でも、彼女には肉体的な欠陥があるの。片脚が麻《ま》痺《ひ》しているのよ。だからといって、仕事に支障があるわけではなくて、秘書としては申し分のない娘だわ」そこでナオミは意地悪そうな微笑を見せて、「ただし、お断わりしておくけれど、ローリに性的魅力を期待なさるのは無理よ」といった。

ランダルは目をパチパチさせて、「そんなものが、ぼくに重大なことだと思うのか」と応じた。

彼女は笑って、「あなたのことですもの、お断わりしておいたほうがいいと思ったのよ。どっちにしろ、直接お会いになって、ご自分でお決めになったら?」

「そうさせてもらおうか」

ナオミはドアを開いて、「ローリ!」と大きな声で呼んだ。「ランダルさんがお会いくださるそうよ」

そしてナオミは一歩退《さが》って、ローリ・クックをなかへ通すと、入れちがいに部屋を出ていった。

「その椅子にかけたまえ」ランダルがいった。

ナオミの言葉に嘘はなくて、ローリ・クックに性的魅力は皆無だった。みにくい小鳥、灰色のスズメの子といった感じで、不自由な足をひきずりながら、デスクに近よって、椅子にかけた。神経質な手つきで、薄い髪の毛を掻きあげると、その手をきちんとそろえて、膝の上においた。

「ミス・ダンから、きみを推薦する言葉を聞いた」とランダルが話しかけた。「いままで、ほかの部局で働いていたそうだが、ぼくの秘書を志望した理由はどこにあるのかね?」

「インタナショナル新約聖書の出版が成功するかどうかは、あなたとあなたの部員たちの力にかかっていると、みなさんが話しているのを聞いたからです」

「その話には誇張があるよ。ぼく個人の力に関係なしに、この事業が成功するのは疑いないことだ。もっとも、ぼくたちの働きも少しは役に立つだろうが——で、このプロジェクトの成功いかんが、きみにはそれほど重要なことなのか?」

「ええ、わたしはそれにすべてを賭けています。なぜかといいますと、その聖書には、わたしたちには想像もつかない奇跡的なものが含まれていると聞きましたので」

「そういうものかね。ところで、ローリ、きみの宗派はなんだ？」

「カトリック教徒でした。いまは長老教会派の教会に通っています」

「なぜだね？」

「格別の理由はありません。わたしは救いを求めているのです」

「外国で数年間も暮らしていると聞いたが、アメリカのどこの出身だね？」

ローリ・クックは両手を揉んで、若い娘らしい羞《はにか》みに震え気味の声で答えた。「生まれはコネチカット州のブリッジポートで、二年前まで住んでいました。ハイスクールを卒業するとすぐに勤めに出て、海外旅行の費用を貯めました。二十二のとき、いちおうの貯金ができたので、巡礼に出ました」

「巡礼？」

「お笑いにならないでいただきますけど、この脚のために奇跡を求めての巡礼です。わたしは生まれたときから足が悪く、お医者の手当てもぜんぜん効果がありませんでした。癒《いや》せるのは神さまのお恩恵《めぐみ》だけ、わたしはそう信じて、聖地聖所を巡礼してまわる考えになったのです。途中、あちらこちらの町で、旅費稼ぎのために働きながら……最初はもちろん、フランスのルルドへ行きました。一八五八年に聖女ベルナデットが聖母マリアの御姿を拝んだところと聞いていたからです。わたしは必死に、わたしにも奇跡をお示しくださるようにと祈りました。あの岩窟《がんくつ》への巡礼者は、年に二百万人におよぶ人数で、そのうちの五千人は祈願がかなえられて、しかもその五十八パーセントは、盲目、ガン、麻痺障害だとのことでした」

で、きみはどうだった?――とランダルは思わず問いかけたが、ローリの話がまだ終わっていないようなので、出かかった言葉をひっこめた。

「それからわたしは、ポルトガルのファティマ僧院へ向かいました。そこは一九一七年に、三人の羊飼いの少年が、太陽よりも明るく輝く雲のなかに、聖母さまが立っておいでなのを見た聖地です。そのつぎは、聖女テレーズのお墓のあるフランスのリジユーと、イエスさまの聖骸布を収めてあるイタリアのトリノの僧院、そしてそれから、モンテ・アレグレの聖堂を訪ねて、人間でないものが描いた主の御姿を拝もうと、二十八段もある聖階段を、膝をついてのぼろうとしたのです。ベルギーのボーレーンにも行きました。一九三二年に子供たち五人が、尊いお方の幻を見たところです。そして最後に、やはり大勢の者が、奇跡によって治癒《ちゆ》したとの報告のあるイギリスのウォルシンガム――でも、わたし、そこで巡礼行をやめてしまいました」

ランダルは息をのんで、「やめてしまった？——それが一年ほど前のことなんだね」といった。

「ええ。聖母さまはお忙しくて、わたしの祈りなどお聞きになるひまがないのを知ったからです。ですからわたしの脚は、いまだに麻痺したままなのです」

ランダルは彼女の話にショックを受けた。そして、ハイスクール当時の夏期休暇に、サマセット・モームの小説『人間の絆《きずな》』を読んだことを思いだした。主人公のフィリップ・ケアリーは生まれつき足が悪かった。そして十四歳のときに、聖書のなかのキリストの言葉を知った。マルコ伝に、『神を信ぜよ。まことになんじらに告ぐ。人もしこの山に、移りて海に入れというとも、そのいうところかならず成るべしと信じて、心疑わずば、そのごとくに成る。このゆえに、なんじらに告ぐ、すべて祈りて願うことは、すでに得たりと信ぜよ、さらば得べし』とある。山を動かせるくらいなら、足を癒すのは造作ないことだ。そこで、彼は祈った。一心に祈って、奇跡実現の日の期限まで決めた。奇跡の日の前夜は、神のお気に召すようにと、寝間着のシャツまで脱いで、丸裸で祈った。冷えきった躯でベッドに入り、自信をもって熟睡した。翌朝は、歓喜と感謝がいっぱいの気持ちで目がさめた。最初まず本能的に考えたのはそっと手を伸ばして、すっかり癒った足首に触ってみることだった。だが、一方では、そうすることさえ、なにか神の善意を疑うことのようにも思えた。かならず足は癒っている。だが、とうとう心を決めると、彼は、右足の足首で、そっと左足に触ってみた。それからこんどは、手を伸ばして撫でてみた。彼は足をひきひき、階段を降りてきて……

ランダルはその個所を読んでいて、皮肉な気持ちになったのを思いだしたのだ。

ローリ・クックはどうだったのか？

「わたしはイエスさまをお恨みしたことがありません」彼女は語りつづけた。「あまりにも大勢の人たちがお願いするので、イエスさまはお忙しすぎるのです。わたしはいまでも信仰を失っていないのです。巡礼をやめて、アメリカへ帰ろうとしたとき、宗教関係のお仕事が、秘書を求めているのを聞きました。これも神さまの御意《みこころ》だと、ロンドンで募集に応じましたら、採用されてこのアムステルダムに派遣されました。それからはずっと、ここで働いているのですが、お仕事の趣旨を知るにつれて、これこそわたしに奇跡を与えてくれるものと、いまでは興奮にちかい気持ちで、新しい聖書が出版される日を待ち受けているのです」

ランダルは感動して、「このプロジェクトがきみの気持ちを裏切ることは絶対にない。では、決めた。きみにぼくの秘書をやってもらう」

彼女は心から喜んで、「ありがとうございます、ランダルさん」と礼をいい、「でしたら、いますぐご用をいいつけていただきますわ」といった。

「いや、きょうはもう用がない。そろそろ帰宅の時間だよ」

「では、これまでのわたしの机の備品を、こちらの職場の机に移しておきますわ」

彼女は不自由な足をひきずりながら、部屋を出ていこうとした。ランダルは急に用件を思いだした。さっきそれを思案していたところを、ナオミに秘書の件を話しだされたので、うっかり忘れていたのだ。

「待ってくれ、ローリ。きみにやってもらう仕事があった。ぼくは今夜、インタナショナル新約聖書の英語版のコピーに目を通しておきたい。アルバート・クレマーのところに、校正刷りがあるはずだ。彼に電話を繋《つな》いでほしい」

ローリは初めての仕事を命じられて、さも嬉しそうに顔を輝かした。ランダルが数分待っていると、電話のベルが鳴って、ローリの声が聞えてきた。

「あいにくなことに、クレマーさんはお帰りになりました。文書係のハンス・ボガルダスさんでは？　あのひとなら、どこにどんなコピーがあるかをご存じのはずですわ」

その次の瞬間、ランダルは文書係のボガルダスと電話で話しあっていた。「ボガルダス君か、スティーヴ・ランダルだ。英語版の校正刷りを読みたいのだが――」

女性めいたにやけた声がくすくす笑って、「わたしに持ってこいといわれても、できるわけがありませんぜ、ミスター・ランダル。イギリス女王の王冠から、コーイヌール・ダイヤモンドを奪ってくるほうがまだやさしい」

ランダルは苛立って、「きみの手もとには、すべてのコピーの保管者の名を記したノートがあるはずだ」

「保管を命じられてはいますが、内容を読むのを許されていないのです」

「ぼくは許されている。アムステルダムに到着したら、さっそく読ませると、ホイーラー氏が約束した」

相手の剣幕にボガルダスは急にあわてだして、真剣な声でいった。「今夜読みたいんですか」と繰り返して、「だったら、ダイヒハルト博士に頼んでみるんですな。英語版のコピーが、地下の金庫に保管してあるのは確かですが、あれをとり出す権限は、ホイーラーさんとダイヒハルト博士にしかないのです。ホイーラーさんは帰ってしまったが、博士のほうはまだおられます」

ランダルは電話を切ると、大股にダイヒハルト博士の個室へ向かった。彼と一戦を交えても、かならずコピーを入手してみせると、勢いこんで廊下を突き進んだ。

その二十分後、スティーヴン・ランダルを乗せたメルセデス・ベンツが、テオの運転で、宵闇のせまる中央広場を横切り、アムステル・ホテルへと向かっていた。

ダイヒハルト博士との交渉はランダルの勝利だった。ドイツの大出版業者は相手の剣幕に押し切られて、校正刷りの持ち出しを不承不承に承知した。しかし、次のような厳しい条件をつけた。コピーを貸し出すのは一夜かぎりで、明朝はかならずダイヒハルト博士に返却すること。読むときはホテルの部屋に閉じこもって、心覚えのノートをとらぬこと。内容は絶対秘密で、宣伝部員にも洩らさぬこと。

ランダルは即座に条件を受諾して、万全の注意を払うのを保証した。そして、期待に胸を躍らせながら待っていると、地下金庫の保管責任者のフロートが、校正刷りを持ってあらわれた。

フロートは小柄なオランダ人だった。愛嬌《あいきょう》のある顔つきだが、マダム・タッソー館の蠟《ろう》人形が動きだしたようで、どこか現実離れのした印象なのだ。禿げかくしのカツラがそれと目につき、歯科医のような口ひげを生やして、動作と態度に下っ端役人を思わせるいんぎん無礼な感じがある。安っぽい黒の背広のボタンをはずしているので、腋《わき》の下に吊るした革ケースに大型拳銃がのぞいているのが見てとれる。ランダルはこの男の手から、大きな青い十字架を捺《お》した白いボール紙に挟んだ校正刷りを受けとって、造物主から貴重な贈り物を授かった気持ちにさせられた。

書類カバンがはち切れそうに膨らんだ。インタナショナル新約聖書の校正刷り、オスティア・アンティカでの新発見物の写真コピー、宣伝部員たちによる調査書類を押しこんだからで、それがいま車内の彼の膝の上にある。スティーヴン・ランダルは車内におさまったことで、ようやく肩の荷が下りたおもいを味わった。

車は中央広場を抜けて、広い並木道路へはいった。その先にはレンブラント広場があった。この都会でも人出がもっとも激しいところで、オランダ人はブロードウェイと呼んでいて、中央の小公園に沿ったところに、大きくテラスを張り出したホテルの建物が見えている。レンブラント広場劇場の切符売り場の前に、若い男女の列ができていた。

広場を離れると、とたんに周囲が静かになった。通行人は少ないし、往き来する車も寥々《りょうりょう》たるもので、心のなごやぐ街のたたずまいだった。町名は何か、ひまになったらゆっくり散歩してみたいと、車の窓から目を凝らすと、ユトレヒト街としてあった。

だが、その直後に、いや、そうでない、ひまになるのを待たずに、いますぐ散歩してみたいとの気持ちが湧《わ》きあがった。一刻も早く校正刷りに目を通したい気持ちに駆られてはいたものの、きょう一日、アムステル・ホテルとクラスナポルスキー・ホテル、そしてメルセデス・ベンツの車内ですごしたあげく、これからまた、ホテルの一室に閉じこもることになるのかと思うと、その前に少しのあいだ、閑寂なこの道路で、オランダの新鮮な空気を心ゆくばかり吸っておきたい渇望が、われながら驚くほど強烈に感じられたのだ。

「テオ、ここからアムステル・ホテルまで、どれくらいの距離がある？」

「もうじきですよ。六ブロックか七ブロック程度でしょうね」

「だったら、そこの角で車を停めてくれ」

運転手は不審そうな顔でふり返って、「車を停めるんですか？」と問いただした。

「そうだ。ぼくは降りる。ここからホテルまで歩いて行きたい」

「それはいけませんよ、ランダルさん。あなたをホテルへ送り届けるのが、あたしの役目なんですからね」

「ぼくは散歩をしたいだけだ。この都会に到着してから、一度も外の空気を吸っていない。それに、少しは運動の必要もある。頼むから、ここらで降ろしてくれ。きみは車で、五十フィートぐらいあとからついてくればいい」

テオはテオははっきり聞きとれる溜息をついたが、それでも車を歩道ぎわによせて、停めた。彼が後部座席の扉を開ける前に、ランダルは外にとび降りていた。書類カバンを座席からとり出しながら、「ホテルはどの辺にある?」と訊いた。

テオは運河沿いの道路を指さして、「あのプリンセン運河がアムステル河とつながるところに橋があります。その次の最初の狭い道を右へ曲がると、その突き当たりがアムステル・ホテルでして、あなたが道を間違えたら、すぐにうしろで警笛を鳴らしますよ」

「よろしく頼むよ、テオ」

ランダルはそこに突っ立ったまま、テオが運転席に戻るのを見て、手をかるくふってから歩きだした。外の空気を胸いっぱい吸いこんだ。書類カバンの重ささえ、いまの彼には心地よかった。家々のあいだから、プリンセン運河の水が見えていた。

すぐ前をネコが啼《な》きながら横切ったので、彼はちょっと足をとめた。そしてまた歩きだしたとき、突然、自動車のヘッドライトの光を目に浴びて、思わず顔をそむけた。が、そのわずかの瞬間に彼は本能的に、河の方向から黒塗りのセダンが、猛烈なスピードで近づいてくるのを見てとっていた。

何という無茶な! おれが歩いているのが、そして、すぐうしろにテオの車がいるのが見えないのか。だが、黒塗りのセダンはスピードをゆるめなかった。彼が歩道上で横ざまにとびのいても、黄色い光が容赦なく追ってくる。轢《ひ》き殺されるかと、彼はあわてて運河のほうへ逃げたが、足もとが狂って転倒した。躯を支えようと、両手を舗道についたので、書類カバンがすっ飛んだ。

ランダルは舗道に横たわって、動くこともできずに、車が走りすぎるのを待った。それはタイヤをきしませて、向きをもとに戻すと、テオのメルセデス・ベンツと正面から向きあうかたちになった。テオの車のほうが、急ブレーキをかけて停まった。

突っ伏したまま、ランダルが横目で見ていると、黒塗りのセダンからつばのない帽子をかぶった運転手らしい男が降りてきて、テオの車の扉に手をかけた。つづいて後部座席から第二の男がとび出した。髪がなく、顔もない、グロテスクな男と見たのは、頭からストッキングをすっぽりかぶっているのだった。その男がランダルのほうへ走りよったが、目指しているのはあきらかに、彼ではなくて、道路の上に落ちている書類カバンなのだ。

ランダルの血が凍った。全身の力をふり絞って立ちあがろうとしたが、よろめいて、かたわらの駐車メーター柱につかまって、身を支えた。

ナイロン・ストッキングを頭からかぶった異様な男は、すでに書類カバンを拾いあげて、黒塗りセダンに戻りかけていた。

ランダルの目が、うしろの車にテオの姿を探したが、見当たらなかった。彼を襲ったはずの男はもとの運転席に着いて、メルセデス・ベンツの封鎖を解くかのように、黒塗りのセダンを道路の中央に持ち出し、書類カバンを奪った仲間が戻るのを待っている。

「泥棒だ！　誰か来てくれ！」

ランダルは叫びながら、夢中で車に走りよって、泥棒が乗り込む寸前、背後からその膝にしがみついた。二人は一緒に車の扉に激突して、道路上にぶっ倒れた。

ランダルは相手にかまわず、両手両膝で書類カバンを追った。そして、片手がなめらかな黒革に触れた瞬間、背後から強烈な打撃が襲って、指が喉を締めあげてくるのを感じた。彼はその指を爪でひっ掻き、背中にのしかかる男を払いのけようともがくうちに、双方のあらあらしい喘ぎをつん裂いて、異様に鋭い音が聞こえてきた。

呼び子の音だ。それが、しだいに近く、しだいに大きくなってくる。

車のなかで、低い声が、鋭く叫んだ。オランダ語で、「おまわりだ――おまわりがきた！　早く、車に乗れ！　逃げるんだ――」といったようだ。

急に、ランダルの背中が軽くなった。喉頸《のどくび》に食いこんだ指もなくなっている。彼はにじりよって、書類カバンを拾いあげ、胸に抱きしめた。背後で車の扉の閉まる音がして、エンジンが唸りだした。肩越しに目をやると、車はロケット弾のように走りだして、またたくまに夜の闇に消えていった。

頭がくらくらするが、ランダルはやっと立ちあがりかけた。だが、腰をあげることができなかった。なおも努力をつづけているうちに、誰かが腋の下に手を差し入れて、助け起こしてくれた。ふり返ると、その男は、黒い目庇《まびさし》のついたネイビー・ブルーの制帽に、ストレート・ブルーの上着とダーク・ブルーのズボン、鎖の先につけた呼び子笛、バッジに警棒、金庫保管責任者のフロートが持っていたのと同じタイプの大型拳銃を持ち、あきらかに警官だった。あとからもう一人、同じ制服姿の男が走ってきて、最初の警官とのあいだで、ランダルには理解できぬオランダ語で話しあっていた。

最後に、蒼《あお》い顔をしたテオが息を切らして駆けよってきて、頸の打ち傷をさすりながら、二名の警官にオランダ語で何か説明した。それから向き直って、「ランダルさん、ランダルさん、お怪我はなかったですか?」と大きな声で訊いた。

「大丈夫だ。怪我はない」ランダルは答えた。「きみはどうした? さっき、探してみたのだが——」

「あなたを救《たす》けにいこうと、ピストルをとり出しにかかったら、小物入れに鍵がかかっているんで、まごまごしていたところを、うしろから殴りつけられたんでさ。少しのあいだ、気を失ってひっくり返っていたが……おお、カバンをお持ちですね。よかった、よかった」

そこへ、白いフォルクスワーゲンが近づいてきた。車の屋根にブルーのライトが点滅していて、扉に警察のバッジが描いてあった。車内の男が、ランダルの腕を支えている警官にオランダ語で何かいった。話しかけられた警官は、ランダルにふり向いて、完全な英語でいった。「警部補は、犯人の車の型と、乗っていたのは何人かと訊いているんです」

ランダルは答えて、「車のタイプははっきりしないが、たぶんルノーだと思う。乗っていたのは二人で、書類カバンを奪おうとした男は、頭からストッキングをかぶっていたので、顔はわからないが、ブロンドのようだった。タートルネックのセーターを着て、背丈はぼくより少し低いが、がっしりした躯つき――それ以上のことは見てとれなかった。運転した男のほうは、テオが見ているはずだ」

警官はテオに細かな質問をして、それを車内の警部補に伝えた。聞きおわった警部補は、わかったと手をふって、白いフォルクスワーゲンは夜の闇に向かって走り去った。

それから十分間ばかり、警官たちのランダルへの形式的な質問がつづいた。そのあいだに近所の家々と、アムステル河にかかる橋のあたりから群衆が集まってきたが、どの顔にも、この都会の住民のうちに外国人を襲う犯人が出たのを申し訳ないと感じる表情があらわれていた。ランダルはパスポートを出して見せた。警官の一人がそれを写しとった。ランダルへの質問は丁寧なものだった。彼はこのアムステルダムを訪れた理由を、休暇を利用して、取引上の知人に会いにきただけだと、漠然とした説明をして、待ち伏せされたり、危害を加えられる心当たりはないといい、しかし、怪我がなかったし、被害もないのだから、騒ぎ立てなくても結構だと述べておいた。

警官たちは満足した様子で、手帳を閉じた。

テオが真剣な口調で、「ランダルさん、これからホテルまでは、あたしの車で行ってもらいますぜ」といった。

ランダルは弱々しくうなずいて、「そうさせてもらうよ」と答えた。

群衆が去っていった。ランダルが車に乗り込むと、いまは友人になった警官が、車の窓から首を差し入れて、「ご迷惑をかけましたが、われわれオランダ市民は善良な人間であるのをご承知ください。犯人ふたりは例外的なチンピラやくざで、それも書類カバンだけ狙ったコソ泥ですよ」と弁解した。

ランダルの顔に微笑が浮かんだ。書類カバンだけ——コソ泥か。

警官はさらにひと言付け加えて、「犯人が誰だかわかったら——できることならつかまえたら——さっそくあなたに連絡しますよ」といった。

きみたちにはあの二人を、百万年経っても逮捕できんだろうとランダルはいおうと思ったが、考え直して、「ありがとう。とても感謝している」とだけいっておいた。

テオが車を走り出させたので、警官たちはあとへ退った。ランダルは彼らの胸のバッジを見た。楕円形のバッジには書物と、その上に載せた剣が描いてある。剣の先が上方を向いて、書物を守っているかたちなのだ。バッジの周縁にはラテン語の文句が記してあって、ランダルはそれを、つねに注意を怠らず、民の安穏を守るためにと読みとった。

書物を守るための剣か。

しかし、ランダルは、彼の生命も保障しがたいのを知っていた。

あの書物の秘密を維持しなければならぬあいだはである。

4

ランダルは聖書の校正刷りを早く読みたくて、アムステル・ホテルの自分の部屋に駆け込みはしたが、まあ、待て、気持ちが落ち着いてからのほうがいいと、自分自身に言いきかせた。部屋の中央に大型肘かけ椅子が三脚、青いフェルトの超モダン様式のソファのある部屋で、その中間に据えたコーヒー・テーブルの上には、スコッチのボトルとハイボール用のグラスが氷を添えておいてあった。

テーブルには、ダーリーンの置き手紙も載っていた。ただをこねているのがはっきりと読みとれる筆つきで、きょう一日ほっておかれた憤懣《ふんまん》を洩らしてから、観光バスでの市内見物は楽しめたと書き、今夜は部屋付きメードの勧めで、蠟燭《ろうそく》の火の揺れる遊覧船での運河めぐりに出かけるので、帰りはたぶん十二時をすぎるだろうとしてあった。

ランダルはスコッチ・オン・ザ・ロックのグラスを手にして、モロッコ革を張ったデスクを前に、ふっくらした椅子に腰を下ろした。豪華な調度品をそろえた室内を見まわすと、フランス窓が三つある。その外のバルコニーに立てば、夜の運河が見下ろせるはずだ。彼はフロントに電話して、ステーキとサラダとボージョレー・ワインのハーフボトルの壜《びん》を注文してから、シャワーを浴びにバスルームに入った。

シャワーを浴びて、コットンのパジャマとイタリア・シルクのガウンを着おわったところに、ルーム・サービスのボーイが遅い夕食を運んできた。ランダルは食事よりも先に校正刷りをという気持ちであったが、もう少し我慢しろと自分に言いきかせて、腹ごしらえにとりかかった。

そして、食事もそうそうに、書類カバンを鍵であけて、白表紙の校正刷りをとり出すと、それを抱えて、ソファに身を横たえた。

白表紙の中央に、『インタナショナル新約聖書』とタイプで打ったラベルが貼ってある。そのそばには赤インキで『未校正』と注意書きをして、さらにその下には商標ラベルで、『K・ヘニッヒ印刷所——カルル・ヘニッヒ』と、印刷人の名義を明らかにしてあり、見本刷りの完了予定日を七月十二日と書きつけてあった。

表紙をめくると、本文のページの大きさは、縦十インチで横が六インチだった。冒頭の解説に、本聖書はプロテスタント教徒のために編集されたものだが、カトリック教徒の使用にも堪えるように配慮してあること、全文が最近の聖書学研究の成果を採り入れた新訳であること、読者に必要な最小限度の注解を各編の末尾に付け加えたこと、新たに追加した古文書二編は、執筆年代を綿密に検討して、その真正が確認されたこと、そしてその出現こそ、キリスト教史上最大の出来事であると、オスティア・アンティカにおける発見者アウグスト・モンティ教授の功績を称《たた》えたうえで、同じ方針に基づく旧約聖書の改訳も着々と進行中なので、近く別巻の形式で刊行の予定であると、最後を締めくくってあった。

ランダルは牧師の家に生まれただけに、新約聖書は子供のころから繰り返し読むように躾《しつ》けられていたので、いまさら共観福音書やヨハネ福音書に目を通す気になれなかった。そこでさっそく、ペトロニウス報告書とヤコブ福音書のページを探した。

ペトロニウス報告書はマタイ福音書の末尾に、注解の一部として載っていたが、イエスの実弟が書き残したヤコブ福音書は正典中の一編の資格で、ヨハネ福音書と使徒行伝のあいだの位置を占めていた。

ランダルは前者から読みはじめた。その本文は二ページ分で、そのあとに四ページにわたる注解が加えてある。筆者ペトロニウスの身分は、ローマ皇帝近衛兵団の百卒長だが、報告書の名義人はユダヤ総督ポンティウス・ピラトゥスになっていて、宛て名は、近衛兵団長ルキウス・アエリウス・セヤヌス閣下、そして日付は、ティベリウス帝の治世十六年の四月七日である。冷たく乾いた文体で、本日、ユダヤの首都エルサレムにて、ナザレ生まれのイエスなる男を、反逆罪で磔刑《たつけい》に処したとの内容である。

ランダルはひきつづき、ヨハネ福音書の次のページを開いた。

ヤコブ福音書

(ここにイエスの真の姿が、信仰への約束の言葉が、二千年のあいだ待ちつづけられた復活《よみがえり》の記録が、光り輝く文字をつらぬいている。冒頭の文章は以下のようなものであった)

わが主イエス・キリストの兄弟、ナザレのヨハネの子、われ、エルサレムのヤコブがこの記事を書き録《しる》すは、近く最高法院《サンヘドリン》に呼び出され、イエスの信徒たちを煽動《せんどう》せりとの理由で、大祭司アンナスによりて死罪を言い渡される運命と知れるがゆえなり。ヨセフのほかの子ら、イエスの生き残れる兄弟ら……〔注、この個所欠落あり〕すでに災いを避けて国外に去りしが、われ、ヤコブ一人エルサレムに踏みとどまり、残されし僅《わず》かの時のあいだに、みずから見、また、使徒たちに聞きしイエス・キリストの生涯と宣教の証《あか》しを書き録す。この書によりて、主イエスの業と言葉を明らかにし、その教えに歪曲と誹謗《ひぼう》の加えらるるを防ぎ、教父たちをして多くの誘惑をまぬがれしめ、迫害によりて離散せるユダヤ十二部族のやからに不屈の心を堅持させ、もって貧しき者に〔注、初期のキリスト教徒は貧しき者と呼ばれていた〕福音をもたらすを、神と主イエス・キリストの僕《しもべ》が務めと考えるがゆえなり。

主イエス・キリストは、いと高きものの能力《ちから》に被《おお》われし処女マリアの胎《はら》に宿り、キリニウスがシリアとユダヤの総督の職に就く数年前、ヘロデ大王の死の年、ベツレヘムなる処《ところ》の旅舎《はたごや》の中庭に生まれ、割礼を受け……

神の言葉。

徴《しるし》、光、啓示。

ランダルは読むうちに、目がくらみ、汗がにじみ、こめかみが脈打ったが、休まずに読みつづけて、三十五ページの全文をいっきに読みおえた。奇跡の文字を追うことで、心身ともに消耗しきったが、彼自身が一世紀前半当時のパレスチナに生きているかのように、ガリラヤから来たイエスという名の男の姿をまざまざと見てとって、その声をはっきりと聞いた。ひきつづき七ページにおよぶ注解に目を通したあと、本文をもう一度、初めから読んだ。予想もしなかった感動が、大都会ニューヨークで身についたシニシズムを洗い流してくれて、ウィスコンシンの小さな町で過ごした少年のころの純真な気持ちをとり戻すことができた。生まれてきたことの意義を、自己と他人のために十二分に発揮するのが、この世に生を受けた者の責務だとのおもいだった。

ペトロニウス報告書は型どおりの公式文書だが、その簡潔で平板な筆致が、文学味の濃いルカ福音書の文章よりも具体性に富んでいて、当時の様子を彷彿《ほうふつ》と思い起こすのに役立った。

たとえばルカ福音書に――

ピラトはイエスを赦《ゆる》さんと欲して、三度まで彼らに告げたれど、人々大声をあげ迫りて、十字架につけんことを求めたれば、ついにピラトはその求めのごとく為《な》すべしと言いわたし、イエスを付《わた》して彼らの心のままにならしめたり。

とある個所を、ペトロニウス報告書では――

その日の未明、ヘロデの宮殿前の広場にて、裁判を行なった。証人には、パリサイ派とサドカイ派の人々が列席した。彼らの大部分はローマの市民権を持ち、ローマの支配下における平和の情勢を望むだけに、社会治安を乱すイエスの言動を口をそろえて糾弾《きゆうだん》し、これを裁くには彼らに固有なモーセの律法ではなくて、ローマの市民法によるべきだと主張した。その非難の理由は、このナザレ人《びと》がみずから称して、われはイスラエルの王にて、ローマ皇帝よりも高位の権威者、地上に神の国を建設する使命を帯びて遣わされた者と宣伝し、もってユダヤ全土の民衆に、官憲への不従順と謀叛行為を煽動したというのにあった。

かくして、われ、ポンティウス・ピラトゥスは、ティベリウス帝の名において、ナザレのイエスに、鞭叩《むちたた》きの刑と十字架上の死を宣告した。刑場はエルサレム城壁の外、羊の門を出たところ。執行の時刻はその日の第九時。即死であるのを確認のうえ、死体は引き取り方を申し出た最高法院の議員二名に下げわたし、以上の経過をもって、叛徒《はんと》イエスの事件は決着した〔注、第九時とは現今の午後三時〕。

と書かれている。

しかし、ランダルをもっとも強く感動させたのは、ヤコブ福音書の記事の、後世の加筆にわずらわされていない内容だった。行文の各所に、パピルス断片の表面が崩れ落ちたり、古代の原始的製法によるインキが消滅したりして、判然とは読みとれない字句が少なくなかったが、一世紀時代史とアラム語学に精通する学者たちの演繹《えんえき》的論理が、欠落部分をほぼ完全に補充しているので、イエスの真の行動と言葉を知るのに苦しむことがなくてすんだ。このヤコブ福音書を読む者は、一点の疑義も抱かずに信じることができる。稚拙ともいえる文体の単純さが、二世紀の初めごろに教父たちの手で、巧緻《こうち》な修正と美化が行なわれた四福音書よりも――それらが聖書正典と決定されたのが四世紀であるのを忘れてはならない――はるかに正確に真実を伝えているのは間違いのない事実なのだ。

そして、ランダルを何にも増して驚かせたのは、イエスの受難の真相だった。マタイ、マルコ、ルカ、そしてヨハネの四福音書はみな、ユダヤ総督ピラトがわが主イエスに死刑を宣告したのを、祭司長や学者たちに唆《そその》かされた群衆の騒擾《そうじょう》を鎮めるために、心ならずも下した判決と記述しているのだが、いまヤコブ福音書の出現で、それが初期教父たちの政治的配慮による曲筆であるのが明白になった。ヤコブは長兄イエスをユダヤ教の改革者であると同時に、ローマ支配の圧政からユダヤ民族を救出する解放運動者として描いている。イエスは暴動指導者として逮捕されて、ローマ帝国への反逆罪で処罰されたのだ。その事実をヤコブ福音書が率直に語って、ペトロニウス報告書がその裏付けをしている。

そうだとしたら、四福音書の記者たちは、何のために事実を曲げて記載したのか。彼らの政治的配慮とは何なのか。その点を注解が、フランスの碩学《せきがく》モーリス・ゴゲルの著書『イエス』（一九三二年刊）と、チェコ生まれの聖書学者パウル・ヴィンターの学説を引用して、詳細な説明を施している。これらの学者たちの推定によれば、ローマ帝国支配下の社会にキリスト教を広めるのに、その宣伝文書である福音書が、ローマ人の反感を招いては不利益である。また、この新しい教えへの改宗者が、ローマ帝国への叛徒の同調者と見られる危険もある。そこで教父たちは慎重にも、事実を曲げて、福音書を書き直させた。ピラトはその無罪を信じながら、ユダヤの民衆の意向を容《い》れて、イエスに死刑を言い渡した。わが主を十字架上で死なせたのは、ローマ人に非《あら》ずして、無知なユダヤの民衆なのだ、とである。事実、マルコがその福音書を書きあげたのは、ローマ市内に在住中のことと考えてよい形跡がある。要するに彼らの態度は、攻撃的というよりも、防御的であったと見るべきなのだ。

しかし、最大の奇跡がそのあとに控えていた。信じられぬことだが、信じなければならぬ。発見されたのは二十世紀にいたってだが、書かれたのはもっとも古いこのヤコブ福音書によると、イエスは十字架の上で死んだのではなくて——神の御業《みわざ》か人間医師の治療技術か知らぬが——その後もなお生き長らえて、昇天するまでの十九年間、地上における宣教活動をつづけていたのだ。それを秘め匿《かく》しておいたのはやはり初期教父たちの政治的配慮で、イエスの逮捕をまぬがれさせるためであった。

ヨハネ福音書に、『なんじら、聖書を査《しら》べよ。われにつきて証するものなり』とある。スティーヴン・ランダルは新しい聖書を査べて、その記事を逐一、心に叩き込んだ。使徒ヤコブの書き録《しる》したイエスの真の姿が、その幻が、いま目の前に躍っている。

ベツレヘムの旅宿の中庭に、嬰児《みどりご》が生まれた。それが聖霊によってみごもった十五歳の処女によるものか、それとも、地上の男と結びあった成熟した女性からなのか、そこのところはヤコブ福音書も黙して語っていない。しかし、ヤコブもまたその個所に、ルカ福音書にある『聖霊なんじに臨み、いと高きものの能力《ちから》なんじを被《おお》わん』と同じに、《被わん》の文字を用いている。本文に付けられた注は、これを聖霊によって聖処女マリアから生まれたことを示唆するものと解して、二世紀初期の教父、殉教者ユスティノスの言葉を引用している。いわく、マタイ福音書に『視《み》よ、処女《おとめ》みごもりて、子を生まん』とあるのは、マリアが男と交わらずに受胎したのをいう。なぜならば、何者かと交わるときは、もはや処女でないからだと。しかし、注解者はそのあとに、ヤコブが彼自身をイエスの実弟と繰り返し述べているのは、主もやはりマリアとヨセフの肉の結びつきで生まれたことを仄《ほの》めかしたものと解せられると、正反対の意見を付け加えている。それはともかく、イエスは生まれて、八日みちて、割礼を受けた。

その後、ヘロデ王の嬰児《えいじ》殺しを怖《おそ》れた父のヨセフは、イエスとその母を携えて、ヘブロンへ逃れ、さらにガザとラファを経由して――行路の詳しいことは、パピルス断片の文字がかすれて判然としないが――エジプトのペルーシウムにたどりついた。当時のエジプトには、ユダヤの民が百万人も在住していて、イエス親子はアレキサンドリアに住む身内の者の家に、ヘロデ王が死ぬまで匿《かく》まってもらった。そしてヨセフは、ヘロデ王が死んで、その子アルケラオスの治世になったのを聞き、マリアと幼児を連れて、故郷のガリラヤに戻った。

これまで不明だったイエスの少年時代と青年期を、ヤコブ福音書は簡潔な筆致で鮮やかに描き出している。通学して十二歳までには、モーセの律法とヨナ書、そしてまた、救世主《メシヤ》についての多くの物語と、預言者の語録を学びおえた。死海のエッセネ教団を何回か訪れて、そこの学者たちと秘典の書物についての論議を交わし、そのさい彼らが主張する、奴隷制、武器の製造、犠牲《いけにえ》の献納を廃止せよとの意見に強い感銘を受けた。そしてまた、彼らの教えによって、神の国の預言が成就する日の近いことを知り、少しのあいだではあるが、エルサレムでパリサイ派の教師たちに学んだ。彼の早熟な学識と気高い風格とで、神殿の祭司たちを驚かせたのは、そのころのことである。

父のヨセフは、森の杉や柏《かしわ》の木を伐《き》り出して、家々の梁《はり》をつくろい、木箱や鋤鍬《すきくわ》やこね桶《おけ》を作る職人であった〔イエスの時代のヘブライ語とアラム語には、大工という専門職を指す言葉がなかった〕。しかし、イエスは長子でありながら、父の職業を習得する意向がなく、もっぱら勉学に熱中するばかりで、ときたま、自家用の麦を播《ま》き、葡萄《ぶどう》畑の手入れをする程度にとどまった。そしてヨセフ一家は、泥づくりで一部屋だけの小屋に、家畜と半同居のかたちで、質素な生活を送っていたのだ。

そのうちに父のヨセフが死んだ（パピルス断片ではその年を記した部分が破損しているが、注解者はそれを、イエスが成年式をおえてから三年後と推定している。ちなみに、ユダヤの成年式は十三歳に達すると行なわれた）。イエスは父の埋葬にあたって、声高らかに追悼の祈りを捧げて、その荘重な言葉と音調が、家族の者や隣人たちを感嘆させた。「願わくは、われらのあわれみ深き主よ。老いたる父ヨセフのためのこの祈りを聞きとどけ、御使《みつかい》の長《おさ》ミカエルと、嘉《よ》き音信《おとずれ》を告げるガブリエルと御使たちを遣わされて、わが父ヨセフの魂を高きところへ導きたまわんことを」とである。

それからのイエスは一家の長として、母と弟妹たちを養うために働いた。勉学を怠ることはなかったが、耕作と葡萄作りに精を出し、羊飼い仕事にも勤《いそ》しんだ。しかし、何年かのうちには、聖なる任務に就くのが自己の使命であるのを知り、家業と耕地のいっさいを弟のヤコブに譲ると、荒野に赴いて、バプテスマのヨハネと呼ばれる男によって受洗した。その後の数日間は、丘の森のなかに退いて、一人ひそかに御霊《みたま》の導きを求め、祈った。そして、神から授けられた使命を、いっそう強く自覚することになり、勇気をもって力強く、宣教を開始した。ユダヤ教の律法主義の重圧にあえぐとともに、ローマ占領軍の暴政に苦しむ同胞を解放するために、愛と団結と希望の教えを説いて聞かせたのである。イエスはもちろん、公用語のギリシャ語に精通していたが、辺境ガリラヤの住民に伝道するときは、彼らの日常語であるアラム語を使用した。ときにティベリウス帝の治世十一年、イエス二十九歳のことである。

ヤコブの葦《あし》のペンがイエスの風貌を描いている。いくらか長身のほうで〔注、当時のユダヤ人の平均身長は五フィート四インチ（約一六二センチ）。したがってイエスのそれは五フィート六インチ（約一六七センチ）か〕、肩まで垂らした長髪が耳のうしろで巻毛になり、太い口ひげとゆたかな顎《あご》ひげを伸ばしていた。頭の中心から左右に髪を分けて、秀でた額に落ちくぼんだ灰色の目。ワシ鼻が異常なほど高く、唇が厚く、顔一面に吹き出ものの痕《あと》が目立ち、躯《からだ》もまた腫瘍《しゅよう》に蝕《むしば》まれていた。肉体は醜くても、精神は美しい、というところであろう。言動に威厳があったが、物腰はいたって謙虚。ただし、ときには内省的になって、峻烈《しゅんれつ》な思索家らしく鋭い表情を示した。深みのある声が快い音楽のように響き、しだいに増大してくる信徒たちの耳に慰めを与えた。姿勢に猫背の気味があった。歩き様がぎごちなく見えたのは、片脚が萎《な》えていたからで、この欠陥は年々激しくなって、エルサレムで十字架にかけられる前の年には、歩行も不自由を感じる程度に達していた〔注、カルタゴに生まれ、ローマで改宗した初期キリスト教の教父テルトゥリアヌスは、二〇七年に書いた文書のうちに、イエスの肉体は人間らしささえ備えていなかったと述べている〕。

イエスは宣教旅行に、ロバを連れていた。飲料の水を入れた瓢簞《ひょうたん》、巻物のかたちの書籍、予備の皮鞋《かわぐつ》をロバの背に載せて、自分は麻布の帯をきつく締め、羊の毛を織った襟巻《えりまき》をして、ロバの前に立って歩いた。

ヤコブ福音書は七ページを費やして、イエスが貧しい者と病める者とに説いた言葉を書きつらねている。最初に口づけを与えて、「平安なんじに在《あ》れ」といい、「われを信ずる者は死ぬとも生きん」とつづけてから、平和と愛の新しい国の到来が近づいたのを宣《の》べ伝えた。

女に対するときは、説教の内容に特殊なものがあった。娘も父親の財産を、兄や弟と均一に相続する権利があると教えている。姦通《かんつう》した女についてのヨハネ福音書の挿話《そうわ》を裏付ける記事も見られる。「イエス、オリーヴ山に行きたもうとき、パリサイ人《びと》ら、姦淫のときに捕らえられし女を連れきたりて言う。『師よ、この女は姦淫のとき、現場を捕らえられたるなり。モーセは律法のなかに、かかる女を首縊《くく》るべきことを命じたるが、なんじはいかに言うか』と。イエスはこの問いに、『なんじらのうち、罪なき者まず、女を首縊れ』と答えたもう。彼らこれを聞きて良心に責められ、一人一人立ち去り、ただイエスと女とのみ遺《のこ》れり。イエス、女のほかに誰もおらぬを見て、言いたもう。『おんなよ、なんじを訴えたる者どもはいずこにおるぞ、なんじを罪する者はなきか』女いう。『主よ、誰もなし』イエス言いたもう。『われもなんじを罪せじ。往《ゆ》け。この後《のち》ふたたび罪を犯すな』と」である。

ヤコブが記録したイエスの言葉は、現代社会の状況にそのまま当てはまるものが不思議なほど多い。富める者と権力ある階級による貧しい民衆の搾取を非難し、戦乱と植民地支配を終結させるのに国家連合の必要を論じ、万人のための教育機関の設置を主張し、迷信と祭儀と教条主義を拒《しりぞ》けよと叫び、さらに驚くべきことに、人類はいつの日か——この大地の破滅の日に臨んでだが——天上の星の世界へ飛翔《ひしょう》するであろうと預言している。

ヤコブ福音書は、イエスの教えの言葉、訓戒、金言、警句のたぐいを数多く集録していて、そのうちには従来知られていなかったものも少なくない。また、彼が立ち会ったイエスの奇跡を、見たままに記載していて、これが四福音書や教外典の諸編の原資料となったのは明白である。もちろん福音書の記者たちは、かなりの潤色を行なっている。たとえば、ヤコブがただ、「マルタとマリア、愛する弟ラザロが病いに倒れ伏したるによりて、イエスの治療を乞う。イエス、オリーヴ山の中腹のラザロの家に赴き、熱に悩む病者の額に手をおきて、声高く、『ラザロよ、立ちあがれ』と言いたもう。ラザロは立ちて、病い癒《い》えたり」とだけ述べているところを、ヨハネ福音書は死者よみがえりの長い物語に仕立てて、墓に入れられて四日後のラザロが「屍衣《しい》にて足と手を巻かれ、顔も覆い物にて包みしままに、墓より出で来たれり」と書き改めている。

ティベリウス帝の治世十六年、イエスは三十四歳のときに、ガリラヤからユダヤの首都エルサレムに移ってきて、愛と恵みと平和の教えを宣《の》べはじめた。ローマ占領軍の将士たちは、イエスの宣教が民衆を煽動して、次の反乱の端緒になるのを気づかった。最高法院《サンヘドリン》の議員たちも、イエスがこのまま宣教を継続するときは、もともと反ユダヤ的感情の強い総督ポンティウス・ピラトゥスを刺激するのを懸念して、布教地をほかの都市に移すべきだと、ひそかにイエスに勧告した。

しかし、わが主イエスは議員たちの配慮を無視して、その言動が密偵の監視下にあるのを怖れず、公然と宣教活動をつづけた。そしてついに、除酵祭《じょこう》の期間内に、ヘロデの宮殿外の広場で神のメッセージを伝えると、市民たちに予告した。怒った総督ピラトゥスは、折りから上京してきたガリラヤの領主ヘロデ・アンティパスと、イエス逮捕の件を協議した。

身の危険を知ったイエスは、ヤコブや弟子たちの勧めを容《い》れて、宣教の場所をほかの土地に移すことをようやく決意した。そして除酵祭の前夜、友人ニコデモスの家で、弟子たちとともに過越《すぎこし》の食事を祝い、モーセのエジプト脱出の故事を語って聞かせ、無酵母のパンと葡萄酒を分かち与えたあと、その夜のうちに出発した。しかし、キドロンの谷を越えたところに、氏名不詳の密偵の通報で待機していたローマ兵の一隊に道をさえぎられて、逮捕された。

翌朝、ヘロデ王の宮殿前の広場で、ポンティウス・ピラトゥスじきじきのイエス裁判が行なわれた。彼の宣教の言葉がローマ皇帝の権威をないがしろにして、エルサレムの治安を乱したとの罪名である。神殿の祭司たちはみな、列席を拒否した。イエスに不利な証言をして、民衆の敵意を招くのを怖れたからである。したがって、証人席に並んだのは、ローマ人かローマの市民権を持つ者にかぎられていた。総督ピラトゥスは被告の釈明をいっさい聞かずに〔注、後日、ユダヤの領主アグリッパ一世はローマのカリグラ帝に、ピラトゥスは頑迷固陋《ころう》で無慈悲な男であったと報告している〕、ただ簡単に、「なんじを十字架刑に処す」と断罪した。イエスもひと言、「なんじの宮は見棄《みす》てられん」と応じた。

イエスはローマ兵によって、犬の骨を先端に付けた鞭《むち》で、百回以上も叩かれたあと、ディスマスとゲスタスという名の囚人二名とともに、羊の門の外の刑場へ連れていかれた。そこはエルサレムの城壁に近い小丘の上である。イエスは十字架にかけられたが、手首と踝《くるぶし》に釘を打ち込まれたわけでなく、両手両足を皮紐《かわひも》でオリーヴ材の柱と横木に括《くく》られたまま、苦痛に身もだえ、鞭打たれた傷から血を滴らせ、強い陽差しの下の渇きにあえぎ、もうろうとした意識のうちに死を待っていた。兵士の一人がイエスの死を早めようと、短剣で脅腹《わきばら》を突き刺した。そして笑いながら、「これできさまのエリヤが救《たす》けに来るかどうかを見よう」といい、短剣をひき抜くと、イエスは意識を失った。

第九時〔注、午後三時〕に、百卒長は十字架上のイエスの躯に手を触れて、冷たくなっているのを知ると、「死んだぞ」といった。友人のニコデモスと、弟子の一人であるアリマタヤのヨセフが遺体の引き取り方を申し出た。ローマ法の規定では、処刑された政治犯の死体は埋葬を許されていたからで、申請は即座に認められた。

ニコデモスはすぐさま、イエスの弟子のシモンとヨハネに、日の暮れないうちに死体を十字架から下ろして、ニコデモス家の墓所へ運ぶように、そして埋葬の準備にとりかかれと命じた。下男たちはヤコブを迎えに、女たちは遺体を包む亜麻布と没薬《ミルラ》や沈香《アロエ》などの品々を買い求めに走った。そのあいだ、マグダラのマリアひとりが、墓所の前室に横たえられた死体を見張っていたが、男たちがヤコブを伴なって戻ってくると、大声に奇跡の出現を知らせた——師は生きておられる！　と。

ヤコブの語るところだと、彼の兄は死んでいなかった。昏睡《こんすい》状態にあっただけで、かすかながら息があった。ヤコブと弟子たちは無意識のイエスを、人目につかぬ洞窟《どうくつ》内に移して、エッセネ派教団の医師を呼びにやった。医師はイエスを診て、脅腹の傷が急所を外れているから、手当てしだいで生命をとりとめられると請け合った。そしてそれからの一週間、一日も欠かさずに治療に専念してくれたので、イエスの躯は徐々に回復に向かった。

注解者はそのあとに、『ユダヤ戦記』で有名なユダヤの歴史家フラウィウス・ヨセフスの文章を引用して、この事実の信憑性《しんぴょうせい》を裏付けている。もっとも、ヨセフスのこの経験はイエスの事件の四十年後のことだが、彼は皇帝ティトゥスの命令で、エルサレムの南方数マイルの距離にあるテコアという村まで、そこが宿営地に適当でありや否やの調査に派遣された。そしてその帰途、路上に多くの捕囚が十字架刑に処せられているのを見かけた。ところが、そのうちの三名は彼の知人であったので、都に帰りつくと、目に涙を浮かべて、皇帝に助命を懇願した。そしてその哀訴が聞きとどけられると、すぐさま三名を十字架から下ろして、医師の手当てを施したところ、二名は死亡したが三番目の男だけは生命をとりとめたというのだ。

神の御業か医薬の力か、いずれにせよ、イエスは死ななかった。ヤコブは官憲の追及を怖れて、ごく少数の信徒にだけ、われらの主甦《よみがえ》りたもうと知らせた。聞いた者はみな、喜びとともに信仰を新たにした。

イエスは元の健康体に戻ると、弟ヤコブと叔母の夫のシメオン・クレオパスを隠れ家に招いて、ふたたび伝道旅行に出る意向を告げた。そして鶏鳴《けいめい》の時刻を待たずに、ヤコブとクレオパスに送られて出発した。ベタニヤ近くの丘まで来ると、イエスは二人に祝福の言葉を与えたあと、杖を手に、濃霧のなかに姿を消した。

ヤコブ福音書はイエスの宣教旅行についても、それを直接に見聞した人々の報告によって、忠実に書き残している。イエスの風貌外見は、十字架上の受難以後まったく変わっていたので、行きずりに出遭っただけでは識別ができなかった。そのために危険にさらされることもなく、イエスはまずカイザリヤへ行き、つづいてダマスカスとアンティオキアで布教したあと、パルティアとバビロニアまで足を延ばした。そしていったんはアンティオキアへ戻って、海を越えてキプロス島に渡り、さらにイタリアのネアポリスからローマに入った。

復活後のイエスの伝道旅行を目撃した人々は少なくなかった。エルサレムから「七マイルほど隔ったエマオの村」では、弟子のクレオパスとシモンの前にあらわれて、パンを分かち与えた。ティベリウスの海、すなわちガリラヤ湖の浜辺では、デドモと称《とな》えるトマスとシモン・ペテロ、そしてヨナスの子シモンと一緒に食事をとった。さらに十字架上の受難から五年後には、小アジアのタルソ生まれのサウロが――回心してパウロと名を改めた――夜の街道をダマスカスへ向かう途中、近づいてくる見知らぬ男がいて、誰かと問うと、「われはイエスなり」と答えた。また、ローマで殉教したアンティオキアの司祭イグナティウスは、少年のころにアンティオキアの人民広場で、イエスそのひとの宣教を聞いたと、信徒たちに語っている。

それはともかく、イエスは商船に便乗して、海路をイタリアに渡って、アッピア街道をローマへ向かった。その途中、使徒ペテロに出遭って、驚いたペテロが目をみはると、イエスは、「触れてみよ。肉体のなき霊にあらざるを知らん」といった。ペテロがイエスの躯に触れて確認し、「主よ、何処《いずこ》へ行きたもう?」と質問すると、「われは再度、十字架上に死なんがために、この道に来たれり」というのが、イエスの答えだった。

〔注、グノーシス派の異端説を拒《しりぞ》けた『異端論破』の著者で知られ、聖書正典の確立に貢献のあったルグドヌム（現今のフランスのリヨン）の司教イレナエウスが、一八二年と一八八年のあいだに書いた文書に、イエスは五十歳まで存命したとある。また、一九〇年の著述と見られる『ニコデモスの書』の第一部「ピラトの裁判」では、イエスの死亡時を三〇年でなくて、クラウディウス帝の在位中、すなわち、四一年から五四年までのあいだと措定している〕

しかし、イエスの生存を知る者は少数で、信徒たちのほとんどは、主がベタニヤ近くの地で昇天したものと思い込んでいた。ヤコブとシメオン・クレオパスその他の弟子たちは、イエスがふたたび逮捕されるのを怖れて、真相をいっさい語らなかった。かくてわが主は、イエスの忠実な弟子と称して、伝道旅行を継続することができたのだ。

エルサレムに残留したヤコブは、ローマにおけるイエスがピンチアナ門近くのユダヤ人街に住みついて、貧しい民と病める者に救助と慰安の手を差し伸べ、力強く布教活動をつづけているのを伝え聞いていた。ところが、クラウディウス帝の治世九年にいたって、六万名におよぶユダヤ人がローマから追放されて、そのなかにイエスも加わっていた。「かくてわが主イエスは、弟子たちと偕《とも》にローマを逃れ出で、その夜のうちにフキヌス湖跡の広き耕地を横切りたもう。ここは皇帝の詔勅《みことのり》にて水を排《のぞ》き、ローマ人が耕せし肥沃《ひよく》の土地なり」ときにイエスは五十四歳だった。

ヤコブはその福音書に、使徒パウロから聞いたとして、イエスの最期の模様を書き記している。パウロは伝道巡行の途中、ギリシャのコリントで、幕屋作りを職とするユダヤ人の家に泊まった。この家のあるじのアクラとその妻プリスキラは、クラウディウス帝の追放令を逃れて、イタリアから移ってきたばかりだった。彼ら夫婦は、ローマを脱出して南方への道をとった一団に加わっていて、イエスもまた、そのうちの一人だった。彼らは苦難の旅の末、南イタリアの港都プテオリにたどりついた。その港とエジプトとのあいだを往復する穀物輸送船に乗せてもらって、アレキサンドリアかガザに渡る考えだった。そして船を待つあいだに、イエスは信徒たちを集めて、神の国の到来が近いのと、信仰を堅持すべきことを説き聞かせ、自分こそは神の子だと明らかにした。集まりのうちの一人が一万五千セステルティウスの報償金に目が眩《くら》んで、官憲に密告したので、港都の近くに駐屯《ちゅうとん》する守備兵の一隊が駆けつけて、イエスを反逆罪で逮捕した。

イエスは裁判手続きもなしに、即刻、死刑を言い渡された。そして、プテオリの郊外の小丘の上で鞭打たれたあと、十字架に繋《つな》がれて、血のしたたる躯を燃えやすい柴《しば》で覆われた。兵士たちは柴に火をつけると、さっそくその場を引き揚げたが、彼らが丘を下るか下らぬうちに、港の方向から烈風が吹き来たって、わが主の躯を包む炎をかっ消した。しかし、アクラたちが傷ついた主の躯を十字架から下ろしたときは、イエスはすでに息絶えていた。その場に居合わせたのは、アクラとその妻プリスキラのほか七名の男女で、彼らは死体を近くの洞窟へ運び、夜になるのを待って埋葬するつもりだった。そしてその夜、屍衣と香料を買いととのえて、洞窟に戻ってみると、遺体が見当たらない。驚き、戸惑い、どうしたものかと話しあううちに、洞窟の入口が、百万の灯火が凝りかたまったかのように光り輝いた。そしてそこに、同様に煌《きら》めく衣を着たイエスが姿を見せて、彼らをさし招いた。いわれるままにつき従って行くと、プテオリの町を通りすぎて、はるか遠方の丘の頂に達したところで、夜が明けはなれた。イエスは彼らに祝福の言葉を与えた。すると、光り輝く雲が舞い下りてきて、わが主を載せ、空のかなたへ連れ去った。不思議を目の前にした彼らは畏《おそ》れおののき、その場にひれ伏し、神と神の子に祈りの言葉を捧げた。

そしてヤコブは、この福音書を次のように締めくくっている。

その後のわれ、ヤコブは、いっそう厳しくユダヤ教の戒律を遵守《じゅんしゅ》し、肉を食らわず、葡萄酒を飲まず、一つ衣のみを着て、髪とひげも梳《くしけず》らずに、兄イエスの教えを世に伝える聖なる仕事に務めつつあり。わが願いは、まずもってエルサレム教会の基礎を固め、離散の民のユダヤ人はいうまでもなく、ダマスカスよりローマまでの異邦人にも、サマリア、カイザリヤ、エフェソス、ヤッファの改宗者にも信仰の道を説き、割礼の有無にかかわらず、洗礼を行なわんとせしなり。然《しか》るに、わが意図をこの国を司《つかさど》る者に疑われ、地上におけるわれ、ヤコブの生命も終わりに近づけるによりて、この書を三部作り、一部をマタイに託してキプロス島のバルナバスに、一部をマルコの手にてローマのペテロに送り届け、残る一部を後日に備えて、わが手もとにおかんと……

〔注1、イエスの実弟、失われた福音書の記者は六二年に、エルサレムの大祭司

によって死刑に処せられた〕
〔注2、ヤコブが福音書を書きあげて数カ月後に、ユダヤ総督フェストスがローマで病死し、その空位期間に、、野心家の祭司アンナスが最高法院《サンヘドリン》の実権を握った。そして彼が義人ヤコブの生命を奪った。ヨセフスの『ユダヤ史』にも、アンナスは最高法院の議員たちを招集して、救世主《キリスト》を自称したイエスの実弟ヤコブとその徒党の罪を問え、彼らが、十字架上で死んだイエスが天の雲に乗って再臨すると言いふらすのは、民衆を惑わし、神をないがしろにする罪であり、当然、石打ちの刑に処すべきだといったとある。また、ヘゲシッポスが二世紀の初めに書いた『回想録』には、ヤコブの刑死の状況を次のように記してある。「ヤコブはひざまずいて、主よ、この罪を彼らに負わせたもうな。彼らはその為《な》すところを知らざればなり、と祈った。ヤコブの友人の祭司が進み出て、石を持つ処刑人の手をさえぎり、止《や》めよ！　何を為すか？　義人はなんじらのために祈りおるのに！　と叫んだ。しかし、処刑人たちはその祭司を押しのけ、衣を晒《さら》す木の棒にてヤコブの頭を強く打ち、即死させた」と〕

　これがイエスの実弟ヤコブの刑死の模様である。

〔注3、四福音書とヤコブ福音書の矛盾は、次の事実にもとづくものである。四

福音書記者の執筆時を見るに、マルコは七〇年ごろ、マタイは八〇年前後、ルカが八〇年と九〇年のあいだ、そしてヨハネは八五年から九五年にかけての期間内に筆をとったと信じてよい理由がある。彼ら四人はみな、イエスがゴルゴタの十字架上で死なずに宣教をつづけ、ローマを訪れてから、第二の十字架刑で死んだ事実を知っていなかった。ヤコブが六二年に書きあげたイエスの記録を、彼らは読んでもいなかった。バルナバスはまもなくギリシャのサラミス島で死に、六四年にはペテロがローマで殉教死を遂げたので、それぞれが手にしていたヤコブ福音書は消失して、最後の一部も、オスティア・アンティカの地下深く隠匿されていたからである」

ランダルには思い当たることがあった。ヨハネ福音書の最後の章は、異様な文句で結んであるのだ。いわく、『イエスの行いたまいし事は、この外《ほか》にもなお多し。もし、その一つひとつを録さば、われ思うに、世界もその録すところの書《ふみ》をことごとく載するに耐えざらん』とである。

そして、ランダルはいま、そのことごとくがこの一冊の書物に含まれているのを知った。

聖書考古学の歴史は、これほど偉大な発掘をかつて知らなかった。シュリーマンの古代都市トロヤ、カーターのツタンカーメン王の墳墓、あるいはロゼッタ・ストーンもネアンデルタール人も、イタリアのオスティア・アンティカでのアウグスト・モンティ教授の発見物に比べたら、物のかずにもならぬのだ。

この貴重な書物を全世界に売り捌《さば》く使命に恵まれたと考えただけで、ランダルは奮いたたずにいられなかった。これを読んで、彼以上に感激して、生きることの意義を再確認する人々が数かぎりなくいるはずだ。彼の肉親や友人たちのあいだにも……病いに倒れた父、それを歎《なげ》く母、牧師の仕事に幻滅を感じるトム・ケアリー、そして妹のクレア。とたんに娘のジュディの顔が目の前に浮かんできた。つづいて妻のバーバラの顔が――バーバラはこの瞬間にも、彼女自身とジュディのために、より幸福な新しい生活に踏み出したい願いで、自由の身になれる日の到来を待っている。

ランダルはソファを離れて、電話機を載せたベッド・テーブルに歩みよって、それを見下ろして立った。

夜が更けたが、六千マイルを隔てたアメリカでは、正午を少しすぎたばかりのはずだ。

彼はしばらく思案してから、受話器をとりあげて、サンフランシスコへの長距離電話を申し込んだ。

　十五分後に、アムステルダムからニューヨークへ、そこからさらにサンフランシスコへと、もってまわった経路をたどって、ようやく電話がつながった。

「やあ、バーバラ、近ごろ、どうかね？」

「どなたですの？」

「スティーヴだよ」

「まあ、スティーヴ！　声がはっきりしないけれど、この電話、どこからなの？」

「アムステルダムからだ」

「アムステルダム？　そんなところで、何をしていらっしゃるの？——ああ、そうね。思いだしたわ、ジュディに話したのを。新しいお仕事だとか」

「そうだよ。で、そのジュディはどうしている？」

「いまは出かけています。あとで、お電話があったのを話しておきます。あの子、とても元気ですよ」

「あいかわらず、精神科の医者に診てもらっているのか？」

「ええ、アーサーにね。ハイスクールも退学処分を取り消してくれたわ。詳しいことは、ジュディ自身が手紙でお知らせするはずよ」

「それはよかった」

「それからジュディは、お父さまにお見舞いの手紙をさしあげました。わたしもついこのあいだ、クレアとの長い電話でご容態を聞きましたが、徐々にですけれど、回復に向かっていらっしゃるようです」

「それはそうと、バーバラ、きみ自身はどうなんだ？」

「そうね、何といったらいいかしら」

「ぼくは最初に、きみに謝っておきたい。オーク・シティのホテルでの夜、ぼくは乱暴な口をききすぎた」

「気になさらなくていいのよ」

「離婚訴訟をあくまでも争うといったが、あの件は考え直した。きみは自由の身になって、アーサー・バークと結婚するのが正しい生き方だ。ぼくもいまでは、それを望んでいる。離婚を承諾することに決めたんだ」

「まあ、スティーヴ！　ほんとなの？　信じられないくらいだわ。ジュディの幸福を考えてくださったのね」

「いや、あの子のことばかりじゃない。きみの将来も考えている。きみには幸せに暮らす資格がある。二、三日うちに——できれば、明日——ニューヨークのクローフォードに電話して、きみの弁護士と扶助料の金額の打ち合わせをさせるつもりだ」

「スティーヴ！　嬉しいわ！　嬉しすぎて、息がつまるみたい……お礼の言葉に戸惑います」

「ぼくは当分、躯がいくつあっても足りないくらい忙しいが、一年も経ったらサンフランシスコに出かけられるはずだ。ジュディに会いたい」

「お待ちしています」

「あの子に、ぼくの愛情を伝えてほしい。そして、きみにも」

「ジュディはわたしとあなたの子よ」

「では、そのときを楽しみに。さよなら」

「さよなら、ご機嫌よう」

ランダルは静かに受話器をおいた。彼はバーバラとのこの会話に、久しく忘れていた心の安らぎを感じた。これこそ人間味のある態度といえよう。だが、その一方では、このところ身についたかたちのせつなさを味わったのも事実だった。しかし、いったん口に出してしまったことを、いまさら取り消せるものでないのだ。

彼はふと、人の気配を感じた。顔をあげると、寝室と居間とのあいだに、ダーリーンが立っていた。

白いブラウスの下にブラジャーが透けて見えて、ぴったり身についた淡青色のショートスカートが、すらっとした脚の美しさを際立たせている。ダーリーンは明るい笑顔で近づいてきた。

ランダルが意外そうな顔で、「運河見物に行ってるものと思っていたが」というと、彼女は彼の鼻の頭にキスをしてから、寄り添うようにベッドに腰を下ろして、「運河見物に朝までかかるわけがないわ。十二時になっているのよ」と笑った。

「もうそんな時間か。で、きみ、いつ帰ってきた?」ランダルの胸を横切る何かがあっての質問だった。

「五分ほど前よ」

「帰ってきてから、どこにいた? きみの部屋か?」

「いいえ、この寝室に入ってみたら、あなたが電話の最中なので、隣りの居間で、話がすむのを待っていたの。だから、話が自然と耳に入ってしまったのよ。いけなかったかしら?」

「聞いたってかまわないが、きみに関係した話じゃない」

「いいえ、とても関係があるわ。あたし、嬉しくて、嬉しくて――」

「何が嬉しい?」ランダルは怪訝そうに訊いた。

彼女はむしろ驚いた表情を見せて、「きまっているじゃないの。あなたがやっと、奥さんと手を切る考えになったことよ。正直なところ、あたし、無理かと思っていたの。でも、いまの電話で、やっとあなたに、その勇気が出たのがわかったわ。これであなたも、自由の身になれたのね。ずいぶん長くかかったけど」そして、もう一度男の額にキスをして、「あたしたち、晴れて一緒になれるってわけだわ」

ランダルは彼女の顔を見つめて、慎重な口調でいった。「ぼくたち、いまだって一緒にいるじゃないか」

「ばかなことをいわないでよ。あたしの言葉の意味、わかっているくせに」

ランダルはベッドの上で位置を変えて、彼女に向き直り、「どういう意味だかわからんね」というと、

「だって、これで正式に結婚できるわ。あとは時間の問題よ。あなたが金縛りの状態でいるあいだ、じっと我慢していたあたしだもの、嬉しがるのは当然のことでしょ」

いいながら彼女はブラウスのボタンを外して、「早くベッドに入ってね。結婚祝いに抱いてもらうわ」と、男の動きを促した。

だが、ランダルはブラウスのボタンにかけた彼女の手を押さえて、「それは駄目だよ、ダーリーン」といった。

彼女の微笑が消えた。男の手を見下ろして、「これ、どういうことなの?」と、怒ったような声を出した。

ランダルは手を離して、「ぼくには、誰とも結婚する考えはない。少なくともここ当分のあいだはだ」

「それ、どういうこと? あたしをからかっているの?」

「ダーリーン、きみとぼくとの共同生活に、そんな条件はなかったはずだ。結婚を約束した覚えはないぜ。きみははっきり、ぼくと一緒に住んで、楽しい生活を送れば満足だといった」

彼女は美しい顔に皺をよせて、「いったかもしれないけど、どっちみち、それ、何年も前のことだわ。お宅の事情を知ってたので、理解のあるところを見せようと、催促がましい言葉は控えていたのよ。離婚手続きが片付いたら――」と、彼女は、愛想よくしようと努めながら、「ねえ、スティーヴ、これであたしたち、ほんとの意味で幸福になれるのよ。すてきなことじゃないの。待っていた甲斐があったというものだわ。それからあなた、電話の終わりごろに、娘さんのことをいってたわね。あの子をかわいがるのは結構なことだけど、あんまり考えすぎないほうがいいわ。女の子は大きくなると、父親から離れていくと決まっているのよ。そんなに子供がほしいのなら、あたしはまだ二十四の若さ。ピルを呑むのをやめて、あなたと二人して楽しみながら、男の子でも女の子でも、あなたのほしいだけ産んでみせるわ。だから、あなたはもう一度、結婚生活をやり直したらいいのよ」

ランダルは床の絨毯に目を伏せたまま、静かな口調でいった。「何をどう考えようときみの勝手だが、ぼくがバーバラとの離婚に踏み切ったのは、新しい人生への出発のためで、その具体的な方針はこれから考える。もちろん、いくつかのプランを持っている。だけど、そのなかに次の結婚は入っていないのだ」

「つまり、あたしと結婚するのはいやだというの?」彼女の声が鋭くなって、顔がひきつっていた。「あたしの肉体じゃ満足できないの？　それともあたし、あなたの奥さんにふさわしい女でないの?」

「そんな意味じゃない。ふさわしくないのはぼくのほうだ。結婚が初めから条件でなくて、この生活を長く継続する気持ちもなかったのは、二人のあいだの年齢差が理由だ。趣味も関心も、ものの考え方だって違いすぎる」

「ばかばかしい!」ダーリーンは吐き出すようにいった。ついに怒りが爆発して、ずけずけと言ってのけた。「スティーヴ、ほかの女なら騙《だま》せても、あたしはそんな言葉にひっかからないわ。あなたの気持ちは見透《みとお》しよ。もっともらしい言葉を並べても、けっきょくは、あなたみたいな実業界の大物には、あたしなんかじゃ物足りないというんでしょ。言っておくけど、あたしにだって、結婚してくれって追っかけまわす男が大勢いたのよ。たとえば、ロイ。忘れてはいないわね。カンサス・シティのロイ・イングラムよ。彼は、あの田舎から、わざわざ船までやってきて、あたしを連れ戻そうとしたわ。ヨーロッパなんかへ行かないで、故郷《くに》へ帰ってくれ、結婚したいと泣いて頼んだわ。でも、あたしは彼を追い返したわ。そんなにあなたに忠実だったのよ」

「あのロイなら、きみにふさわしい結婚相手だ」

「何をいってるのよ、偉そうに」彼女はブラウスのボタンを元のようにかけて、「ふさわしいかどうかは、あたしが自分で確かめてみるわ」

「それがいい。邪魔はしないよ」

彼女は冷ややかな目でランダルを見やって、「これが最後のチャンスだと思って、よく聞いて」といった。「あたし、こんな奴隷みたいな境遇にうんざりしてるのよ。あたしだって、ちゃんとした女だもの、それらしく扱ってもらいたいわ。だから、あなたがその気になるのなら、いままでどおり一緒に暮らすけど、そうでなかったら、いま、この瞬間に、あなたと別れて、あしたの一番機でアメリカへ帰って、二度とここへは戻って来ないわ。あなたと会うのも、これが最後よ。そのどっちにするかは、みんな、あなたの考えしだい――」

ランダルの心は激しく動揺した。彼女を裸にして、ベッドに連れこみ、思う存分楽しみたい気持ちに駆られた。彼女の肉体がほしかった。ヨーロッパに一人とり残されるのが苦痛だった。しかし、彼はその欲望を自制した。彼女の首にぶら下がっている値札が、あまりにも高価すぎる。結婚生活のわずらわしさだけではない。これから踏み出そうとする新しい人生行路に、彼女はふさわしい伴侶でないのだ。それにまた、若い彼女には彼女のための人生があり、それを妨げるのは、彼の罪である。二人が結びついたら、どちらも犠牲者となる。彼にとっては自殺行為、彼女は殺人をおかすことになる。

「残念ながら、ダーリーン」とランダルがいった。「きみの意向には沿いかねるよ」

ダーリーンの若々しくて美しい顔に、青筋が膨れあがった。「あら、そうなの。やっぱりあたし、不用な女と宣告されたのね。いいわ。あたし、これから部屋へ戻って、カバンを詰めはじめるわ。旅客機の席をとっておくように、ボーイに言いつけてちょうだい。明朝、フロントのデスクで受けとるわ。もちろん、料金はあなた持ちよ」

そして戸口に向かって歩きだして、「わかっているわね。カンサス・シティまでの片道切符よ。こんなところにはぜったい戻って来ないのだから」といいおくと、ドアに大きな音をさせて立ち去った。

その後の一時間、ランダルはスコッチを三杯飲んで、またしても自己憐憫《れんびん》の気分を味わった。そしてそのやりきれなさを振り払うように、宣伝広告用の資料に目を通しはじめた。マニラ封筒が四つあった。一つはバーナード・ジェフリーズ教授の翻訳関係資料、一つはアンリー・オーベール教授の年代測定報告書、そして一つはカルル・ヘニッヒの印刷製本の予定表である。ランダルはその三つを検討してから、最後に発見者アウグスト・モンティ教授関係のマニラ封筒を開いてみた。老教授個人についての、五ページにわたる覚書が入れてあった。年齢は六十四歳、妻に死に別れ、アンジェラとクラレッタという娘が二人、姉のクラレッタはすでに結婚している。そして、考古学者としての教授の経歴、ローマ大学における位置、授与された多くの学術賞などを書きつらねたあと、最後の二ページに、六年前のオスティア・アンティカでの発掘作業のあらましが記載してあった。

読みとおしてランダルは失望した。これでも宣伝広告用の資料といえるのか。無味乾燥なデータが、列車の時刻表のように書き並べてあるだけだ。これだから素人は困る。世紀の大発見を宣伝するのに、この程度の資料しか揃えていないとは。

ランダルはスコッチをさらに一杯あおってから、電話機に手を伸ばした。

すでに一時になっていたが、ホイーラーは夜更かしで知られている。まだ起きているかもしれないし、かりにベッドに入ったあとでも、これだけ重要な用件だから、呼び起こすのに遠慮することはあるまい。インタナショナル新約聖書の宣伝広告に、重点的にとりあげねばならぬのは、アウグスト・モンティ教授の功績である。その中心人物の情報データがこれほど貧弱では、宣伝部員としても、手の打ちようがないではないか。

彼はホイーラーの部屋のダイヤルをまわして、応答を待った。

女の声が答えた。声の主は即座に識別できた。ホイーラーの秘書のナオミ・ダンである。

「スティーヴだよ。ジョージ・ホイーラー氏に話がある」

「今夜はアムステルダムを留守にしているわ」ナオミが答えた。「それでわたし、あのひとの書類を整理しているところなの。どんな用件？　わたしに処理できることなら、うかがうわ」

「いま、ペトロニウス報告書とヤコブ福音書を読みおえたところだ。すばらしいものだ。感動させられたよ」

「そうでしょうね。あれを読んで、感動しない者はいないわ」

「ひきつづき、発見者のモンティ教授についての資料に目を通したが、宣伝用に役立ちそうなデータが見当たらない。ことに発掘作業の模様にいたっては何も書いてないのと同然だ。ぼくは至急、詳しいことを知りたいのだ」

「ホイーラーさんか、ガイダさんにお訊きになったら？」

「あの二人に訊いたのでは、表面的な事実しかわからんだろう。ぼくが知りたいのは、考古学者モンティ教授の心の動きだ。何が端緒で発掘場所の見当をつけたか。狙った品は何なのか。それを掘りあてたときの教授の心境は、といったところだ。発掘開始以前と終了後、そして作業が進行中のあいだの教授の心理を聞き出して、一編の物語に仕立てあげたら、宣伝効果満点なこと疑いなしだ」

「そういうわけね。で、それにはわたしたち、何をしたらいいの？」

「うちの部員のうちに、モンティ教授のインタビューをとった者がいるのか？」

「お偉方はみんな、何度も会っているわ。ローマでね。パピルス古文書の出版をイタリア政府に許可してもらうのに、五人の出版業者が入れ代わり立ち代わり、ローマを訪問したときのことよ。でも、最近では誰も会っていないようね。宣伝部員のうちでは、ジェシカ・テイラーが面会約束をとりつけたわ。それから、写真班のエドルンドも。ところが、二人とも、わざわざローマまで出向いたのに、教授の顔も見ないで帰ってきたの。折り悪しく、教授が政府の命令で、中東だかエジプトだかの発掘旅行に出かけて、ローマを留守にしていたからなの。でも、帰国したらすぐに、教授の娘さんが連絡してくれることになっているのよ」

「それ、いつのことだ?」

「そうね、三カ月ほど前かしら」

「だったら、もう帰国しているはずだ。ぼく自身が直接会うことにする。ぜがひでも会っておきたい。至急に会って、宣伝資料を入手しなくては、発売日に間に合わなくなる。ナオミ、ローマへ電話して、明後日の面会約束をとってくれ。おっと、明後日は日曜だった。月曜日にしよう。教授が不在だったら、娘にいうがいい。教授がいま、どこにいようが、ぼくはそこまで出向くとだ。絶対にノーと言わせないでくれ」

「やってみるわ、スティーヴ」

「頼んだよ、ナオミ。それからそのあと、パリのオーベール教授とマインツのカル・ヘニッヒにも面会を申し込むのだ。発売日があまり迫らないうちに、このプロジェクトの主要な人物の全員に会っておきたい」

ランダルは用件をいっきに喋って、やや疲れを覚えた。ナオミもやはりそうなのか、少しのあいだ黙りこんでいたが、つぎに聞こえてきた彼女の言葉は、それまでの事務的な口調から、いつもの親しみのある声に戻っていた。「スティーヴ、わたしの気のせいかもしれないけれど、今夜のあなた、なんだか淋しそうよ。どうかなさったの?」

「なるほどね。そんなふうに聞こえたかもしれないな。今夜のぼくは、自分がみじめに思えてならないのだ。スコッチを立てつづけに飲んでも元気が出ない。これほど孤独感に悩むのは、初めての経験だよ」

「ペトロニウス報告書とヤコブ福音書は、孤独を忘れさせてくれる最後の友のはずだけれど」

「もちろん、あれがぼくを救済してくれる。だが、その効果が発揮されるには、まだちょっと時間がかかりそうだ」

「ダーリーンはどこにいるの?」

「彼女とは別れた。明朝、彼女は帰国する。そしてぼくのところへは、永久に戻って来ない」

「それでわかったわ。あなたの孤独の理由が」

長い沈黙。

そしてナオミがまた喋りだした。「わたし、あなたを孤独のままでおいときたくないわ。いいえ、あなただけにかぎらず、孤独に悩んでいる人を見ると、同情心で胸が痛みだすのがわたしの性分なの。おかしなものね。自分の孤独なら耐えられるのに……ことにそれが、わたしの好きなひとだと知ると……」

また沈黙があってから、ナオミの思い詰めた響きの声が聞こえてきた。「わたし、あなたの部屋へ行こうかしら。なんなら、朝までいてもいいのよ」

「そうしてもらえると、救《たす》かるね」

「ただし、今夜だけよ。二度は駄目。今夜は特別なの。あなたを淋しがらせたくないから」

「すぐに来てくれるか、ナオミ?」

「ええ、行くわ。あなたを孤独で苦しめないためによ」

「待っている」

ランダルは電話を切って、服を脱ぎはじめた。

思いもよらぬ結果が生じた。ナオミにしても、意識しての行動ではあるまい。そのような彼女との情事は、かえって孤独感を深めるだけに終わるかもしれないが、ランダルは今夜の相手がほしかった。誰でもいい。どんな女でも――ただし、それも今夜だけ。ローマを訪れて、モンティ教授に会うことで、新しい聖書の宣伝工作への情熱が燃えあがってくるまでのあいだだ。

5

しかし、スティーヴン・ランダルの向かった先は、ローマではなくて、ミラノであった。湿気が多くてじめじめと蒸し暑い月曜日の正午ちかくに、彼はアウグスト・モンティ教授と面会すべく、ミラノの空港に到着した。

その三日前の金曜日の朝早く、ランダルはアムステルダムのホテルの部屋で、ナオミが身支度をととのえて出ていく音に目をさました。彼もまた寝てはいられなかった。すぐさま起き出して、ダーリーンの部屋に鍵がかかったままなのを確かめてから、フロントのデスクへいそいで、アムステルダムからカンサス・シティまでのジェット旅客機の手配を、クラークに依頼した。そして同時に封をした封筒を手渡して、それと搭乗券とをダーリーンの部屋に届けるようにといった。封筒には、離別の手紙と当座の費用をまかなえる現金を入れておいた。

そのあと、アメリカとの時差を無視して、ニューヨークの顧問弁護士のサド・クローフォードを長距離電話で呼び出して、バーバラとの話し合いの内容を告げた。弁護士はほっとした様子で、さっそく離婚手続きにとりかかると答えてから、付け加えて、コスモス・エンタープライズとの合併契約書が近く書きあがると報告した。

十時までに、ランダルは貴重な書類カバンを抱えて、クラスナポルスキー・ホテルの彼の事務室に入った。前日の失敗を繰り返すのを怖れて、テオの運転する車を利用した。到着と同時に、ダイヒハルト博士に電話して、これから約束どおり、校正刷りを返却にゆくと伝えた。そして部屋を出かかったところに、ナオミからの電話があって、モンティ教授、オーベール教授、ヘニッヒ氏との面会約束をとりつけたが、それについて報告しておきたいというのだった。

ランダルは秘書のローリを呼んで、校正刷りを手渡すと、「この大型マニラ封筒をダイヒハルト博士に届けてくれ。本人に直接だぜ。秘書ではいけない。きみも途中で、のぞいてみるような気を起こすのじゃないぞ」と、厳重に言い渡した。

ローリと入れちがいに、ナオミが入ってきた。

「面会の手配はすませました。でも、モンティ家の人たちは変人ぞろいらしくて、ちょっとてこずったわ。教授の娘のアンジェラが電話口に出て、父親がローマへ帰ってきているのは認めたけれど、ここのところ教授の日程が詰まっているので、面会の約束はできかねる、もうしばらく先に延ばしてほしいというのよ。そこでわたし、面会を求めているのは宣伝部門の責任者のお方で、出版予定日が数週間後に迫っているので、延期を承知なさるわけがないといったのに、それでも彼女、まだぐずぐずいっているので、わたし、少し声をあらげて、とにかくランダルさんは来週の初めにローマに飛ぶ。そしてモンティ教授と面会できるまで、お宅の玄関前に坐りこむだろうというと、彼女はやっと降参して、ではそのように計らうけれど、面会の場所はローマでなくて、ミラノにしたいというの。理由は、教授がたまたま私用であちらへ出かけるそうなの。そこでわたし、月曜日の午前十一時に、ミラノのプリンチペ・エ・サヴォイア・ホテルのあなたの部屋で落ち合うように決めておいたわ」

以上のような経過で、スティーヴン・ランダルは月曜日の午前十一時五分前のいま、ミラノ市の高雅なホテル、プリンチペ・エ・サヴォイアの装飾過多な七五七号室に到着していた。

持参したカセット・テープをスーツケースからとり出して、調子をあらためてから、テレビの上におくと、ランダルは窓ぎわに歩みよった。ボタンを押すと、電動式のブラインドが巻きあがって、眼下にレプブリカ広場が見下ろせた。

その瞬間、ドアに短いが烈しいノックの音がした。イタリアの老学究は約束の時間きっかりに来訪してくれたのだ。これはいい前兆である。

ランダルはいそいでドアを開けて、熱心さと心のこもった挨拶で考古学者を迎えようとした。ところがそこに立っているのは、妙齢の婦人だった。

「あなたがインタナショナル新約聖書グループのスティーヴン・ランダルさんでしょうか?」彼女は低い声でいった。わずかながら、イギリス人風のアクセントが聞きとれた。

「そうです。ぼくがスティーヴ・ランダルです」彼は面喰らいながらも応えた。

「わたくし、モンティ教授の娘のアンジェラ・モンティです。ローマからまいりました」

「しかし、ぼくは――」

「わかっていますわ。父をお待ちになっていらしたのに、あらわれたのがわたくしなので、失望なさっておいでなのが」と彼女は笑顔を見せて、「でも、わたくしでも、お役に立つと思います。お部屋に入れていただけますか?」

ランダルは顔をあからめて、「これは失礼した。ちょっと動揺してたので。さあ、さあ、お通りください」

アンジェラ・モンティは文字どおりの美女だった。背丈は五フィート六インチ

（約一六七センチ）ぐらいか。つばの大きなイタリア風の麦わら帽子、ラヴェンダー色の大型サングラス、ローカットのシルクのブラウスから覗くブラジャーを盛りあげている豊かな乳房。

彼が豊満な姿態から目を放せないでいるあいだに、彼女はテーブルの上に、グッチ製と思える茶色革のハンドバッグと麦わら帽子とサングラスをおいて、鴉《からす》の濡れ羽色のやわらかな髪を掻きあげると、アーモンド色の大きな目を彼に向けた。頸《くび》に細い金鎖を吊るして、その先端の、やはり黄金製の十字架が、豊かな乳房の割れ目に沈んでいた。

彼女は彼の視線を意識して、「お怒りになるのも、ご無理ありませんわ。父の代わりに、わたくしみたいな者があらわれたのですから」

「いや、そんなことはない。あまりの美しさに見とれていただけで——あなたのお仕事は、ファッション・モデルか女優でしょうな」

彼女は羞《は》にかむ様子もなく、「わたくし、そのような仕事をするには、性格が地味すぎますわ」といってのけた。そしてさらに付け加えて、「あなたの印象にしても、わたくしの予想したところとは、かなりちがったものですわよ」と微笑しながらいった。「アメリカの宣伝広告業界で有名なお方とうかがっていたので、大型ラッパを

――これ、チューバのことですが――誰の前でも高らかに吹き鳴らすようなタイプを想像していました。それが、いまお目にかかると、茶色の髪と茶色の目、がっしりした躯つきは、まぎれもないアメリカのお人でも、態度や動作があまりにも洗練されていて、わたくし、実際のところ、意外に思いました」

お世辞のうまい女だ、とランダルは思ったが、あんがいそれが、本心からの言葉かもしれない。彼は機嫌をよくして、

「とにかく、そのソファにおかけなさい」彼も彼女に並んで腰を下ろして、「しかし、よく来てくれました、ミス・モンティ――」といいかけると、

「アンジェラとお呼びになって」と彼女が訂正した。

「では、そうさせてもらうが、ぼくをスティーヴと呼ぶ条件でね」

彼女は笑って、「はい、スティーヴ」と応じた。

ランダルは率直に喋りだした。「これからのインタナショナル新約聖書の販売促進キャンペーンは、史上最大の規模のものになるはずで、その主役は当然、きみのお父さんのモンティ教授だ。だから、うちの部員たち二人が、インタビューをお願いしたところ、そのつど失望させられた。そこで最後にぼくが出張してきたのだが、やはり同じ失望を味わうことになった。そこにどんな事情があるのか、説明してもらえまし

ょうね」

「はい、何もかも隠さずに申しあげますわ」と、彼女は長い説明を開始した。「これはみんな、ローマの考古学界の派閥争い、学者たちのあいだの嫉視《しっし》反目に原因がありますの。わたくしの父がオスティア・アンティカの発掘を思い立ったのは七年前のことで、それにはあの地方の古代遺物保存担当官の了解を求める必要がありました。その手続きをいいますと、発掘許可申請書を担当官の手を経て、ローマの人民通り《ポポロ》にある美術省の古代遺物関係最高委員会に提出します。そして、三人の委員が承認してはじめて、省の長官の正式許可が下りるという順序を踏みます。で、あのころのオスティア・アンティカ地方の担当官の地位にあったのが——現在ではもっと上級職に昇進していますけれど——フェルナンド・トゥーラ博士という考古学者でして、このひとはもともとわたくしの父のライバルで、何かにつけて父の学説を非難しつづけていたのです」

「彼が、発掘許可申請書の提出を妨害したのですね」

「トゥーラ博士の主張は、マルコやマタイの福音書よりも古いキリスト教関係の文書が、現代のイタリアに残存しているわけがないというのです。彼は父の学説を嘲笑《ちょうしょう》して、発掘許可申請書の提出を遅らせたばかりでなくて、政府のお役人のあいだに、父の悪口を言いふらしました。でも、父も負けずに、最高委員会の友人に訴え出て、そのひとの尽力で許可を獲得してしまいました。トゥーラ博士はむろんおもしろくありません。しかも、発掘が成功して、父の学説の正しかったのが証明されたのですから、くやしがった彼は、報復手段を考えました。そしてこんどは、あの発掘の立案者は自分で、モンティ教授は彼の指示で実行に当たったにすぎないと吹聴《ふいちょう》しました。つまり、あの功績を父から奪いとろうとしたのです。いいえ、それどころか、教育省の長官に運動して、父を外地へ追い払おうとしました。新しい発掘作業の指揮と監督に当たれといって――」

「教育省の長官だからといって、そんな権限はないはずだが」

「ええ、ありませんわ」アンジェラはうなずいて、「でも、現実はそういうものです。法律を作る者には、それを簡単に破ることができます。権力者の特権ですわ。わたくしの父はローマ大学の教授ですが、終身在職権を与えられておりません。ですから、教育省の命令にそむいたら、教授の職を失う怖れがあります。母のわずかな遺産があっても、それは姉のクラレッタとわたくしのものでして、父は大学からのサラリーで暮らしているのです」

「だけど、オスティア・アンティカの発見で、かなりの金額を入手できたのでは？」

「古代遺物発掘の収益はすべて、イタリア政府に帰属します。パピルスと羊皮紙と交換に、出版業者が支払ったものがあって、そのいくらかが父にも授与されましたが、あっというまに消えてなくなりました。父は長いあいだの発掘作業に、その費用をそっくり借財に頼っていて、それもずいぶん高利のものでした。父はその借財を返済すると、残りのほとんどを、ナポリに住む近親のひとに与えてしまいました。そのひとたちがひどい貧乏暮らしをしているのを見かねたからです。それから、ミス・テイラーとエドルンドさんからインタビューを申し込まれたときは、中近東への出張中で、父は帰国しますと、政府の人たちから、出版業者の商業活動に参加するようなら、退職を覚悟しておけと言い渡されました」

ランダルはまだ満足できない顔つきで、「だけど、きょうはどうしたのです？　ミラノへ出向いて、ぼくと会うというのは、モンティ教授の意向ではなかったのですか」と追及した。

「わたくしが父を説いて、承諾させました。あなたがた宣伝部門のお方がわたくしたちの生命《いのち》の綱でして、この事業が成功したら、教育省のお役人を怖れなくてすみます。ところが、どういうわけかわかりませんが、トゥーラ博士に気づかれてしまいました。父は昨日、このミラノに向かってローマを出たのですが、フィレンツェにトゥーラ博士が待ち伏せしていて、ローマに連れ戻してしまいました。至急、エジプトの発掘現場に出張せよとの教育省の命令で、父は明日、飛行機に乗らねばなりません。ですからわたくし、父の代わりに出向いてきました。父の知っていることなら、何でも知っていますから、ご質問の全部にお答えできるつもりですわ」

ランダルはテレビの上のテープ・レコーダーをとりあげて、「助かりますよ、アンジェラ。では、基本的なことから質問させてもらいます」

「さあ、どうぞ」

「第一の質問――きょうの昼の食事を、ぼくと一緒にしてくれますか?」

彼女は笑いだして、「もちろんですわ。こちらからお願いしたかったところで、わたくし、とてもお腹《なか》が空《す》いていますの」

「このホテルの食堂に、教授のための席がもうけてあるが、ぼくたちなら、もっと活気のある店のほうがいい。ミラノはぼくに初めての土地なので、どこか適当なレストランへ案内してくれませんか」

「では、ガレリアへ行きましょう」

「え?」

「ヴィットリオ・エマヌエレ二世大通りのことで、ガラス張りの円天井のある、世界でいちばんにぎやかな遊歩道路ですわ。とても活気があって、とてもロマンチックで、ぜひともご覧に入れたいの」

二人はアンジェラの赤いフェラーリで、ホテルを離れた。車はレプブリカ広場を走りぬけて（ここでムッソリーニと情婦のクララ・ペタッチが逆さ吊りにされて殺されたと、アンジェラが説明した）、左に曲がると、フィリッペ・トゥラティ通りの広い道路へ出た。

車内で、ランダルは彼女からもう少し詳しいことを聞こうとした。アンジェラは簡略であるが、その経歴を率直に語った。母と死に別れたのが十五歳のとき。母にはイタリア人とイギリス人の血が混じっていた。アンジェラはイタリア北部の都会パドヴァの大学を卒業したあと、二年のあいだロンドン大学に留学して、ギリシャとローマの古典美術を専攻した。姉のクラレッタは五つ年上で、まだ幼い二人の娘があり、現在はナポリに住んでいる。アンジェラは一度婚約したが、相手がイタリア人に典型的な、尊大ぶった道楽者なので、すぐに婚約を解消した。それからは父の秘書役に甘んじて、著述を手伝ったり、ローマの住居の世帯を切り盛りしながら、週に二回、私立学校で外国人の学生にイタリア史を教えていて、年齢は二十六歳になったばかりだという。

ランダルもまた、アンジェラの話を聞いた代償に、自分の過去を打ち明けた。アメリカの中部地方で生まれたことから、最近、父親が卒中で倒れたところまで語ったが、ニューヨークでの彼の宣伝広告業務については軽く触れるだけにしておいた。そして、バーバラとジュディという妻子があるが、つい先週、バーバラとの離婚を決定したところだといい、ダーリーンのことは何もいわなかった。

アンジェラは熱心に聞いてはいたが、目は前方を見つめたままで、あまり関心があるようでもなかった。

そして最後に、アンジェラのほうが質問した。「で、スティーヴ、あなたはおいくつですの?」

ランダルは返事をためらった。十二年上とはいいたくなかったので、「ぼくは三十八だ」と答えた。

「成功したお方にしては、ずいぶんお若いのね」

事業に成功したが、問題はあとの半分が、と彼はいいかけたが、自己卑下はこの女性には通じないと知って、とりやめにした。

そのとき彼女が前方を指さして、「あれですわ。あれが世界でいちばん有名なオペラ劇場のスカラ座なの」といった。

スカラ座の外観は見映えがしなくて、ランダルには期待はずれのものだった。

「あら、がっかりなさったようね。でも、スカラ座の真価は内部にありますのよ。三千人も収容できて、その全員が、演技も音楽も完全に愉しめて……ここがスカラ広場なの。駐車場所を探しますわ」

フェラーリを駐《と》めると、二人はヴィットリオ・エマヌエレ通りを歩きだした。ガレリアは都会のなかの小都会で、ガラス張りのアーケードにきらびやかな店舗がはてしなくつづき、着飾ったイタリアの紳士と流行衣裳を身につけた淑女たちが、大声で話しあいながら歩いている。いたるところに大小のレストランがあって、そのどれもに客がいっぱいだった。

ガレリアの向こう端に行きつくと、ドゥオモ大聖堂が見えてきた。一三八六年に建立された白大理石のゴシック式大伽藍《だいがらん》で、鐘楼のほかにも、百三十五の優雅な小尖塔と二百の聖者像を備えていた。

「では、食事にしましょうか」と彼女がいって、二人はふたたびアーケードをひき返した。

アンジェラは食事の場所に、一級レストランのカフェ・ビッフィを選んだ。ランダルは料理の注文をアンジェラにまかせた。彼女はワインの選択にちょっと迷ったが、けっきょくロンバルディア産の赤ワインにきめた。

ランダルはテープ・レコーダーを彼女のそばにおいて、「では、モンティ教授の経歴について話していただこうか」といった。

「お話しすることはたくさんあって、食事のあいだでは終わりそうもありませんわ」

「考古学者としての活躍を中心に、新発見のことまでを、ひととおり話してもらえたら結構。そのうちどの部分が宣伝工作に効果的かは、ぼくのほうで判断して、詳しいことは、次の機会に話してもらうことにする」

「じゃ、またお会いできますの？」

「できることなら、何回も」

彼女はほほえんで、少しのあいだ考えをまとめてから語りだした。アウグスト・モンティはローマ大学に在学中に学位をとって、卒業後の三年間を、各地の大学で考古学の研修に費やした。そのうちには、ロンドン大学とエルサレムのヘブライ大学が含まれていた。帰国後、ローマで学術コンクールに参加して、五名の教授たちによる審査を受けた。そして多くの競争相手を蹴落として、第一位の合格者に選ばれると、彼の前にはローマ大学の聖書考古学教授の椅子が待っていた。

その後は週に四日、二百人の学生を前にして講義を行ない、午前と午後の講義時間のあいだは、図書室の隣りの個室で、大勢の訪問者と応接したり、考古学雑誌用の論文を執筆したりした。

　夏期休暇はもちろんのこと、ときには特別賜暇まで申請して、発掘作業に従事した。若き日のモンティ教授の名声を高めたのは、ローマ市内とその周辺の五十を超える地下墓地《カタコンベ》を調査して、多くの遺物を発見した功績であった。これらの地下墓地には無数の通路が走っていて、一世紀から四世紀のあいだに、六百万のキリスト教徒が埋葬されていたので、モンティ教授の最大の希望は、イエスの在世当時、もしくはその直後、四つの福音書の出現以前に書き記された古文書を見出すことにあった。

　多くの学者たちがこれらの古文書の存在の可能性を措定して、ドイツ語の“Quelle”の頭文字をとり、Q資料の名称で呼んでいる。『源泉』すなわち最初の記録の意味である。その論拠は、ルカとマタイの両福音書が記載して、マルコ福音書には見られぬ記事があるが、これは明らかに、ルカとマタイが同一の資料を利用した結果と解釈すべきで、それが口承のものであれば、年代とともに失われたと考えられるが、もし記載されたものであって、その後も何回か筆写されていたとしたら、そのいくつかはいまなお残存しているはずだと、モンティ教授は信じて疑わなかった。

　十年ほど前、モンティ教授はその研究、現場作業、考察の結果にもとづいて、センセーショナルではあるが、きわめて学術的な論文を、イタリアの考古学雑誌に発表した。『史的イエス探求の新動向』と名付けたもので、彼はこの論文によって、Q資料存在の可能性についての通説に反駁《はんばく》を加えた。

「その点をもう少し詳しく」とランダルが質問した。「通説とは何か、そしてきみのお父さんの反論は、そのどの点にあるのかといったところを」

アンジェラはワインのグラスをおいて、「簡単にいいますと、神学者、聖書考古学者、ローマ大学の同僚、教皇庁の聖書考古学研究所、アメリカ・アカデミーのローマ支部などに所属する学者たちはみな、Q資料というのを口頭の伝承と見て、初期キリスト教会の教父たちは何も記述しなかったと信じています。なぜかといいますと、教父たちは終末論的観点から、記述に意義を認めなくて、ペンをとる意向などあるわけがない。この世の終わりが近づいて、神の国がそこに見えているのに、何のために記録を残すことがあるのかというわけです。ただ、もっとあとになって、この世の終わりにはまだ間があるのがわかると、教父たちも記述の必要を認めました。でも、それは歴史的事実の報告ではなくて、彼らの目に映る信仰の対象としてのイエスの姿だったのです」

「で、きみのお父さんの反対意見は？」

「わたくしの父はその論文で、すでにイエスの在世当時から、各種の記録が書かれているはずで、エッセネ教団の死海文書がそれを証拠立てていると主張しました。イエスの弟子と友人たちは、読み書きのできない漁夫や天幕作りばかりではなくて、のちにキリスト教団の指導者になったヤコブのように学識のある者もいて、そのうちの誰かが、この世の終末にはまだ間があると考えれば、イエスの言動、真の姿、あるいはその宣教の模様を、書き遺さなかったことはないというのです。父が冗談に口にする言葉に、イエスの日記が発見されたら大したものなんだが、というのがありました。もちろんそれは冗談ですけれど、父の心からの願いは、現在のマルコ福音書のような、後世の教会人が筆を加えたものではなくて、本来《オリジナル》の資料――イエスの言葉、譬話《たとえばなし》――マタイが福音書を記述するのに基礎にした、いわゆるM資料の発見にあったのです。そしてまた父は、ローマ人の誰かが、イエスの死についての記録を遺していないわけがないと考えていました」

ランダルはテープ・レコーダーの調子を確かめてから、「モンティ教授の反対意見はそれだけかね？」と、さらに訊いた。

「まだありますわ。一般の学者たちは、一世紀の古文書が残存しているのは、エジプト、ヨルダン、イスラエルのように、空気の乾燥している土地にかぎると主張しています。かりにそれが、このイタリアへもち込まれたとしたら、湿気がひどいので、パピルスにしろ羊皮紙にしろ、ぼろぼろに腐ってしまったであろうし、また、一世紀当時のローマには大火がひきつづいて起きたので、みんな焼失してしまったはずだというのです。父はこのような考え方に反対しました。一世紀のパレスチナは反乱の連続だったので、教父たちは宣教上重要な文書の保存をはかるために、これをローマに送って、同時に、キリスト教に改宗した人たちの心の支えにしようとしたはずだというのです。そして自説が誤りでないのを、いくつかの発掘事業で立証しました。シリアの東部、ユーフラテス河の右岸のドゥラ・エウロポスと、このイタリアのナポリ湾に臨む古代都市遺跡のヘルクラネウムで、二世紀のパピルスが発見されていますが、そのどちらも乾燥した土地とはいえません。当時のローマのキリスト教徒は迫害されていましたから、パレスチナから送り届けられた貴重な文書なら、かならず壺《つぼ》に収めて密封し、地下墓地《カタコンベ》のなかに隠したにちがいありません。実際、父はローマ周辺の地下墓地の調査で、遺骨や香料を収めた壺のなかに、書きもののたぐいを見出しているのです。

通説とは非常にかけ離れた父の見解は、当然のことですけれど、学界に大きな反響を呼びました。一般に信じられているのとはあまりにも相違した異説だからで、それはまだまだたくさんあります。ローマから南東に向かうアッピア街道のサン・セバスティアーノ地下墓地には、地下の通路の壁面に、二世紀当時のものと思われる多くの絵が刻まれていて、そのうちに、羊飼いの姿をしたイエスが、子羊を抱いているのと、羊の群れを導いているのとがあります。従来はこれを象徴的なものと見ていたのですが、父は、いや、そうではない、現実の図だといい、イエスは大工でなくて、羊飼いだったと主張したのです。それが父の異端呼ばわりされた第一の理由です。それからいままでは、イエスが宣教して歩いたのはパレスチナのいたって狭い地域で、たとえばこのミラノか、お国でいえばシカゴ周辺ぐらいのところと信じられていました。かりにイエスがパレスチナの外に出ていたとしたら、初期教会の教父たちはイエスのことを、全世界の人々のための救世主と呼んでいたはずだというのです」

「で、モンティ教授の異説は？」

「イエスは広く各地を伝道したとの主張です。その事実をわずかの人々しか知らなかったのは、イエスが身の安全を保つために秘密にしておいたからで、各地を伝道してまわった末、このイタリアにまで足を延ばしたことは、パウロやペテロ、あるいはアンティオキアの教父イグナティウスなどの書き遺したものが、それとなく示しています。それから次に、父が唱えた第三の異説はイエスの没年でして、イエスが死んだのは三十歳ごろではなくて、その後も長く生きながらえて、宣教をつづけていたというのです。父はその主張の根拠に、多くの古文書からの言葉を引用しています。パピアスでしたかテルトゥリアヌスだったか、名前は忘れましたけれど、初期教父の言葉に、イエスは若いときには若者たちを、中年では中年の者を、そして老いてからは老人たちを救ったというのがあります。あのころの老人とは、五十歳前後のことをいうのでしたわね」

ランダルはワインを飲みおえて、「で、モンティ教授がイタリア国内で、古文書の原本が埋もれていそうだと見た土地はどこでした」と訊いた。

「父は最初の論文を始めとして、その後のいくつかの論文でも繰り返して、ローマ周辺の地下墓地、キリスト教徒の秘密集会所の跡、ローマの七つの丘の一つのパラティーノの丘などに、発見の可能性があると論じました。そして、いちばん有望なのがオスティア・アンティカ、ローマからはわずか二十四キロの距離の、古代に栄えた海港ですから、当時は富裕なユダヤ人の別荘が立ち並んでいたはずで、そこには図書室を備えていたと見てよいというのです」

「そしてオスティア・アンティカの発掘作業が開始されたのですね」

「七年前のことですが、父はオスティア・アンティカの地形を調査しました。いまは平地に変わっていますが、遠い昔は小高い丘だった場所に、別荘の跡らしいものを探しあてました」

そのあとのアンジェラの話は、次のようになる。モンティ教授は発掘許可申請書を提出すると同時に、その土地を買いとるための資金を借りるのに努力した。イタリアの古代遺物保存法によると、発掘物の所有権は国家に帰属する。そして発見者に土地所有権があるときは、発掘物の価値の五十パーセントを授与される。それが借地のときは、国家が五十パーセントで、あとの五十パーセントを地主と発見者が折半するのである。そこでモンティ教授は、まず最初に、土地の購入に踏みきった。

教授は必要な人員を雇い入れて、測量師、技術者、製図家、写真師、陶器と古代貨幣の専門家、人骨学者などでチームを編成した。その一方、発掘作業に必要な機械器具類を現場に運び込んだ。作業は順調に進行して、二週間後には沖積層の地盤の下に、地下湧水《ゆうすい》によるものであろうか、多孔性の凝灰岩片が沈積している個所に突き当たった。それは教授がローマ周辺の地下墓地の調査で熟知しているのと同一だった。最初に発見したのは、ティベリウス、クラウディウス、ネロなどの皇帝当時の貨幣で、そのうちにパレスチナの貨幣が四個混じっていて、三個は、紀元四四年に死んだヘロデ・アグリッパ一世の名を、そして一個には、ユダヤ総督ポンティウス・ピラトゥスの名が刻してあった。モンティ教授の期待と興奮は最高潮に達した。そして最後に、史上最大の発見物、ペトロニウス報告書の羊皮紙とヤコブ福音書のパピルスを収めた壺が出現した。

「それから、どうしました？」

「父は発見物を、エルサレムの東方学研究所のアメリカ班に届けました。茶色の断片が乾燥しきって、いまにも壊れそうな状態なので、とりあえず湿気を帯びさせ、ラクダの毛のブラシとアルコールで汚れを落とし、平らにしてガラス板で圧《お》さえたうえで、観察しなければならなかったからです。ペトロニウス報告書は公用文書なので、最上質の羊皮紙が使用されていましたが、それでもかなり変質していましたし、ヤコブ福音書のパピルスにいたっては、黒にちかい暗褐色に変わって、端がけばだち、虫食いの穴があき、文字の形さえ定かでない有様でした。縦十インチ幅五インチのパピルスに、煤《すす》とゴムと水を混合したインキを使って、葦《あし》のペンで書いてあるのですが、ヤコブのアラム語は誤字だらけで、句読点も打たずに、語彙《ごい》はせいぜい八百語程度のものでした。でも、エルサレムの学者たちは、それが真正のものなのを確認して、学界には漠然と報告しただけで、パリにあるオーベール教授の研究所へ、より正確な年代測定のために送り届けました」

「で、その結果は？」

「羊皮紙が書かれたのが紀元三〇年、パピルスのほうは六二年と確定されました」

「モンティ教授の慧眼《けいがん》と努力による奇跡だな」

「でも、奇跡は本文の内容にあります。スティーヴ、あれをお読みになりまして？」

「先夜、アムステルダムで読んで、とても感動させられた」

「どんなぐあいに？」

「感動のあまり、妻に長距離電話で、離婚の申し入れを承諾してやりましたよ」

アンジェラはうなずいて、「わかりますわ、お気持ちが」といった。「わたくしにも同じ現象が起こりました。このところ、父の邪魔ばかりしているフェルナンド・トゥーラ博士が憎らしくて、復讐《ヴエンデツタ》を考えていたのです。それは造作なくできることで、あの男が信仰深い学者というのは表面だけで、奥さまがいるのに、若い男をそばにひきつけて、淫《みだ》らなことをしているのを聞き込んでいました。父にそれを話して、恥をかかせてやりたいと言いましたら、父はわたくしをたしなめて、キリスト教の愛を忘れてはならぬ。人もしなんじの右の頬を打たば、左の頬をも向けよ、とマルコ伝にあるではないかと諭したうえで、これを読むがいいと、そのとき初めて、ペトロニウス報告書とヤコブ福音書のイタリア語訳を見せてくれたのです。わたくしはそれを読んで泣きました。トゥーラ博士への哀れみを感じて、復讐のことなど忘れてしまいました」

「なるほどね」ランダルはいって、テープ・レコーダーのスイッチを切り、「これできみとのインタビューは終わったが、まだ何か、モンティ教授についてうかがっておくことは？」と確かめた。

「ありすぎて、一度だけでは話しきれませんわ。発掘現場の写真もお見せしたいし……今夜はミラノにお泊まりですの？」

「ぼくのスケジュールはぎっしり詰まっているので、日を改めてお会いしたい。今夜はパリへ向かって、明日の夜には、ドイツのフランクフルトとマインツを訪れる予定でね」

ランダルはそう説明したものの、アンジェラにまた会いたい気持ちが強いので、あとの言葉をすぐにつづけた。

「モンティ教授の名声を高める宣伝は、同時に新しい聖書の販売促進工作にも効果的なので、きみとの連繋《れんけい》を絶やすわけにいかない。そこでぼくに一案があるが、承知してもらえたら好都合だ。ぼくは自由に使える予算を与えられていて、必要とあれば、その増大も許されている。だから、きみをあのプロジェクトの職員に雇い入れて、サラリーを支払うことが可能なのだ。きみにアムステルダムへ出てくる気持ちがあればね」

アンジエラの頬が赤く染まって、微笑で顔がほころびた。「それがほんとうなら、こんな嬉しいことはありませんわ。いつ、出向いたらいいのでしょうか？」

「ぼくがアムステルダムへ戻ると同時がいい。つまり、いまから三日後だ。サラリーの額は――」

「サラリーは要りません。わたくし、アムステルダムの街が好きですし、父を有名にするばかりか、新しい聖書をこの世の人々に与えるお手伝いができるのですから……それに――」

「それに？」

「エ・ヴォリオ・エッセレ・コン・テ、ステファノ、エ・バスタ」

「そのイタリア語の意味は？」

「あなたと一緒にいられるだけで、満足ですわ、スティーヴ、ということなの」

スティーヴン・ランダルは、その日の夕刻までに、ミラノからパリに到着していた。旅客機内の彼は、たえずアンジェラ・モンティの姿が目の前にちらついて、初めて会ったばかりの女性に、どうしてこうも心を惹《ひ》かれるのかと、われながら不思議に思えてならなかった。

その夜は、セーヌ河の左岸のデ・ボーザール街にあるホテルに泊まった。そこを選んだのに格別の意味はなくて、かつてパリに遊んだとき、たまたま静かなこの通りを散歩していて、そこの入口に、一九〇〇年にオスカー・ワイルドがここで死んだ、と記した飾り板《プラク》を見出したからだ。

そして翌朝早く、タクシーを第五区の国立中央科学研究所のある石造建物へ走らせた。車内でのランダルは少なからぬ不安を感じていた。これから放射性炭素14による年代測定法についての説明を求めるのだが、彼の科学知識は皆無に等しいだけに、偉大な科学者のアンリー・オーベール教授からどんな目で見られることかと、気懸りでならなかったのだ。

しかし、その不安は杞憂《きゆう》だった。教授は彼と十分ほど話しあっただけで、ランダルの真摯《しんし》さに打たれたと見えて学業熱心な児童を教えるように、懇切丁寧な解説をしてくれた。

ランダルはオーベール教授に、扱いにくいフランス人学者を予想していたが、会ってみると、上流社会人に典型的な洗練された紳士だった。かなりの長身でいて均整のとれた体躯《たいく》、年齢は四十代の半ばか、入念すぎるほど服装に気をつかっている。頭髪をポマードでオールバックに撫でつけて、ガリア系らしい尖《とが》った鼻が目立ち、一点非の打ちどころのない英語を喋った。そして、最初に見せた貴族的なよそよそしさも、彼の研究作業についてのランダルの強烈な知的好奇心を知ると、急激に消散していった。

「この年代測定法は、アメリカの大学教授ウィリアード・リビー博士が案出したものだ。同教授はこの功績で、ノーベル賞の化学部門で受賞した。リビー博士の方法で、太古の人骨、木材、貝殻からパピルスや羊皮紙の断片まで、その生きていた年代を六万年の昔にさかのぼって測定できる。その理論を簡単に説明すると、空気中の二酸化炭素には、放射能を持つ炭素14が一定の割合で含まれていて、地上の有機物は人類から草木にいたるまで、生きているあいだは何らかの方法でこれを摂取している。ところが、この放射性炭素14は、外界からの放射線や宇宙線を浴びると、窒素原子に変化する。したがって、人類、動植物その他の有機物の組織内で生存中に均衡を保っていた炭素14は、死亡と同時に分解作用を開始して、五千五百六十八年プラス・マイナス三十年で半減する。そしてさらに同じ期間の経過で完全に消滅してしまう。その崩壊速度は有機物の種類ごとに一定しているから、組織内に残留する放射性炭素14の量を測れば、その有機物が死亡してからの経過年代が判明するというわけだ」

ランダルはこの説明でようやくこの実験のプロセスが理解できて、「それでリビー博士が、測定の実際方法を考案したのですね」といった。

「そのとおりだ。博士はガイガー計数管を利用して、放射性炭素時計と呼ばれているものを創案した。この測定法で、先史時代の穴居人が燃やした火による炭、動物の化石、住居跡に残る木片などの年代を知るのが可能になった。リビー博士は一万件のテストを行なったそうだが、この測定法が確立されると、古代遺物の年代が容易にかつ正確に決定されることになった。たとえば、アメリカのオレゴン州の洞穴内で発見された先住民の木靴、あれは九千年前のものだった。エジプト王の墓に収めてあった葬儀船から、王の死亡時が紀元前二〇〇〇年ごろなのがわかったし、クムランの洞穴から出土した死海文書が、紀元前一六八年から紀元後の二三三年までのあいだ、おそらくは紀元前一〇〇年ごろに書かれたのを、文書を包んでいた亜麻布の調査で立証できた。またその一方では一九一二年にイギリスのサセックス州の砂礫《されき》層から発掘されたというピルトダウン人の頭蓋骨《ずがいこつ》なるものがまっ赤なにせものなのを突きとめた」

オーベール教授は説明のあいだに、ランダルを研究室へ導いた。そこでは、テーブルの上でバーナーの火が試験管をあたためて、ガイガー計数管が絶える間もなくパチパチいう音をたてていた。いくつかの書棚の前に、連結した大小二つの機械が据えつけてあって、小さいほうの機械の上部が計器板を、下の書棚に二個の時計を備えて、大型機械が中央に複雑な構造のガイガー計数管をはめ込み、二つの機械は数多くのチューブで接続してあった。

「これがモンティ教授の発見物のテストに使用した測定具ですよ」フランスの化学者がいった。「五年か六年以前のことになるが、モンティ教授がパピルスと羊皮紙の断片を持参して来られて、年代測定を依頼なさった。死海文書のときはリビー博士が測定にあたられて、亜麻布の繊維の三十グラムを使用されたが、その後われわれの方法は格段に進歩して、測定が精密になると同時に、テストの材料もはるかに僅少《きんしょう》ですむようになった。炭の場合なら三グラム、木材にしても十グラム程度もあれば間に合うのだ」

「実際には、どれほどのものを用いました？」

化学者は微笑を浮かべて、「モンティ教授が持参したのはかなりの分量だったが、羊皮紙の十五グラムとパピルスの十二グラムで測定してさしあげた」

「それを燃やしたのですね」ランダルは化学者の前にテープ・レコーダーを差し出しながら訊《き》いた。

「まず最初に、その細胞の死亡以後に、化学的、物理的に付着した余計な炭素をとり除かねばならぬ。測定にとりかかるのはそれからで、じゅうぶんに酸素を供給して、完全な灰にした。燃焼によって生じる炭酸ガスは浄化されたものだから、その一リットル分ほどをガイガー計数管に導入することで、われわれのテストが開始された」

それからオーベール教授は、その複雑精緻《せいち》なテストの経過を専門術語を用いて説明しだしたので、ランダルの科学知識ではついていけなかった。しかし彼は、テープ・レコーダーをアムステルダムへ持ち帰って、秘書のローリ・クックに解読させたら、いちおうの理解ぐらいはできるだろうと考えて、「そのテストにはどれほどの日数がかかりました?」と質問するだけにしておいた。

「二週間かかった。しかし、六年前のことだったからで、著しく改良された現在の設備なら、一晩でやってのけられる」

「で、その結果は?」

「ペトロニウス羊皮紙は紀元三〇年に、ヤコブ福音書のほうは六二年に書かれたのが測定できた。モンティ教授の発見物が真正のものであるのが、二十世紀の最新科学機具で確認できたわけだ」

ランダルはテープ・レコーダーのスイッチを切って、「ご協力のおかげで、インタナショナル新約聖書の販売宣伝のもっとも効果的な資料が入手できました」と、厚く礼を述べた。

「お役に立って喜ばしい」とオーベール教授は応じてから、腕時計へチラッと目をやって、「ぼくはこれから用事をすませて、そのあと、妻と昼の食事を一緒にすることになっている。きみも躯があいているようなら、食事につきあってもらえると嬉しいのだが、ご都合はどうかな?」と訊いた。

「ご夫妻のお食事に、邪魔者が入るのもなんですから――」とランダルがいちおう辞退すると、教授は笑って、

「邪魔者などとはとんでもない。それに、きみにはまだ話しておきたいことが残っている」と勧めた。

「では、お言葉に甘えさせていただきましょう」とランダルは承諾して、「じつのところ、今夜の汽車でフランクフルトへ向かいますが、それまでは躯が空いているのです」

「それはよかった。ヘニッヒ氏にお会いになるのだな。そうと話が決まったら、そのまえに用件を一つすませておきたいので、ノートル・ダム寺院まで同行していただこう。あそこのキリスト画の破片を持ち込まれて、年代測定を依頼されたのだが、ちょ

うどテストが終了したところだ。報告書を届けておきたいのでね」

二人は研究所を出て、教授のシトロエンの新車で、ノートル・ダム寺院へ向かった。到着すると、守衛がオーベール教授を認め、駆けよってきて、車を駐車場へ導いた。

寺院の正面入口は西側にある。ランダルはそこで、少しのあいだ待たされた。彼は陽光の下に立って、世界各国からの観光客が隊列を作って、正面入口を出入りするのを眺めていた。

オーベール教授は言葉どおりじきに戻ってきて、「あの円柱に刻んだ聖像をご覧になったか」といった。「ぼくはインタナショナル新約聖書プロジェクトに関係してから、とくにあの彫像に興味を持つようになった。知ってのとおり、イエスの肖像は、彼の時代には存在しなかった。初期のキリスト教徒はみなユダヤ人で、ユダヤ教では神の像を禁じていたので、イエスの姿かたちを描いたり刻んだりするのは冒瀆《ぼうとく》行為だと考えた。もちろん、ヴァティカンの教皇庁にはイエスの肖像が描かれていて、福音書記者ルカの手になるものをもとにして、教父たちが完成したことになっているのだが、それはまったくのナンセンスだ。おそらく、ローマの地下墓地内《カタコンベ》に見られるのが、もっとも初期のイエスの肖像だろう。それはだいたい、紀元二一〇年ごろに描かれている」

そして教授は、壁面の高いところを指さして、あれを見たまえといった。そこには、聖母マリアが神に祈りを捧げ、その頭に天使が冠をかぶせようとしていて、聖母のかたわらには、やはり頭上に円光を戴《いただ》いたキリストが立ち、彼女を祝福している場面が刻んであった。

「聖母マリアの戴冠と呼ばれているものだ。十三世紀の作品だろうが、キリスト教美術の非条理性を典型的に示している。イエスの風貌を知らない製作者は、ただむやみに荘厳な表現だけを心がけている。ヤコブ福音書が出現して、現実のイエスの姿が明らかになったら、敬虔《けいけん》なキリスト教徒にはたいへんなショックだろうな。フランス革命時の民衆と同じ行動をとるのじゃないか。あのときのパリ市民はこの寺院に押し寄せて、旧約聖書の王たちの彫像を、フランス王家の人々を模したものとして打ち砕いた。それと同じことが、本年じゅうに起こるかもしれない。従来のイエス像を、セム系の鼻を持ち、貧弱な体躯で、むしろ醜い人相のものに取り換えようとする運動がだ。それもまた結構なことだと思うよ。ぼくは真理を愛する科学者だからね」

ランダルとオーベール教授のシトロエンの新車が、ラルシュヴェシェ橋を渡って、ケー・ド・ラ・トゥルネル道路の輻輳《ふくそう》する車の列のなかへ入っていった。そして道路がケー・ド・モンテベロに変わると、セーヌの左岸に並ぶ古本屋で掘り出し物を漁っている閑暇人《ひまじん》たちを見て、ランダルはうらやましく思った。二人の車はサン・ミシェル通りの広い道路に入り、その十分後には、サン・ジェルマン通りとの角にある快適なカフェの前に到着した。そこは車と歩行者の群れが合流するところで、その雑踏をよそに、張り出した緑色の日蔽《ひおお》いの下に、シトロン色の籐椅子《とういす》と大理石の円テーブルが三列に並べてあり、カフェ・ド・クリュニーとしてあった。

「ここがぼくの妻の気に入りの店でね」とオーベール教授がいった。「セーヌ左岸の中心地だけあって、世界じゅうの若者たちが集まってくる。向こうに見える鉄柵のなかの公園には、ローマ人が構築した域壁の跡が残っている。イエスの死後、三百年と経たないうちに造られたものだ」そして教授は腕時計を見て、「ちょっと早かったかな。ガブリエルはまだ来ていないようだ。ところで、ランダル君、席は店の内部にするか、それとも外がいいかね？」と訊いた。

「もちろん、外がいいですね」

「ぼくも同意見だ」

ほとんどのテーブルが空いていたが、彼らは最後列の椅子を選んで、並んで腰を下ろした。

「妻があらわれる前に、アペリチフを飲んでおこう」と、教授はボーイにパスティス・デュヴァルを命じてから、「きみは？」とランダルの意向をただした。そして、「同じものにします」との返事を聞くと、「このひとにもパスティス・デュヴァルだ」と注文を追加した。

教授はランダルに紙巻煙草を勧めたが、ランダルは首をふって、パイプをとり出した。二人はしばらく、無言のままで煙草をすいつづけた。教授は椅子に落ち着いて、通行人の群れを眺めることで、初めてくつろぎを感じた様子だった。

ややあって、教授は尖った鼻を撫でながら、「それにしてもおかしなものだな」と話しかけた。「どんなまわり合わせか知らないが、人もあろうにぼくみたいな男が、聖書の出版に貢献するとはね」

「といいますと？」

「ぼくは宗教に背を向けた人間だった。少なくとも正統派的な信仰は持たなかった。それが、たとえ端役とはいえ、新しい聖書を世に出すための準備工作に携わるとは驚きだ。ただし、ぼくがあの内容に強い影響を受けたのは事実だ」

ランダルは好奇心に駆られて、「どんなぐあいにです？」と訊いてみた。

「人生観が変わったのさ。ぼくの周囲の連中にたいする態度が、すっかり変わってしまった」

そして教授はひと息入れてから、心境の変化の理由をながながと語りだした。

「ぼくはルーアンの生まれだ。わが家の宗教はカトリックだったが、ろくに教会へも行かずに育った。両親のどちらも中学教師で、二人とも合理主義的な傾向が強かった。いわゆる自由思想家であった影響から、少年のころのぼくの愛読書は、チャルナー訳のドゥーエイ聖書とルナンの『イエスの生涯』だった。後者にとくべつの興味をおぼえて、完全に魅了された。四つの福音書はみんな虚構で、キリストの奇跡など実証科学の批判に耐えられるものでない。当然それを神話と見るべきで、復活物語にいたっては、マグダラのマリアが見た幻影にすぎない、というのがルナンの説くところだ。年少のぼくは、正反対の主張をする二つの書物——聖書とルナン——の虜《とりこ》だったが、そのような分裂した傾向を、いつまでも持ちつづけていられるものでない」

ボーイがアペリチーフを運んできたので、二人はグラスに口をつけ、ボーイが立ち去るのを待ってから、教授はまた喋りだした。

「変化が起きたのは、大学に進んで、電子工学を学びだしたときだ。ついでにいっておくと、ぼくは化学を専攻する前には、電子工学科の学生だった。それはともかく、一人前の科学者の仲間入りをしたとうぬぼれだすと同時に、ぼくは信仰と完全に訣別した。宗教なんぞになんの意味があるのかと軽視したばかりか——若いころの思想は、とかく極端に走りがちなものだが――研究室のなかで確認したことのほかには、何ひとつ信用しなくなった。目で見て、耳で聞いて、皮膚で感じられて、論理的に許容できるものでなくては信じるんじゃない。この考え方は、大学を卒業してから、今日にいたるまでつづいている。ぼくの唯一の宗教は科学的事実だ。神は事実でない。神の子は事実でない。天国も地獄も事実でないとの信念――」

オーベール教授は突然、言葉を切って、アペリチフをすすり、ひとりくすくす笑っていたが、「天国といえば」とまた喋りだした。「いまでもときどき思いだすが、ぼくは大学の紀要に、科学者の論理による天国否定論を発表した。新約聖書の黙示録に、天国の描写がある。その二十一章だが、都は方形にて、その長さと幅が相均しく、黄金の間竿《ものさし》にて測ると、そのそれぞれが一千五百マイル、と記してある。これをアメリカ式にいうと、天国の面積は一千フィートの六乗の五百倍平方となる。人間一人が立っているには十立方フィートを必要とするから、天国の収容人員数は、前記の数字の十分の一だ。そして、黙示録の筆者のヨハネがその計算を行なったときからこちら、昇天した信徒の数はおびただしいものだ。天国の面積内に収容しうる範囲をはるかに超えている。すでに数世紀以前に、余分な人間が溢《あふ》れ出しているはずだ、というのがぼくの小論文の趣旨だった」

ランダルは笑って、「天国に昇りたがっている者には、打ちのめされるような見解ですが、おもしろい着想ですね」といった。

「ところが、打ちのめされたのはぼくのほうだった。紀要の次号にさっそく反論が載った。パリのカトリック大学の神学部の教授が執筆したものだが、ぼくの聖書の読み方は杜撰《ずさん》すぎるとの非難だった。この神学者の指摘だと、黙示録が記述しているのは天上の神の都ではなくて、この地上における天国のことだそうだ。黙示録のやはり二十一章の初めに、『われまた新しき天と新しき地……聖なる都、新しきエルサレムを見たり』とあるように、ヨハネは未来のエルサレムに天国の幻影を見ただけで、その面積は『イスラエルの子孫である十二支族』を収容できれば足りる、との結論なのだ。ぼくはなるほどと納得して、それからのちは、聖書の記述に科学的規準をあてはめて検討するのをやめてしまった。要するに、天国の存在など信じなければいいということだ」

「あなたにかぎらず、現代人の大部分が信じていませんよ。聖書の記事を文字どおりに信じて疑わない根本主義者《ファンダメンタリスト》と呼ばれる連中は、アメリカ人のほんの一部ですからね」

「いや、そうでない。まだまだ多くの男女が、天国を、死後の生命を、人間的な神を、古い迷信を信じている。彼らの信仰は、理性でなくて恐怖心によるものだ。信じないことを怖れているのさ。だから、彼らはいっさい疑わないが、ぼくはつねに疑っている。科学者の合理的精神が許容しないところを信じるのを拒否しているのだ。この懐疑主義がぼくの結婚生活に、たえずトラブルをひき起こした」

「結婚なさって、どれくらい経つのですか？」

「先月で九年になる。ぼくの妻のガブリエルは、神を怖れる厳格な正統カトリック教徒の家に生まれた。両親ともにいまなお健在で、彼女はとくに父親の影響を受けている。父親はフランスでもとりわけ富裕な工業資本家の一人だが、事業の運営のかたわら、全欧カトリック教会在俗聖職者団体というのに加盟していて、『神の御業《みわざ》』（オープス・デイ）会の指導者クラスでもある。きみはこのオープス・デイ運動のことを聞いたことがあるかね？」

「初耳ですが、どんなものです？」

「では、簡単に話しておこう。スペインの弁護士でホセ・マリア・エスクリバという男がいて、これが司祭になって、一九二八年にマドリッドで創立した教団だ。西欧社会にキリスト教を再興させるのが目的で、教団員は一般社会人が中心だから、教会関係者は二パーセント程度しか含まれていない。教団員にはカトリック教会の階級制にならった序列をつけて、福音書の教えどおりに、キリスト教徒にふさわしい生活を送らせる。この運動がスペインに始まって、フランスに、アメリカ合衆国に、ついには全世界七十カ国に広まったので、教皇庁も正式に認可しないわけにいかなくなった。いまでは教団員数が公称十万だが、おそらくその二倍はいるとみていいのではないか。これがみんな、社会各方面の有力者ばかりなので、政治、経済、産業、政府の内部から青少年の教育にいたるまで、強い影響を及ぼしている。いうなれば世俗的なイエズス会だな。もちろん、教団員は、清貧、従順、純潔の誓いを立てるが、この誓いたるや、たとえばぼくの義父みたいな資本家階級にあっては、清貧の徳を認めるにしても、富を軽んじたり、利益の追求を躊躇《ちゅうちょ》するような愚はおかさない。神には従順であらねばならぬが、必要とあれば、神を怖れぬ行動に出る。純潔の精神を貴びはするものの、男女が一緒になったからには、相手が妻であろうと情婦であろうと、まずもって子供をつくるべきだと考える。聖書に、生めよ、繁殖《ふえ》よ、地に満てよ、とあるからだ。これでわかってもらえたと思うが、ぼくの妻のガブリエルは、このような家庭に生まれて、育った」

「わかりますよ」とランダルは応じたが、この科学者が何のためにこんな話を始めたのかと、不審に思った。

オーベール教授はつづけて、「『神の御業』教団員の娘とルナンの学徒とが結婚した。最悪の化合物さ。ぼくたちは気の合った夫婦だが、信仰上の衝突をまぬがれなかった。そしてその傾向がしだいに激しくなった。ガブリエルは子供を産みたい。それも一人やふたりでなくて、できるだけたくさんだ。ぼくのほうは子供が嫌いで、一人も欲しくない。それにまた、外部の組織に産児制限を禁じられるいわれはないとの信念もある。そのあげく、ガブリエルの両親が教皇庁に申請して、ぼくたちの結婚の解消を宣告してもらおうといいだした。これはさすがにガブリエルも承知しなかった。そして、事態は完全な袋小路に入りこんでしまった」

けっきょくのところはどうなったのかと、ランダルは好奇心に駆られたものの、いまは辛抱して聴き手の役割を守るべきだと、口を挟むのをさし控えた。

数秒してから、オーベール教授はまたつづけた。「ところが、十カ月ほど前、奇跡が生じた。インタナショナル新約聖書のフランスでの出版責任者のムッシュー・フォンテーヌが、所用のついでにぼくの研究所に立ち寄った。そしてぼくに、ヤコブ福音書のフランス語訳を読んでみる気はないかと訊いた。ぼくは即座に、ぜひとも読みたいと答えた。あのパピルスの年代測定に従事したが、内容に目を通すまでの余裕はなかったのだ。かりにあったところで、アラム語を読めるわけではなかったからだが、読んで初めてぼくは内容を知り、そのショックがどんなに大きなものであったか、口ではとうてい言いあらわせるものでない」

「わかりますよ」ランダルがいった。

「ぼくという客観的な科学者、未知なるものへの懐疑家、真理の探求者が、初めて知った真の事実だ。ショックが大きかったのも当然のことで、人知では計り知れぬ神の意志が、ぼくをお試しになったのだ。わが主キリストは生きた人間だった。神の子は実在した。だから、神は実在する。ぼくはハムレットと同様に、この天と地のあいだには、哲学や科学などでは知りえぬことがたくさんあるのを知った。救世主の存在が証拠によって明らかになり、現象の背後に神意を見て、来世を信じることができるようになった。これが奇跡でなくて、何だろうか？」

そして教授は、むしろ挑むようにランダルの目をのぞきこんだが、ランダルは肩をそびやかしてみせただけで、何もいわなかった。

「ぼくは初めて、科学界の先輩や同僚たちが、宗教と科学とを和解させるような言葉を述べた心情が理解できた。たとえば、十七世紀のブレーズ・パスカルは、キリスト教への回心を、『心情は、理性の知らぬそれ自身の理性を持つ』という言葉であらわしている」

ランダルが口を挟んで、「パスカルは科学者ですか？　哲学者だと思っていましたが」といった。

「いや、彼も最初は科学者だった。十六歳の年少で『円錐《えんすい》曲線論』を書いて、さらには確率の考え方を理論づけた。十九歳のときには計算機を考案して、その一つをスウェーデンのクリスチアナ女王に献上した。それでいて彼は、奇跡を信じた。彼自身にそれが起きたからで、超自然的存在を信じる理由を、彼は『パンセ』のなかで次のように書いている。『人々は宗教を軽蔑し、それを憎み、それが真実であるのを怖れる。その誤りを癒《いや》すには、まずもって宗教が理性に反するものでないのを示し、尊ぶべきものとして、畏敬の念を起こさせねばならぬ。そしてその次に、それを愛すべきものとして、善《よ》き人々にそれが真実であるのを願わせる。そして最後に、それが真実なのを示すのだ』とだ。『パンセ』にはまだいろいろな教えが述べてある。『神は存在するか存在しないかのいずれかだ。賭けてみるのなら、神は存在するほうにしたがいい。勝てばきみは全部を得る。負けたところで、何も失わない。だから、躊躇しないで、神は存在すると賭けたまえ』それがパスカルの言葉だ」

「そんなことが書いてあるのですか」

「理性と超自然を併存させた科学者は、これまでにだって大勢いた。高名な化学者のパストゥールもその一人で、彼いわく、自然の神秘を観察すればするほど、キリスト教への信仰が、ブルターニュの農民と同様に深まるばかりだとだ。アルベルト・アインシュタインにしても、科学と宗教のあいだに、少しの矛盾も感じなかった。科学は何があるかを追究する学問で、宗教は何があるべきかを説く教えだというのが彼の口癖で、われわれに経験しうるもっとも美しいものは神秘だとも述べている。その意味で、ぼくもやはり敬虔な宗教人の一人といえる。ヤコブ福音書を読んだおかげで、イギリスの歴史家フルードの、信仰を迷信と罵《ののし》るのは科学の迷信だとの言葉の真意が理解できた。ぼくは一夜にして、人間が変わったのだ。それも研究室でなくて、家庭でだ。妻の希望と感情を——それは彼女の両親のものでもあるが——初めて理解するようになった。子供を産みたいとの気持ちに、ぼくもまた同調すべきだとの考えが——」

そのとき甘い女性の声が、二人の会話をさえぎった。「アンリー、お待たせして、ごめんなさいね。先約を片付けるのに手間どって——お腹が空いたでしょうね」

オーベール教授が顔を輝かせて立ちあがったので、ランダルも同じように椅子を離れた。彼女は三十代の半ばであろうか、髪をふっくらした形に結んで、高価なアクセサリーを身につけて、歳よりはかなり若く見える。上品で、整った顔だちの女性だった。いきなりテーブルへ歩みよると、オーベールの腕に抱かれて、両頬にキスをしてもらっている。

「ガブリエル、紹介しよう」オーベールがいった。「こちらがムッシュー・スティーヴン・ランダルだ。アメリカのおひとで、目下のところ、アムステルダムのわれわれのプロジェクトに参加しておられる」

「初めまして」オーベール夫人が挨拶した。

ランダルは握手をしながら、彼女の下腹部が見事に盛りあがっているのに、思わず目をみはった。

ガブリエル・オーベールもその視線に気づいて、朗らかな声でいった。「ええ、そうですわ。アンリーとわたくしの最初の子供が、あと一と月で生まれますのよ」

スティーヴン・ランダルは、その夜の十一時発フランクフルト・アム・マイン行きの列車に乗り込んだ。個室に入ると同時に服を脱いで眠りにつき、翌朝の七時十五分にドアを叩く音で目をさました。寝台車の車掌が、熱い茶とバター付き焼きパンの朝食を運んできたのだ。ランダルは二フラン支払って、パスポートと乗車券とを手渡した。

それからの十五分間、車窓の外を、緑の森、リボンのような自動車道路、銅版画に見る高い建物群、引き込み線に眠っている赤い寝台車などがあらわれては消えてゆくのを眺めているうちに、列車はフランクフルト駅に到着した。

彼は薄汚ないタクシーで、ベトマン街のフランクフルト・ホテルへ向かった。フロントのデスクの若い女性に、彼宛ての通信物が来ていないかと訊いてから、インタナショナル・ヘラルド・トリビューン紙を買い求めて、予約しておいた続き部屋へ導かれた。寝室の窓からはカイザー広場が見下ろせて、そこにはケーゲル書店、バイエルン州立銀行、葉巻煙草店などの建物が並んでいた。

いまは八時十五分だ。マインツのヘニッヒ氏からの迎えの車が到着するまでには、四十五分間ほどの余裕がある。そこでランダルは、新聞を読みながらもう一度朝食をとって、ヘニッヒ氏関係の調査記録に目をとおしたあと、アムステルダムの女秘書ローリ・クックに長距離電話をして、アンジェラ・モンティのためにデスクと本部内の通行証とを用意しておくようにいいつけた。そしてその電話で、フロリアン・ナイト博士がジェフリーズ教授と一緒に、ロンドンから二日前に到着していることを知らされた。

フランクフルトのにぎやかな市街から閑寂なマインツまでは、車で五十分の距離だった。迎えにきたのは初老のドイツ人運転手で、特別注文製のポルシェを葉巻をふかしながら運転した。四車線のアウトバーンのそばには、重いリュックを肩にしたヒッチハイクの男女が、無数といってよいほど待機していた。カンバス蔽いをした貨物トラックが切れ目なしにつづいて、ときどきそのあいだを銀色にきらめくヘルメットをかぶった交通巡査のモーターバイクが走りぬけてゆく。サルビア・グリーン色の森、青く塗ったガソリン・スタンド、黒い矢を描いたオレンジ色の道路標識板、いくつかの小飛行場、牧場、煙を吹きあげている灰色の工場群、そして、鉄道線路を跨《また》いでいる陸橋と、満々と水をたたえたライン河にかかる鉄橋をわたると、落ち着いたマインツの家並みがひろがってきた。

その五分後、ランダルの乗るポルシェが、六階建てで入口に回転ドアのある超モダンのビルの前に横づけになった。

ランダルが後部座席の扉をあけてくれた運転手に礼をいって、躯半分を外へ出したとき、ビルの回転ドアから出てきた男があった。すらっとした長身のしゃれ者で、そこまでは少し距離があるが、見まちがえるはずのない相手だった。彼は回転ドアの外で立ちどまり、屋外の空気を吸いこみ、金製のシガレット・ケースから一本をぬきとろうとしている。ランダルはあわてて降りかけた足をひっこめ、後部座席に身を隠した。

ロンドン・デイリー・クーリア紙の海外特派員セドリック・プルマーである。

ランダルは身動きもできずに、相手の動きを見守った。プルマーは煙の雲を吐き出すと、左右に目を配る様子もなく、大股に道路を横切って、数秒のうちに姿を消した。

ランダルがいそいでビルにとび込むと、受付に若い女二人が待機していて、彼をエレベーターで、ヘニッヒ氏の個室へ案内した。

カルル・ヘニッヒ氏はプロ・レスラーのような頑強な大男で、頭が異常に大きく、髪をドイツ人らしく短く刈りこんでいた。たくましい手を差し伸べて、骨を砕かんばかりの力づよい握手を交わすと、「よく来てくだすった」と、最初はドイツ語でいい、つぎに同じ言葉を英語で繰り返した。イギリス訛《なま》りのない完全なアメリカ英語で、得意なそれを使用する機会が到来したのを嬉しがっている様子だった。

「とりあえず、一杯飲んでいただこう」と、カシ材の戸棚のなかの小型冷蔵庫からスコッチのボトルとグラスをとり出して、アイス・キューブを入れたハイボールを作りながら、おもむろに喋りだした。「うちの印刷会社の設立者はわたしの父親でしてな。その当時は、便箋類と封筒類とを別個の業者が製作していた。それだと、両者のイメージがちぐはぐになる。そこに目をつけたのがわたしの父親で、釣り合った便箋と封筒を一緒に製作し始めて、ひと財産を築きあげた。そして晩年には、書籍印刷の方面にも手を伸ばしていたが、わたしが会社を引き継ぐと、便箋と封筒の印刷は打ち切って、もっぱら書籍印刷部門に全力をそそぐことにした。これもまた狙いがあたって、いまでは職工五百人を使用する大印刷工場に発展した」

ランダルとしても、相手の自慢話に感動したところを見せないわけにいかなかった。

「そしてわたしは、事業の中心を聖書の印刷においた。ドイツでの聖書出版業者はシュトゥットガルト周辺に集まっているのだが、わたしはこのマインツを離れなかった。ここは印刷業の祖のヨハネス・グーテンベルクの故地というだけでなくて、ハンブルクにも、ミュンヘンにも交通の便がよいから、輸送費が安くてすむ。また、印刷業には伝統の土地なんで、親の代からの印刷工がいまだに大勢住んでいる。そこでわたしの工場は、聖書の特装本の製作にかけては、ヨーロッパ全土に名をとどろかすことになった。ただ、最近の印刷業界では、もっと採算のいい注文が多いので、うちの会社もこのところ、事業の中心をその方面に移しかけていた。ところが、こんどダイヒハルト君が、うちの過去の仕事を思いだしたものか、インタナショナル新約聖書の印刷を持ち込んできた。さいわい、うちにはまだ、古き良き時代の聖書印刷の技術を心得ているヴェテラン職工たちを温存している」

「この印刷には、どれくらいの日時が必要なんです?」

「聖書というのは厖大《ぼうだい》な書物でね。旧約と新約を一巻本にしたら、語数は七十七万五千語にのぼるのだ。これは普通の書物の六、七倍の分量で、活字と本の仕立ての意匠を決定するのに一年、組版と校正とで二年、それから印刷と製本にとりかかって一年ちかく——つまり、聖書の一巻本が完成するまでには四年が必要だ。もっとも、とりあえずは新約聖書の限定本だけを刷ればいいのだから、期間はずっと短くてすむ」

「ということは？」

「最初の配本先は、教会関係者、ジャーナリズムの首脳陣、専門学者といったごく少数の人たちに限られている。そして、公刊が発表されると、アムステルダムに集まっている出版業者たちが、それぞれの国へひき返して、自国語による一般読者を対象にした廉価版の印刷にとりかかる。わたしの場合はドイツ語版を引き受けるわけだが、意匠その他の準備を一年前からととのえておいたので、半年もあったら、印刷から製本までやってのけられると思う」

「ほかに問題はないのですか？」

「ないことはない。最大の問題は紙だな。われわれ印刷業者は、いつも用紙の調達に苦労させられる。聖書みたいな書物だと、たとえ短い新約だけにしても、在庫の用紙では間に合わない。軽くて、薄くて、それでいて次のページが透きとおるほどの薄さではまずい。そのうえ、聖書を買う客は、一生涯保存するつもりだから、耐久力のある紙質でなければならぬ。だからといって、本の値段を高くするのは禁物だ。この初版本には、最上質のインディアン・ペーパーを使用することにしている」

「次は作業の秘密保護ですが」と、ランダルは何げない口調でいった。「ぼくはアムステルダムの本部で、あまりにも厳重な警戒に目を見張ったものですが、ここでもその点にはずいぶんと気をつかっておられるのでしょうね？」

ヘニッヒはあから顔に暗い表情を浮かべて、「あれには予想外の経費がかかって弱った。うちの工場は、この都会の近所に数カ所あって、どれもみな歩いて行ける距離なんだが、そのうち、いちばん大きいのを半分に仕切って、古くからうちで働いていて信頼できる職工だけを、この作業にふりあてた。作業場はいうまでもなく、職工たちの家族までを外部と遮断して、住宅にしても見張りを立てておかねばならぬのだから、並みたいていの費用ですむものじゃない。そのかわり、外部の人間は一歩も踏み込めぬようにしてあるから、安心してもらって大丈夫だ」

「誰も入り込めませんか？」

ランダルがやんわりした口調で確かめると、ヘニッヒはどきっとした様子で、「何か、気になることがおありかな？」と問い返した。

「セドリック・プルマーですよ」とランダルは答えた。「ぼくはさっき、このビルに入ろうとして、セドリック・プルマーの姿を見かけました」

ヘニッヒはあきらかに狼狽《ろうばい》して、「あんたはプルマーをご存じか?」といった。

「彼は、アムステルダムに到着したぼくを買収して、ゲラ刷りを入手しようと試みました」

ヘニッヒはようやく落ち着きをとり戻していたが、防御的な口調になって、「あの男だけは例外だ。しつこく探りを入れてくる。だが、あんな男に乗じられるようなカルル・ヘニッヒでないのは、死んだおやじの墓に誓っていってもよい」

「しかし、彼はこのビルから出てきました」

「勝手に入ってきて、勝手に出ていっただけのことだ。彼はロンドンとアムステルダムから、三回も電話をかけてよこした。そして昨日、四回目の電話をしてきたが、わたしはフランクフルター・アルゲマイネ紙で、彼のド・ヴローメ師とのインタビュー記事を読んでいたので、きっぱりと面会を断わった。そのうえ、マインツの周辺十キロ以内に足を踏み入れたら、たちどころに射殺してくれると脅しておいた。ところが、さっき無断で、わたしの秘書のデスクに歩みよって、社長に会いたいというのだそうだ。わたしはそれを聞いて、烈火のごとく怒った。いや、いや、心配なさらんで結構。

わたしにしたところで、そう簡単に無謀な行為に出る無分別者ではない。すぐに追い払えと、秘書に命じただけで、彼も素直に帰っていったらしい。ただ、それだけのことさ」

そしてヘニッヒは回転椅子をぐるっとまわして、テレビの上においてある枠入りの女の写真をとりあげると、ランダルの前に差し出し、「この婦人をご存じかな?」と訊いた。

ランダルはそれを見た。若い女性で、おそらくは三十少し前だろう。写真の下部、右隅のところに、「わたしのカルルへ!」として、「あなたのヘルガより」と署名がしてあった。

「映画でたびたび見ておられるはずだ」ヘニッヒがいった。「ヘルガ・ホフマンだよ」彼は写真を元の場所へ戻して、なおも見とれるように眺めながら、「わたしはまだ独身者で、結婚したい相手はこの女性しかいない。この二年間、断続的に会ってはいるが、現在のところ彼女は、映画スターとしての名声をあげるのに懸命で、結婚のことまで考える余裕がないらしい。だが、いずれそのうち、わたしと一緒に住むようにすると約束してくれた」と、またも写真を見下ろして、「ただ、遺憾なことには、映画女優との交際は高価につく。彼女の夢は、リヴィエラかサン・トロペーに別荘とヨットを持つことにある。あいにくと彼女自身にはその資金がない。わたしが立て替えてやれば、結婚への運びが早くなるのだが」そこまで喋って、彼はその顔に苦笑を浮かべ、「こういうことを話すと、愛情の表現とはそんなものかと反撃されるだろうが、わたしはもともと感傷的な性分でない。現在はなおさら現実的になっている。そして彼女との結婚を、何にも増して望んでいる」そしてそこでひと息ついてから、口調をあらためて、次のようにつづけた。「それが、こんどの聖書印刷の話が持ちあがるまでの状態だった。ところが、ダイヒハルト博士の話を聞かされたとたんに、わたしは現実的な人間ではなくなった。むしろその正反対に、名誉心の虜《とりこ》に変わった。理由は本人のわたしにもわからんが、おそらくは死んだ父親に報いる気持ちだろう。あるいは、わたし自身の名を永久にとどめたい望みからかもしれない。この印刷を引き受けるには、経済的にいって大きな犠牲を覚悟しなければならぬ。それはけっきょく、へルガをあきらめることになるのだが、それでもわたしは、あえてこの仕事に踏み切った」

「しかし、彼女は待つでしょうに」

「それは無理だ。ベルリンやハンブルクには、彼女の希望を容《い》れてやる男が何人もいる。それはともかく、わたしがこの貴重な仕事、グーテンベルクの四十二行聖書よりもっと貴重な書物の印刷を決意したのは、世俗的なチャンスのすべてを失うのを覚悟したうえでのことで、それだけの犠牲を払っているこのカルル・ヘニッヒが、セドリック・プルマーごとき男に秘密を漏らすわけがあるものでない。その点、了承してもらいたい」

ランダルはうなずいて、「信じますとも」といった。

そのあと、二人は無言のまま、ヘニッヒのビルを離れた。ランダルは外へ出ると、無意識のうちに街路の左右を見まわして、セドリック・プルマーが待ち伏せしていないかを確かめたが、イギリスのジャーナリストらしい者の姿は見当たらなかった。二人は歩きだした。ヘニッヒは脚が短いのに、意外なほどの速足で、二ブロックほど行くうちに、ランダルの額に汗の粒が浮かんできた。

しばらくすると、近代風の三階建ての建物が見えてきた。ヘニッヒは足をゆるめて、金側の腕時計に目をやり、「立ち寄ってみるだけの時間はある」といった。

「なんです、この建物は?」

「印刷博物館、別名グーテンベルク博物館だ。あんたの販売宣伝工作に役立たんものでもない。さあ、はいってみるとしよう」

建物の前に台座を据えて、ブロンズの胸像が載っていた。しかつめらしい顔のヨハネス・グーテンベルクが、太い口ひげと短い頬ひげを目立たせていた。

ヘニッヒはそれを指さして、「観光客用のものでね」といった。「グーテンベルクがどんな顔つきの男だったかは、誰も知ってはおらぬ。彼を描いたと思われている版画が一枚だけパリに残存しているが、それも彼の死の十六年後のもので、それとこの胸像とはまったく似ていない。版画で見るかぎりの彼の顔つきは、長く伸ばした口ひげといい、左右に尖《とが》った不ぞろいな頬ひげといい、古代中国の哲人みたいに、何かに腹を立てているみたいな不気味な形相だ。それも道理で、彼の一生は挫折の連続――よくぞ耐え抜いたと感心するくらいだ。市当局が金を支払ってくれぬのを怒って、役人に暴行を加え、その理由で、牢獄に投げこまれたこともある。この事実は記録が残っているが、ほかの経歴となると、実際のところは何もわかっていないのだ」

二人はガラス・ドアを押して、館内へ入った。入場券売場にブルーの上着の袖に赤いバッジを付けた男がいて、ヘニッヒの顔を見ると、うやうやしく会釈をした。

「わたしはこの博物館の運営理事者の一人でね」とヘニッヒは説明した。「設立資金も提供しているし、陳列品の多くは、わたしの収集した聖書の稀覯本《きこうぼん》だ。なかに四十二行聖書の一葉があって、それを売っただけでも百万ドル以上の金が入手できる。それでヘルガの欲しがるものをあてがってやれるのだが、いまはもう、その気持ちも失《な》くなった」

そして彼は館内を見まわして、「この地下室に、グーテンベルクの工房と手動の印刷機が再生させてある。ただし、正確に原状どおりかどうかは保証しかねる。記録が残っていないからだ。しかし、せっかく来たのだから、ざっと見て、階上の陳列場も簡単にすませるのがいいだろう」

ランダルは印刷業者のあとについて、薄暗い地下室へ下りていった。一方の壁に、明かりとりの窓が四つ切ってあって、その下に、一四五〇年以前に修道僧たちの手で書かれた聖書のいくつかが並べてあった。「この一冊を書きあげるのに、写字生が二人がかりで、二十四カ月を費やした。それがグーテンベルク以後になると、一台の印刷機で、エラスムスの校訂聖書を年間二万四千部も生産した」

ヘニッヒは喋りながら、奥へ進んだ。小肥りの若い女が、十人ばかりの参観者をガラスケースの前に集めて講義を行なっていた。近づくと、ガラスケースの上の説明板に『グーテンベルク聖書――一四五二年‐五五年、マインツ版』としてあり、照明灯が投げかける光線の下に、グーテンベルク聖書のページが開いてあった。

若い女性ガイドはドイツ語による説明を終えると、ランダルの顔を見て、すぐにまた、同じ単調な言い方で、英語による同じ内容の講義を開始した。

「わたしの右手にある挿絵《さしえ》入りの聖書は、古い昔の修道院で作られたものです。この一冊に三十年から四十年の歳月が費やされました。それがヨハネス・グーテンベルクによる活字印刷の発明で、一四五二年から五五年までの三年間に、彼の手動印刷機が二百十冊の聖書を刷りあげて、そのうちの百八十冊は手漉《てす》きの上質紙によるものでした。現在、その完本が四十七冊残存していまして、ニューヨーク、ロンドン、ウィーン、パリ、ワシントンの各都市と、オクスフォード、ハーバード、エールの各大学の図書館に秘蔵されているのです。ご覧になっているのは最上質皮紙に印刷された第二版で、完本ではありませんが、もしこれが完本でしたら、評価額は四倍にのぼることでしょう。一ページを二欄に区切って、一欄に四十二行が組んでありますので、四十二行聖書の名で呼ばれています。グーテンベルクは最初、三十六行本で印刷を始めたのですが、そのほうはすぐに中止してしまいました。それから一四六〇年には、世界で最初に印刷された辞書も作りました。ラテン語用の辞書で、『カトリコン』という書名で呼ばれています」

女性ガイドはつづいて、フランス語による説明に移った。ランダルはヘニッヒに袖をひっぱられて、低い天井とクルミ材の壁板の地下室から、光線の明るい一階へ戻った。

「参考になる話を聞きましたよ」

ランダルがそういうと、ヘニッヒは吐き出すような口調で、「くだらぬナンセンスだ」といってのけた。「手で操作できる活字印刷の発明者をグーテンベルクと見るだけの証拠は一つもない。わたしとしても、それを信じぬとまではいわぬが、立証しろといわれると困ってしまう。当時の記録が三十通ほど残っているが、どれもみな一般市民の扱いで、ただそのうちの三通に印刷業に従事したとの文句があるだけで、活字の発明者だとは書いてない」

ヘニッヒはそこでひと息入れてから、ランダルの顔を見ながら、自分自身にいい聞かすようにつづけた。

「もっともそれらの記録で、グーテンベルクの経歴の詳しいことがわかった。宣伝工作の資料になりそうなものを話しておくと、彼には貴族の血が流れていて、父方の姓はゲンスフライシュだが、当時の風習によって、通称にはグーテンベルクを用いた。元来はマインツの鍛冶《かじ》職人だった。アナという婦人に契約違反で訴えられ、シュトラスブルクに逃れて、そこで十年間をすごした。そのあいだに、印刷工房を始めるための器具を注文しておいた。マインツに戻ってくると、諸方面から二千グルデンの資金を借り集めて、書籍の印刷を開始した。そのときの出版予定のうちに、有名な四十二行聖書があったのは、記録によって明らかだ。

ただし、グーテンベルク聖書の名で呼ばれているあの偉大な書物が、実際に彼の工房で印刷されたかどうかは判然としていない。むしろ、彼の資金主のヨハン・フストという弁護士と、もう一人の印刷業者のペーター・シェファーの手になったと見るのが正確らしい。彼が死んだのは一四六七年か八年なんだが、その直後に大司教のもとに提起された訴状に、ヨハネス・グーテンベルクが使用していた印刷機械と器具はみな当方の貸与したものなので、速やかな返済を求めるとの文句が見えている」

「だけど、あれだけの名声を博したからには、何かを創案したと考えていいのでは？」

「簡単にいうと、グーテンベルクは活字の鋳型に新機軸を出した。彼の場合は銅を用いたが、わがヘニッヒ工場では、より以上の堅牢な鋼鉄を使用している。彼はまた、アルファベットごとに新活字を作り、活字押さえを工夫し、活字の面が印刷機の本体から浮き出るような構造にした。さらに、活字を手で抜きとる方法と、活字を入れておくケースを考案し、そして最後に、押板《プラーテン》を自由に上下させる仕掛けを発明した。この仕掛けでインキが付きやすくなり、刷り工程が早まって、印刷作業を連続的に行なえるようになった」

二人は話しあいながら博物館を出て、陽のあたる街路を歩きだした。ヘニッヒはさらに説明をつづけて、「うちの工場にたどりつく前に、作業のあらましを話しておきたい。わたしはこの印刷用に新しい活字を鋳造させて、新グーテンベルク十四ポイント活字と呼ぶことにした。グーテンベルクは三十六行聖書を刷るのに、修道院が使っていた手刷り用のものを改良して、ゴシック活字を創り出した。いわゆるドイツのヒゲ文字というやつだ。いままでは時代おくれと見られているが、審美的には優れたもので、その雅致が捨てがたい。ただ、重量があるのと、螺旋《らせん》とヒゲの部分が多くて、ごつごつした感じなのが欠点だ。そこでこれに丸みを持たせて、尖った部分を少なくした。つまり、現代風の、読みやすいものに再改良した。おお、やっと工場に到着した。時間がないから、簡単に見てもらいますぞ」

工場内に足を踏み入れると、ヘニッヒはいきなり鉄製の螺旋階段をのぼって、ランダルを中二階へ導いた。そこからだと、作業場が一目で見下ろせた。ヘニッヒは工員たちが手をふって挨拶するのに応えながら、誇らしげにいった。「ここで働いているのはヴェテランの職工ばかりで、どの男もみな信頼できる。あの二台の印刷機が英語版を、こちらの二台がフランス語版を刷っている。ドイツ語版とイタリア語版は、この隣りの部屋が作業場だ。こんなぐあいに、一般の商業印刷の作業場とは完全に遮断してある」

それから二人は中二階をおりて、廊下の左右に並ぶ多くの小部屋をまわって歩いた。それがヘニッヒのいう一般商業印刷の作業場で、工員のほとんどが若い連中だった。彼らはみな、ヘニッヒの顔を見て会釈をしたが、彼が言葉をかけると、仕事が忙しい格好をつくろって、返事ひとつしなかった。そして、二人が通りすぎたあとで、何やら小声で呟くのを、ランダルの耳が聞きとった。ドイツ語なので意味はわからないが、ヘニッヒに好意的な言葉でないのが察しとれた。

廊下に出て、出口へ向かおうとすると、守衛が心配そうな顔で走りよってきて、ヘニッヒの耳もとで何ごとかささやいた。

ヘニッヒはランダルに、「大したことではないが、急用ができたので、少しのあいだ失礼する。すぐに戻ってくるから、お待ちねがおう」と、足早に立ち去った。

ランダルはその間を利用して、便所に入った。そして驚いたことに、そこの白い壁に、ヘニッヒの戯画が大きく描いてあった。ヘニッヒは裸体で、顔の代わりにペニスが載っていて、両手に金塊の入った袋を持ち、片方の深靴で労働者の頭を踏んづけている。

便所を出たところへ、ヘニッヒが戻ってきた。さっきの狼狽《ろうばい》した表情は消えていて、かえってランダルに、「おかしな顔をしておられるが、便所の壁のカリカチュアを見たからかね？」といった。

「あんなに大きく描いてあれば、いやでも目につきますよ。それに、工員たちの言葉も耳にしているし」

「ほう、彼らの言葉をね。たぶん彼らはわたしのことを悪辣《あくらつ》な資本家とか怪《け》しからぬ守銭奴とか呼んでたのであろうが、あんたもこのヘニッヒを、そんな怪物と見ておられるか？」

「まさか――」

「そこの事情を説明しておいたほうがよさそうだな。しかしランダル君、マインツ・ホテルに食事の用意がしてあるので、その話はあとのことにしたい。来客が一人待っておるのでね」

ホテルは六ブロックほどの近距離だとのことで、二人は歩いて行くことにした。そしてヘニッヒは歩きながら、いまの問題について説明した。

「隠さねばならぬことでもないので打ち明けるが、わたしは若い工員たちに、営利主義に凝りかたまった事業家と見られている。大戦後の荒廃した社会を生きのびるには、それが必要だった。事業を再興させるには、一にも二にも資金が頼りだったのだ。それには大きな市場を獲得しなければならぬので、わたしは聖書の印刷に目をつけた。戦勝国には金がありあまっていたので、豪華本の聖書を出版したことで、莫大な利益を入手できたし、それと同時にわたしの工場は、宗教書の専門印刷会社として有名になった。

　ところがその後、聖書出版界に変化が生じた。まだ何年とは経ってはいないのだが、下層階級のあいだに宗教を軽視する傾向が広まって、科学第一主義に汚染された連中が『神は死んだ』と称する宗教運動を起こしたりして、教会の権威はがた落ちになった。ドイツ国民の宗教心が低下すれば、当然のことながら、聖書の売れ行きは激減する。事業主としては打開策をこうじる必要がある。そこで次に目をつけたのが大衆向けの廉価本だ。それもなるべく煽情《せんじょう》的な——はっきりいえば、ポルノグラフィさ。当時はこのドイツに、きわめて露骨なポルノ本が流行し始めていた。そしていちはやくその方面に転向したので、事業は大成功を見て、経営者のわたしも恵まれた。正直なところ、わたしは金が欲しかった。金のないくらいみじめなものはない。打ち明けていうと、わたしもまだ壮年だから、大勢の若い女たちを相手にする。そのうちには、ヘルガ・ホフマンみたいに、ひどく金のかかる女もいる」

「なるほど」とランダルがいった。

「ところが、そこに問題が生じた。原因はドイツの国民性にある。あんたのような外国人には理解しにくいことだろうが、会社の経営方針が聖書からポルノ本へと急激な変化を見せたのが、工員と労働組合を刺激して、深刻な摩擦をひき起こした。このドイツでは職業に世襲的な傾向が強い。だから若い工員たちも年寄り連中と同じように、収入よりも職業への誇りを重視する。先祖代々聖書の印刷に従事していたのが、こともあろうにポルノ本を刷らされるとは何ごとだというわけだ。それにまた、わが社が採用した大量生産の方式も、彼らとしては愉快でなかった。そこで徐々にではあるが、反抗的な気持ちがきざしてきて、ストライキを口にするようになった。うちの工場でストライキなど考えられもしなかったのだが、数カ月前に工員の一部が、印刷労働者組合の委員長ツェルナー氏に、ストライキの支援を要請した。それからは、ツェルナー氏があいだに立って、話し合いをつづけているのだが、妥協策が見つからぬうちに、ストの決行があと一週間後に迫ってしまった」

「しかし、カルル、そういう理由なら」とランダルが口を入れた。「現在、極秘のうちに、偉大な聖書の印刷が進行中だと打ち明けたらいいでしょう」

「それが駄目なのさ。この仕事の引き受け条件に、ダイヒハルト博士から秘密厳守を約束させられた」

「で、来週にはストライキが始まるのですか？」

ヘニッヒは急に笑顔を見せて、「それが数分後にわかる。マインツ・ホテルの食堂で、その返事が待っている」といった。

食堂はマインツ・ホテルの八階にあって、ライン河を眼下に見下ろす快適な部屋だった。二人を迎えた給仕長がうやうやしくお辞儀をして、窓ぎわのテーブルへ案内した。そこにはすでに、見るからに労働者あがりらしい、ごつごつした躯つきの男が待ち受けていて、極度の近視眼なのか、顔を押しつけるようにして、書類に目を通しているところだった。

「やあ、ツェルナーさん、よく来てくださった」ヘニッヒは大声で挨拶した。「あんたの裁定を待っていたところです。とりあえず、わたしのアメリカの友人を紹介させてもらいます。いまの仕事の宣伝部門を担当してくれているランダル君です」そしてランダルにふり向き、「こちらは印刷労働者組合の委員長ツェルナー氏だ。さっき話したとおり、うちの工場の問題は、このひとの裁断ひとつにかかっている。で、ツェルナーさん、裁定はどちらです？　このカルル・ヘニッヒは生きながらえることができますか、それとも死刑の宣告ですか？」

ツェルナーの顔がにこやかな表情に崩れて、「ヘニッヒさん、もちろんあなたは生きながらえられる」と明るい声で応えた。「それもつまりは、あんたの善意がもたらしたものだ」と、興奮した面持ちで、手にした書類の束を掲げて見せて、「印刷労働者組合としても、わたしの記憶にあるかぎり、これくらい理解に富んだ妥協案を受けとったのは初めてですな。いや、結構、結構。利益分配、昇給、疾病手当、年金、福利施設、どれもみな申し分のないもので、委員会は即座に了承した。今週末には全組合員に発表するが、全員一致で可決されること疑いなしですぞ」

「それを聞いて、わたしもたいへん喜ばしい。では、ストライキ問題を忘れていてよろしいのですな」

「もちろんですよ」ツェルナー氏はうなずいて、「あんたは一夜にして英雄になられた。で、このような心境の変化があった理由は？」

カルル・ヘニッヒはほほえんで、「新しい書物を一冊読みました。それだけのことですよ」と答えてから、ランダルに向き直って、「あんたにはわかるはずだ。わたしはゲラ刷りを読んで、われながら異常なほど涙もろくなった。ツェルナー氏の言葉を借りると、一夜のうちに、サタンから聖者ヘニッヒに変わった。会社が獲得した利益を従業員にも分配してやりたくなった。事業家としては賢明な方針でないかもしれんが、それで初めて、幸福な心境でいられるというものだ」

「それ、いつのことです?」ランダルは詳しいことを知りたがった。

「たぶん、印刷原稿を読んだ夜から始まっているのだろうが、突然変異が生じるまでには、少し間があった。先週、うちの労働争議が最高潮に達した日、夜になってから、刷りあがった分の一部を読んでみたところ、たちまち気持ちが鎮まって、心が和《なご》やぎ、それと同時に、クロイソス王のような金持ちにも、カサノヴァみたいな艶福家になるのもやめにして、第二のグーテンベルクになることを決意した。そしてそのとたんに心が平安に包まれた。これは祝福すべき出来事だな」

そして彼は給仕長を呼んで、ザールの白ワインを命じた。

二時間かけた愉快な食事がすんで、ツェルナーが帰っていったあと、カルル・ヘニッヒは会社に電話をして、ランダルをフランクフルトまで送ってゆくと告げた。

ポルシェの車内では、ヘニッヒが上機嫌で喋りまくった。車窓の外には、緑の葡萄畑がひろがって、そのところどころに、古い静かな村落が散らばっていた。ヘニッヒはその一つを指さして、あれがホックハイムという彼の生まれた村で、いまでも親戚たちの大勢が住んでいるといった。そこを過ぎると、車はアウトバーンに入って、スピードをあげ、その四十五分後には、フランクフルトの市内を走っていた。

ちょうどそのときはラッシュ・アワーの最中なので、交差点では台の上に乗った半袖姿の警官が、輻輳《ふくそう》する車の群れをさばいていた。歩道は家路を急ぐ勤め人と、その日最後のショッピングに往き来する女たちでいっぱいだった。

しばらく黙りこんでいたヘニッヒが回想からさめたように、突然喋りだした。「この車、フランクフルト・ホテルへつければいいのかね、ランダル君」

「ええ、支払いをすませて、すぐにアムステルダム行きの旅客機をつかまえます」

ポルシェがホテルの前に横づけになると、ランダルは大印刷業者の手を握って、「いろいろ参考になることを話してもらえて、お礼の言葉もありません」と、いった。「それに、わざわざここまで送っていただいたことも」

「なあに、わざわざというわけではないんだ」とヘニッヒは応えた。「どっちみち、出向いて来る用件があった。五時に、インタコンティネンタル・ホテルのバーで、人と会う約束をしておいたのでね。じゃ、ランダル君、近いうちに、アムステルダムで、またお目にかかろう」

ランダルはポルシェが走り去るのを見送ってから、フランクフルト・ホテルのロビーへ通った。フロントのデスクで、郵便物が来ていないか訊いてみようと、そちらへ足を向けたとたんに、思わず立ちどまった。長身で痩せぎすな男が、ヴァン・ダイクひげを撫でながら、一足先にフロントデスクへ近づいていくところだった。

セドリック・プルマーだった。午前中、マインツで見かけた彼に、いままたここで出遭うとは！

ランダルはイギリスのジャーナリストの目を避けて、エレベーターへ急いだ。その背後で、クラークに話しかけるプルマーの甲高い声が聞えた。

「ぼくはプルマーだが、これから外出してくる。一時間もしたら戻るけど、急用の電話があったら、インタコンティネンタル・ホテルのバーで、五時に取引き相手と会っていると伝えてくれ」

ランダルの躯を戦慄が走った。エレベーターに行きついて、ふり返ると、すでにプルマーの姿は消えていた。

エレベーターのなかで、ランダルは謎の方程式を解こうと焦った。

カルル・ヘニッヒとセドリック・プルマーは、まったく同じ言葉を口にした。五時に、インタコンティネンタル・ホテルのバーで、人に会うと。

この二つの言葉を寄せ算して、出てくる答えは、《偶然》か《裏切り行為》か。

もうひとつ、引き算をすべきヘニッヒの言葉がある。彼はマインツのビルの事務所ではっきりといった。これだけの犠牲を払っているヘニッヒが、プルマーごとき男に秘密を洩らすわけがあろうかと。

けっきょくは、方程式が解けなくて終わった。そしてランダルは、今夜アムステルダムに戻りしだい、明日か明後日のうちに、カルル・ヘニッヒを監視する男をマインツに派遣する手配をしようと、心に決めた。

アムステルダムの空港には、テオの運転するメルセデス・ベンツが迎えにきていた。アムステル・ホテルに戻ると、フロントのデスクに、アンジェラ・モンティの希望に満ちた伝言が待っていた。アムステルダムに到着して、ヴィクトリア・ホテルに宿泊しているので、至急お会いしたいというのだった。

彼はその伝言を読むと、ヘニッヒとプルマーの問題を忘れた。大急ぎでシャワーを浴びて、着替えをすませると、階下に降りて、ヴィクトリア・ホテルへ向かってくれと、テオに命じた。ホテルに到着すると、フロントにアンジェラの部屋に連絡してもらって、グリーンの絨毯を敷いた正面階段の下で、彼女があらわれるのを待ち受けた。

階段を下りてくるアンジェラを見て、彼は自分の目を疑った。先週、彼女の国で短いあいだ一緒にいて、その後ずっと、美しい女性だとの印象を持ちつづけていたが、いまここで二度目の対面をしてみると、ただの美女と思っただけなのは何も見えていない哀れな男だと、自分自身を責めないではいられぬ気持ちになった。目も眩《くら》むばかりの美しさ、彼がこれまでに見た最高の美女。その彼女が、いたって自然に、ごく親しげに、彼の腕をとってロビーへ導くと、柔らかくて暖かい唇を彼の口へ押しつけてきた。

それから二人は、バリという名の高級インドネシア料理店へ車を走らせた。回転ドアを入って、階段を二つのぼると、ターバンを巻いた黒人の給仕人が、中央の食堂の奥にある三つの個室の一つに案内した。

米料理のテーブルを選ぶと、前菜風の料理の皿が次から次と運ばれてきた。スープから始まって、ジャワ風ソースをかけた肉、大豆の混ぜ合わせ、大きなクルマエビ、ココナツの揚げ物。そして、モーゼル・ワインを一罎《びん》あけたが、二人は指を触れあい、目に愛情を示すだけで、ほとんど何もいわずに食事をすませた。

バリ料理店を出ると、二人は手をとりあって、初夏のアムステルダムの夜を散歩した。広場では、三人のおとなしそうな若者がギターを掻き鳴らしていた。プリンセン運河にかかる橋の上から、暗い水面をのぞいてみた。対岸に何百もの灯火が真珠のように煌《きら》めいていた。そして最後に、大きな河の大きな橋にたどりついた。橋の下には、蠟燭《ろうそく》の火をともし、花を飾った舟が何艘《そう》も舫《もや》ってあったが、橋の上は彼と彼女の二人だけであった。魅惑的な夜もすでに更けていたのだ。

ランダルが運河の向こう岸を眺めていると、アンジェラは目を閉じて、両手を握りしめ、唇をわずかに動かした。そしてふたたび目を開くと、彼にほほえみかけた。

「何をしていた？　祈っているみたいだったが」

アンジェラはうなずいて、「ええ、これで気持ちが決まりましたわ」

「何の気持ちが？」

「これからのわたくしの行動についての」と、微笑の顔のままで、「スティーヴ、ホテルへ連れて行っていただきたいの」といった。

「どっちのホテルへ？」

「あなたのですわ。お部屋が見たくなりました」

「ほう、ぼくの部屋を？」

「お部屋だけでなくて」と彼女がいった。「あなたというひとを、もっと見たくて……わたくし、今夜、あなたと一緒にすごしたいのですわ」

二人は裸体で、ランダルのベッドに横たわった。唇と唇をくっつけあわせたまま、彼女の手は彼の臀《しり》と腹に触れ、彼の手は彼女の股のあいだを撫でていた。言葉は何も交わさずに、激しい息づかいと胸の鼓動を聞くだけだった。

やがて、彼の指先が彼女の狭い割れ目にすべりこむと、彼女は無意識に臀を回転させ、荒い息づかいが嬉しげな呻き声に変わった。そして、彼女もまた、彼の腹の下に手をすべらせて、ペニスを探り、それを愛撫し、いやが上にも硬直させた。

ただ一つ点《とも》った室内灯の光で、ランダルは彼の躯の下のアンジェラを見た。鴉の濡れ羽色の黒髪を白い枕カバーの上に乱し、まぶたを閉じ、唇を少し開き、乳房を大きく上下させている。彼女は彼の愛情を待ちかまえているのだ。彼もまた、激発する愛情を抑えきれなくなっていた。

ことがすんで、彼女はランダルの耳もとで、「スティーヴ、これからは、ずっと一緒にいて。きっとよ」というと、彼の胸に顔を押しつけて、眠りについた。

ランダルもまた、アンジェラの頬にキスをしてから、枕の上に頭を載せると急にまぶたが重くなってきた。

それから、どれくらいの時間が経ったのだろうか、ランダルは電話のベルの音で目をさました。窓のブラインドの隙間から、早朝の灰色の光線が射しこんでいて、ベッド・テーブルの上の旅行用腕時計の針が、六時二十分を示していた。

受話器を耳にあてがうと、押し殺したような男の声が流れてきた。「スティーヴか？ジョージ・ホイーラーだ。こんな時間に起こして気の毒とは思うが、起こさぬわけにいかなくなった。大急ぎで自由大学病院まで来てくれ。一時間以内に会いたい。おそくも七時半までにだ。大学病院は新市街にあるが、タクシーの運転手が知っている。病院に到着したら、受付の女に断わって、四階のローリ・クックの病室へ急いでもらう。みんながここに顔をそろえている」

「何が起きたのです、ジョージ?」

「来てみればわかる。電話で説明している余裕はない。驚くべきことが起きた。だから、きみに来てもらわないと困るのだ……」

6

ランダルはタクシーのシムカでアムステルダムの街を離れると、ルーズヴェルト・ラーンと呼ばれる並木道から、牧場と木立のつづく郊外へ出た。彼はタクシーに乗り込んだとき、七時三十分までに自由大学病院に到着したらチップを奮発すると、運転手にいっておいた。

シムカは未明の郊外を走りつづけたのち、道路の両側に花壇をしつらえたドライブウェイへ入っていった。正面に七階建ての近代的な建物がそびえ立っていて、その入口の日蔽《ひおお》いに、国立自由大学病院と記してあった。運転手はにこにこしながら、「六分早く着きましたぜ、だんな」といった。ランダルも感謝の言葉とともに、正規の料金のほかに、チップをはずんだ。

天井の低いロビーへ通ると、受付のデスクに、ホイーラーの電話にあったとおりの偉大な体躯のオランダ女が控えていて、彼の顔を見るが早いか、「ミスター・ランダルですね。ホイーラーさんがすぐに降りて来られますから、そこの椅子でお待ちください」といった。

しかし、ランダルは椅子にかけずに、立ったままでパイプをくわえて、壁面を飾るモザイク画を見まわしていた。アダムのあばら骨からイヴが生まれる場面、カインとアベルの挿話、イエスが小児の病いを癒《なお》しているところ、といったものを眺めていると、背後にホイーラーの声がした。

アメリカの大出版業者は、さっそくランダルをエレベーターへ導いて、階上へ向かうあいだに、声を低めてだが興奮を抑えきれずに、事情の説明にとりかかった。

「意外なことが——驚くべきことが——起きたのだ。しかし、この出来事を無駄にすることはない。医者の許可が下りしだい、さっそくこれを全世界に宣伝したらいい。それはきみの役割だが、効果が絶大なのは疑いなしだぜ」

「だけど、何が起きたのです？」

「まあ、聞くがいい。昨夜、われわれのグループがタイム街のレストランで食事をしていると、ナオミから電話があった。詳しい説明はぬきで、とにかく大急ぎで、この大学病院へ駆けつけろとだけいうのだ。何のことだかわからずに、駆けつけてみると、たしかに意外な出来事だった。だからわれわれは、それからずっと病室に詰めっきりだ。見てくれ、目の下が膨らんでいるだろう」

ランダルはじりじりしてきて、「何の話だか、さっぱり要領を得ませんね。いったい、どんなことが起きたのです？」

ホイーラーは廊下を急ぎながら、「こういう経過なんだ。夜おそく、つまり、十二時ちょっと前に、きみの宣伝部員の——ええと、何とかいったな、あの女性は」

「ジェシカ・テイラーですか、アメリカ人女性の？」

「そう、そう、そのジェシカ・テイラーが、彼女の部屋の電話のベルが鳴ったので、出てみると、かけてよこしたのはローリ・クック——さよう、これもまたきみの秘書の足が悪い娘だ——その娘が泣きながら、とりとめのないことを口走っている。よく聞くと、要するに、幻を見たというのだ。幻だよ。そこであの娘はひざまずいて、祈りだした。足を癒してください、みんなと同じに歩けるようにとだ。するとそのうちに幻が消えたので、立ちあがってみると、驚くなかれ、ちゃんと歩ける。足が癒ってしまったんだ」

「まさか！」ランダルは信じることもできなくて、「それ、まじめな話ですか？」といった。

「聞いたとおりだよ。あの娘は正常に歩けたそうだ。そのかわりに、彼女はショックで高熱を発して、いまにも倒れそうなんで、大至急、誰かに来てほしいと叫びつづけた。ジェシカ・テイラーは電話を切って、娘のアパートの部屋へとんで行くと、気を失ったローリがぶっ倒れている。介抱して、息を吹きかえさせ、様子を聞いたが、ジェシカとしては、どんな処置をとってよいのかわからんので、おれの部屋に電話をかけてよこした。おれはレストランにいたので、ナオミが代わって電話に出た。そこで彼女が救急車の手配をして、すぐにレストランに知らせたというわけさ。これをきみ、どう思うね？」

ランダルは、ローリと最初に会ったときの印象を思いだした。痩せて貧相な、灰色の小雀のような彼女、足をひきずる不様な歩き方、奇跡を求めて西欧各地の聖所を巡礼してまわった過去……

「どう思うといわれても困りますね。知ってのとおり、ぼくは元来、奇跡を信じない男でして――」

「しかし、ランダル君、きみはインタナショナル聖書を奇跡だといったじゃないか」

「言葉の綾ですよ。ぼくたちの聖書は、純粋に科学的な考古学上の発掘によって陽の目を見ました。だけど奇跡で足が癒ったとなると――」

そのとき彼は、ふと頭に浮かんだことがあった。ローリはいっていた。新しい聖書が彼女のすべてで、その内容に奇跡がひそんでいると思えばこそ、アメリカに帰りもしないで、このプロジェクトのために働いているのだと。そこに幻を見た原因があるのではないか。

「ところで、ランダル君、きみに来てもらった理由の第一は、この出来事が起きたのが、きみの秘密防衛義務違反にあるからなんだ」

「え？　ぼくに義務違反の責任があるとは？」

「きみは一週間ほど前に、一晩かぎりの約束で、ダイヒハルト博士から聖書のゲラ刷りを借り出した。翌朝かならず、きみ自身の手で博士に返却する約束だったのに、ローリ・クックに持たせてやった」

「あれは、返しに行こうとしたところに、ナオミから急用だとの連絡があったので——」

ホイーラーはにやにやして、「ローリは、救急車が来る前に、ジェシカ・テイラーに告白した。きみの命令どおり、ダイヒハルト博士に手渡すつもりだったが、あいにく博士は外出中だった。そこでいったん持ち帰ったが、なかをのぞいてみたい誘惑に負けて、昼の食事をとると称して、物置部屋に閉じこもった。彼女自身の話だと、ヤコブ福音書を四回繰り返して読んだそうだよ」

「そうでしょうな。考えられることですよ。で、彼女、それからどうしました？」

「それからこの一週間、ヤコブ福音書に書いてあることが、彼女の心を完全に占領した。寝てもさめても忘れられないのだ。そして昨夜、部屋にひとりいて、目を閉じ、両手を膝において、義人ヤコブに祈りを捧げていた。目をひらくと、そこに光のかたまりが、目も眩むばかりに煌《きら》めいて浮遊しているのだ。彼女は驚いて、よくよく見ると、光のかたまりのなかに、顎ひげを生やして長衣を着た義人ヤコブが立っている。そして骨ばった手をかかげて、彼女を祝福した。彼女は歓喜と畏《おそ》れにおののいて、またも目を閉じ、ひたすら祈りを捧げたが、こんど目をあけてみると、幻は消えて、元の部屋だった。しかし、彼女は立ちあがって、ふた足三足歩いた。足が癒っていたのだ。彼女は泣きだした。そして叫んだ。足が癒ったわ！　とだ。それから、ジェシカ・テイラーに電話で知らせたが、ジェシカが駆けつけたときは、夢幻状態《トランス》とでもいおうか、失神も同然の有様だった」

四階の廊下のはずれに、何人かの男女が集まっていた。近づくと、手帳を片手のジェシカ・テイラーがいた。カメラを肩からぶら下げた赤毛の写真技師オスカー・エドルンドもいた。そのほか、ランダルの知っている顔では、イタリアの出版業者のガイダ、その神学顧問のリカルディ司祭、まだほかに同じ神学者仲間のトラウトマン博士とザカリー師が顔をそろえていた。

グループの中央に白衣姿の医師が立って、みなはその説明を聞いている。ホイーラーがランダルの耳もとで、あの医師がうちのプロジェクトの嘱託医のファス博士だとささやいた。六十歳を少し越えたぐらいの年配で、オランダでは一流の内科医だとのことなのだ。

「さよう。ミス・クックが運びこまれると、とりあえずいちおうのX線検査を行なった。だが、われわれとしては、患者が幻覚症状に陥る以前の病歴、たとえば幼少時における精神的外傷体験の有無を知っておく必要がある。そこで、両親の所在を突きとめて、アメリカへ長距離電話をかけたが、折り悪しく極東へ旅行中だとかで、連絡がとれなかった。したがって、幼いミス・クックが脚の疾患に襲われた当時の診療記録を見るまでは、専門医としての意見は差し控えるが、あえていわせてもらうと、おそらく十五年ほど以前に、骨髄炎をわずらったのではないかな。それもいずれは、X線検査で確かめられるが、患者がいまだに腫脹《しゅちょう》、疼痛《とうつう》、熱病発作が連続的に起きたのを記憶しているそうなので、右脚の膝関節とくるぶしのあいだの脛骨《けいこつ》に急性炎症が生じたのに、手術もしないで放置しておいたことから、数年後に完全な跛行《はこう》状態に陥ったとみてよさそうだ」

ホイーラーが口を出して、「それはともかく、あの娘の足は実際に癒ったのですか?」と訊いた。「これからはわれわれと同様に、ちゃんと歩けるんですか?」

「そう見ていいでしょうな。すでに物理療法医が診察をすませていて、この午後には、神経精神科医が入念な観察を行なう予定ですが、とりあえずはわたし個人の推測を述べますと、彼女の幼時の疾患は器官に関係したものでなくて、むしろ何らかの精神的なショックが原因だったのでしょう。そうだとしたら、昨夜の幻覚が自己暗示の引き金となって、かつての精神的ショックに拮抗《きっこう》作用を及ぼしたことも可能です。その場合のミス・クックは、いわば非常に長期間の神経衰弱患者と考えればよろしい。その回復をかならずしも奇跡と見るまでのことはありませんよ」

そしてファス博士は聴き手たちの顔を見まわしたが、そこに納得しかねる表情を認めると、いそいでつけ加えた。

「しかし、彼女の跛行状態の原因が器質的な疾患にあるのに、医学によらないで治癒したのであれば、これはわれわれ医師のタッチすべき問題でないので、十六世紀の尊敬すべき名外科医アンブロワーズ・ペレの言葉を引用してひき退《さが》りますよ。〝わしは包帯をしただけだ。治癒は神がなさった〟というのをですな」そしてファス博士は言い訳めいた身ぶりをして、「患者に質問なさるのは、もう二、三日お待ちねがいます。

どっちみち、彼女には当分のあいだ入院してもらわねばなりません。観察期間が最短二週間ほど欲しいですからな」

ファス博士はそのあと病室へ戻ろうとして、ドアを開けた。ランダルがすばやくのぞくと、少年めいたローリ・クックはベッドの端に腰かけて、医師が彼女の右脚のふくらはぎを診察しているところで、ほかに二名の医師が興味ありげな目で、その様子を見守っていた。彼女自身は無関心な顔つきで、謎の微笑を含んだ目で天井を凝視していた。

病室のドアが閉まったので、ランダルとホイーラーは、イタリアの出版業者のガイダと神学顧問のリカルディ司祭を誘って、外来患者の待合室へ向かった。革張りの椅子におさまると、ホイーラーがさっそく喋りだした。

「リカルディさん、これをどう考えます。あなたたちカトリック教会の聖職者は、奇跡の問題には経験を積んでおられるはずだが」

ヴァティカンの聖職者は僧服の皺《しわ》を撫でながら、「まだいまのところ、断定的な意見を述べる段階に達してはいませんな」と答えた。「われわれカトリック教会は非常に慎重でして、軽率な判断を下さぬように心掛けておるのです」

「しかし、あれが奇跡であるのは、疑いの余地がありませんぞ」

「ミス・クックの治癒は、一見たしかに感動的な出来事です。しかし、カトリック教会としては、無条件に奇跡と断定するのを差し控えます。わが主イエスが四十何回かの奇跡をもたらされて以来、これに似た治癒現象が、毎日のように信者たちの身に出現しています。しかし、真の意味での奇跡とは何かと、われわれは考えます。それが異常な出来事で、不可解というだけでは足りなくて、神の恩恵によるものであるのが判然とする必要があるのです。たとえば、ルルドの聖廟《せいびょう》の巡礼による痼疾《こしつ》の治癒例が五千件といわれていますが、カトリック教会が真の奇跡と見るのは、おそらくそのうちの一パーセントにすぎないと見てよいでしょう」

「それはつまり、こういうことだ」と出版業者のガイダが衒学《げんがく》的な補足説明を加えた。「ああいった現象には、イマジネーションの力によるものが多い。自己暗示が意外な結果をもたらすのだ。一例をあげると、一五五八年までイギリス女王の地位にあったメアリー一世は、子供を産みたい、産みたいと願っていたので、二度も疑似妊娠をした。実際に腹が膨らんだのさ。それから、今世紀の三〇年代には、フランスの神経病医学者がパリで実験を行なった。目かくしをした被術者に、これから腕に火を押しつける。かならず火傷《やけど》をしますぞと言い聞かすと、火を実際に押しつけもしないのに、腕の皮膚に火ぶくれが生じた。みんな自己暗示の効果なんだ。信仰上の現象で、聖痕《せいこん》といわれるのがそれだ。十字架にかけられたイエスと同じ傷が躯に生じて、血を噴くというやつだな。ああ、リカルディ司祭、古来の聖痕現象はどれくらいあるのかね？」

「宗教史の伝えるところだと、三百二十二例にのぼっているそうで、もっとも古いのがアッシジの聖者フランチェスコ。これは一二二四年のことで、近年で有名なのは、一九二六年のテレサ・ノイマンですね」

ガイダは顔を聖職者からホイーラーにふり向けて、「それをみんな自己暗示の力と見て、まず間違いないのだ。彼らはキリストの受難を信じて、主と同じ苦しみを苦しんだ。それと同じ現象が、このローリ・クックにも起きた。彼女の新しい聖書への信仰が強烈だったので、足が癒ってしまったのだ」

ホイーラーは両手を拡げて、「だが、あれが奇跡であるのは疑いない。ただ単純に奇跡と見ておけばいいのではないのか」

リカルディ司祭は立ちあがって、「その考え方が正しいかもしれません」といった。「われわれも注意深く観察するつもりです。あるいはこれを第一回の奇跡と見るべきか――われわれのプロジェクトが新しい聖書を全世界の人々に弘布するときは、主の受難への信仰が広まって、主もまたそれに応じて、世界各地に奇跡が続出する……わたしたちも、それを祈ることにしましょう」

リカルディ司祭とイタリアの出版業者が出ていくと、ホイーラーはランダルに向き直って、喜びにあふれた表情でいった。「スティーヴ、きみにもわかったはずだが、いまの二人はあんな言い方をしているが、本音はこれがインタナショナル新約聖書による第一回の奇跡だと信じているのだ。プロテスタントの連中だって、これだけの証拠を無視するわけにいくまい。教皇庁の出版許可など、どうでもいいことになった。さっそく、ローリの物語を利用した宣伝準備にとりかかってくれ。新しい聖書を大いに売りまくるのが、キリスト教復興のための最大の貢献なんだ」

一部十ドルの書物を売りまくることがですね、と付け加えかけたが、ランダルはかろうじて思いとどまった。

それというのも、彼自身がこの出来事に強いショックを受けたからだ。噂話を聞いたわけでない。彼が使っている女の足が治癒したのだ。あきらかにこれは、科学の力によるものでない。これを奇跡と呼ばずして何であろうか！

その五時間後、ランダルはアンジェラ・モンティとともに、昼の食事をした。その場所は、アンジェラが午前中、ランダルへの報告ノートの作成に忙しがっていたヴィクトリア・ホテルと、ランダルの仕事場であるクラスナポルスキー・ホテルとの中間にあるレストランだった。

二人が店の外にしつらえたテーブルに着いて、籐椅子に腰を落ち着けると、ランダルはさっそく、ローリ・クックの奇跡的な治癒について語りだした。アンジェラは驚く様子もなく聞き入っていたが、「わたくしはもちろん、信仰を持ってはいますけれど、熱心なカトリック教徒といえるほどではありません。でも合理主義万能の現代社会にも、人間の知恵ではとうてい理解できない神秘的な出来事がたくさん起こりうるものと考えていますの。大宇宙にはいろいろな生きものがいて、わたくしたち地球上の人間など、そのスケールからみたら、アリと大差ないはずだとね」

「グッド・ニュースがまだある」ランダルは説明をつづけた。「来たる七月十二日に、モンティ教授の新発見物とその出版の公式発表会を開催して、その模様を通信衛星Vで全世界へ放送する。それがぼくたちの販売促進宣伝キャンペーンの第一歩だから、できるだけ大規模に行ないたい。そこで発表会の場所にオランダ王宮の閲見室を使用したいので、オランダ政府に申請しておいたが、どうやら許可をもらえる目鼻がついた。通信衛星使用のほうも大丈夫らしい。明日は最高理事者会議を開いて、最終的な決定をするつもりだ」

「よかったわね、計画が順調に運んで――お話はそれで全部？」

「いや、まだある。ぼくはさっき、うちの部門の全員を二〇四号室に集めて、これから先の方針を言い渡した。第一はジェシカ・テイラーの仕事だ。彼女は記事を二つ書きあげる。一つはローリ・クック自身が書いた形式の告白記事で、彼女がヤコブ福音書とペトロニウスの報告書を盗み読むと、たちまち奇跡が起きて、人並みに歩けるようになったこと。もう一つはジェシカの署名入りでこの奇跡の目撃談だ。それからパディ・オニールには、この出来事を中心にして、新しい聖書の売れ行き増進用のセンセーショナルなニュース・ストーリーを書くように命じておいた。医者の許可の下りしだい、この三つの記事を新聞社に売り込んだら、ぼくたちのキャンペーンの成功は疑いなしだ」

　アンジェラは首をかしげて、「わたくし、広告業界のことは何も知りませんが、新聞社やテレビ局の報道記者たちは、自分たちの手でニュースを掘り出すのを生き甲斐にしているのではありませんの？」

　ランダルは笑って、「それはそうだ。だけど、編集の首脳陣のほうは、ニュース・ソースをもっぱらぼくたち宣伝広告業者に頼っているのが実情だ。戦争、政治、発明、宗教、教育、どの分野もみんなそうで、スクープ記事はけっきょく、それぞれの分野の指導者たちの口から洩れるものだ。だから、彼らは宣伝広告業者との連絡を絶やさぬように努めている。ぼくたちの力を必要としているのは、タレントや運動選手、あるいは新製品を売り出す製造会社ばかりじゃないのさ。イエス・キリストにしたところで、教義を宣《の》べ伝えるのに、使徒その他の弟子たちの力を借りていたのだぜ。いつもそうだとはいわないが、この世の中には、ニュース・メディアの理解できない事件が、毎日のように起きている。だから、ニュース・メディアは何かの援助を必要とする。それをぼくたち宣伝屋が供給してやるのだが、これはまた、ぼくたち自身の利益でもあるのだ」

「宣伝部門会議でのお話は、それで全部？」

「もう一つ、フロリアン・ナイト博士に来てもらって、学術的なことを部員たちに説明させた」

「フロリアン・ナイト博士って、大英博物館から来た気むずかしい顔の若いひとね？」

「そうだ、あいかわらず気むずかしい顔をしているが、ロンドンで彼の許婚者が約束したとおり、協力してくれている。きょうの会議でも、彼の専門分野であるだけに、熱のこもった話をしてくれた。もっとも、補聴器の助けが必要な男だから、質疑応答となるともたついたがね。部員たちも熱心にノートをとっていた」

「どんな内容の話でした？」

「この翻訳作業にジェフリーズ教授は、三世紀半ほど前に刊行されたジェームズ一世の欽定《きんてい》訳聖書と同じ方針をとったといった話だ。その翻訳作業の経過を知っているかね？」

「ぜんぜん知らないといっていいくらいよ。イギリス古典文学の傑作で、いちばん美しい英語で書いてあると聞いた程度ですわ」

「共同作業が完成させた文学史上唯一の傑作だ。ぼくもやはり、ナイト博士の説明で知ったのだが、翻訳作業の開始されたのが一六〇四年。当時のイギリスのキリスト教会は、おびただしい数の分派に岐《わか》れていた。ジェームズ王はその統一を計る狙いで、オクスフォード大学総長レーノルズ博士の建言を容れて、この聖書刊行のために、教会関係者五十四名を任命した。あの王様が、こともあろうに聖書の翻訳を思い立つとは、国民としても予想外の出来事だったのだ。つまり、ジェームズ王が書物の愛好者なのはたしかだが、彼は同時に悪徳も愛して、柔弱なくせに虚栄心が強かった。臣下たちは皮肉って、キング・エリザベスの次にクイーン・ジェームズが王位についたと陰口をたたいた」

アンジェラは吹き出して、「うまい評語だわ。あの陰気なナイト博士でも、そんな愉快な話ができますのね」

「任命された五十四名のうち、四十七名が翻訳作業に当たって、年齢は二十七歳から七十三歳までといろいろだが、当時の聖書学、神学、言語学の最高権威を網羅していた。アラム語、ペルシャ語、アラビア語を含めて十五カ国語に精通した男、エリザベス女王にギリシャ語を教えた男、六歳のときにヘブライ語の聖書を読めた男、ベルギーから亡命してきた学者、アルコール中毒にちかい酒豪、結核がひどくて病臥《びょうが》中に筆を執《と》った男、作業なかばに斃《たお》れて、あとに十一人の子女を残した男と、各種各様の連中だった。これを六班に分けて、その二班ずつを、オクスフォードとケンブリッジ、それにウェストミンスターの三カ所に配置した。班の構成員の数には異同があって、オクスフォードでは一班が八名、ウェストミンスターでは七名なんだが、その各班が作業を分担した。オクスフォード班が新約聖書の前半を、ウェストミンスター班がその後半をといったぐあいにだ」

「そんな仕組みで、文体の統一ができたのは不思議なことね」

「その点、入念なものだった。各班がヘブライ語かギリシャ語の英訳を割りふられると、構成員がそれぞれ、一つもしくはいくつかの章を分担する。できあがった訳文を、班の構成員のあいだで検討し、批評を加え、訂正意見を述べあう。そしていちおう完成したものを、別の班に送り届ける。その班でも、同じ方法で読み合わせを行なって、訂正個所を書き直す。そのような手続きを経て、二年と九カ月後には全文が訳了されたが、この第一稿に十二名の委員団が目を通して、修正と統一を行なった。そしてその第二稿に、十九歳でオクスフォード大学を卒業した大学者のマイルズ・スミス博士が最終的な筆を加えた。これだけの手間をかけて、ようやく千五百ページの欽定訳聖書ができあがり、公刊されたのが一六一一年、シェイクスピアの死の五年前のことだ」

「こんどのインタナショナル新約聖書も、それと同じ仕組みで翻訳されましたのね」

ランダルはうなずいて、「ジェフリーズ教授は三つの翻訳チームを組織して、そのそれぞれに、五カ国語の言語学者と聖書本文の専門家、そして一世紀を中心にした古代史学者を所属させた。トラウトマン博士が監修するケンブリッジ班が四福音書と使徒行伝を、ソブリエ教授のウェストミンスター班がパウロ書翰《しょかん》のローマ書から黙示録までを、そしてジェフリーズ教授自身のオクスフォード班がペトロニウス報告書とヤコブ福音書、さらに参考資料による注解を受け持った。といったぐあいに、何にせよ、たいへんな仕事だったらしいよ。ああ、アンジェラ、やっと料理がきた」

食事のあいだに陽が翳《かげ》って、空いちめんに灰色の雲が蔽い、空気がじとじとと湿ってきた。若い男がテーブルごとに、広告ビラを配っていた。オランダ語の読めないランダルは、「これは何のビラだね？」とアンジェラに訊いた。

「この近所の古い店で、知ったかぶりの観光客がかならず立ち寄る飲み屋の広告よ。フォッキングという名のオランダ産のコニャックが売り物なの。試してごらんになります？」

ランダルは広告ビラを投げやって、「やめておくよ。冴《さ》えた頭で仕事をしたい」

「わたくしもそうしますわ。ホテルへ戻って、もう一仕事よ。でも――」

「でも、何だね？」

「スティーヴ、あなたはローリ・クックに二週間も入院されて、秘書にお困りじゃないの？　わたくしでお役に立つようなら、お手伝いしてもいいと言いかけたの」

「そうしてもらえたら、大助かりだ。手伝ってくれるか？」

「喜んで。だったら、これからすぐにホテルへノートをとりに行ってきますわ」

「一緒に行こう。きみが書きあげた宿題を学校教師のところへ運ぶために」

支払いをすませて、ランダルは雑踏する街路を、アンジェラと一緒にヴィクトリア・ホテルへ向かった。それは六階建ての古い建物で運河を隔てて中央駅に向きあった街角に建っていた。

湿度が極度に高まって、彼女の一〇五号室にたどりついたときはランダルのシャツは肌にへばりついていたが、部屋のなかは冷房が利いて快適だった。クリーム色の壁紙、落ち着いたグリーンの絨毯、大型ベッド、淡緑色の衣裳戸棚、数脚の椅子に囲まれた木製のデスク。その上にはアンジェラのポータブル・タイプライターが載っていた。

「アンジェラ、きみが荷物をまとめているあいだ、シャワーを浴びたいのだが」

「あいにくここにはシャワーの設備がないのよ。浴槽《よくそう》で汗をお流しになったら？」

「では、そうさせてもらおう」

ランダルは服を脱いで、パンツ一枚になると、寝室の隣りの浴室にとび込んだ。床のタイルがひんやりして心地よかった。浴槽に湯を満たして、しばらくは生ぬるい湯に身を浸してその感触を楽しんでから、石鹸《せっけん》の泡を躯一面に塗りはじめた。

すると、浴室のドアが金属性の音をたてて、それが開くと、アンジェラが立っていた。文字どおりの丸裸だった。緋色《ひいろ》の乳首が目立つ大きな乳房がかすかに揺れて、豊かな腰の真っ黒な陰毛が腿のあいだの軟らかそうな割れ目をわずかに隠していた。

彼女は何もいわずに、同じ浴槽に入ってきた。彼にほほえみかけ、「スティーヴ、わたくし、躯が火照《ほて》って、我慢できないの」といった。

彼女は石鹸をとりあげると、白い泡に蔽われた彼の全身に、さらに泡を塗りたくって、「いかが?」と訊いた。

「う——う、いい気持ちだよ。こんどはぼくの番だ」

彼の手で石鹸を擦りつけられた彼女は、百万の泡から成り立つ天上の生き物のように見えた。そしてその泡がはじけて消え、ふたたび彼女の裸身があらわれると、ランダルの下腹部が緊張しだした。

彼女はいっそう躯を押しつけて、「スティーヴ、あなたを愛しているわ」というと、少し躯を引いて、彼の全身を眺めまわし、「すばらしいわ、この肉体」とつづけてから、「ねえ、せっかくのチャンスを無駄にしないで。時間が惜しいわ」と甘えた。

ランダルは最高の幸福感を味わった。まだ飲んだことがないが、オランダ名産のフォッキングというコニャックも、この酔い心地には及ばぬであろう。


午後おそくなって、ランダルはクラスナポルスキー・ホテルに戻った。そして彼は、現実世界に立ち返る羽目になった。

ホテルの入口に足を踏み入れると、渋面を作った監視人がとんできて、「ランダルさん、どこへ行っておられました? ずいぶんあちこち探しまわりましたぜ」と詰問した。

「何かあったのか?」

「C号室で緊急会議が始まっているんです」

ランダルは不吉な予感に襲われて、C号室へ急いだ。ドアを叩くと、覗き窓が開いて、押し殺したようなヘルデリンクの声が、「ランダルさんですね。お一人ですか?」と確かめた。

「そうだ」と答えて、ようやく室内に通ると、煙草の煙に包まれた会議用のテーブルを囲んで、ダイヒハルト博士、ホイーラー、ガイダ、ヤング、フォンテーヌと五人の理事者が顔をそろえていた。空いた椅子が二つあるが、出迎えに出てきたヘルデリンクとランダル自身の席であろう。もう一人、部屋の隅で、速記用のノートを膝に載せ、鉛筆をかまえているのがナオミ・ダンで、どの顔も深い憂慮の色に包まれていた。

ホイーラーがいきなり口を切って、「スティーヴ、どこをうろついていた?」と咎《とが》め立てをしたが、すぐに言葉をやわらげて、「まあ、いい。そこにかけてくれ」と、ダイヒハルト博士と彼自身のあいだの椅子を指さした。「三十分ほど前に、緊急会議を開くことになった。きみの意見をぜひとも聞きたいのだ」

ナオミを除く誰もが、葉巻か紙巻煙草を喫《す》っていた。ランダルも神経質な手つきでパイプをとり出して、「何かあったのですか?」と訊いた。

その質問にはダイヒハルト博士が応えた。テーブルの上の何枚かの紙片のうちから、ピンク色の大判のものをとりあげて、「ランダル君、これがきょうの午前中に、きみがわれわれに配布した機密メモですな?」と確かめた。

ランダルはそれに目をやって、「そうです」と答えて、説明に移った。「このメモには、販売宣伝キャンペーン用の提案が書いてあります。公式発表の場所に、オランダ王宮の大広間を使用することと、新聞記者会見の模様を宇宙通信衛星で、全世界に放送すること。この案にあなた方が賛成かどうかを訊くためで、賛成とあれば、即刻、その手配にとりかかるつもりでした」

「もちろん、賛成ですよ。われわれ全員に異議はない。すばらしい名案で、効果的なことは疑いなしだと感心した」

「感謝します」ランダルは礼を述べながらも、その名案がなぜ彼らを悩ますのかと怪しんだ。

「ところで、この機密メモだが」と、ダイヒハルト博士はつづけた。「あなたがこれを配布したのは、今朝の何時でした?」

ランダルは記憶を探って、「たしか、十時前後でした」と答えた。

ダイヒハルト博士は、チョッキのポケットからとり出した大型の金側時計の蓋を開いて、「いまはだいたい四時だから」と一座の人々の顔を見まわしながら、「この機密メモが配布されてから、六時間しか経っていないわけだ」といった。

ホイーラーがランダルの腕をひっぱって注意を惹き、「で、スティーヴ、配布したのは誰と誰だ?」と訊いた。

「人数はたしか十九名だったと思います」

「その名前は?」

「リストがあいにく手もとにないが、この部屋の人たち全部と――」

「ここには七人いるから、残りが十二人だが、その連中の名前は?」

「ええと――」

ナオミが口を出して、「そのリストなら作ってありますわ。参考のために、数えあげておきました」

「読んでくれ」、ホイーラーがいった。「この部屋の者以外の名前だけでいい」

ナオミは手にした紙片の名前を読みあげた。「ジェフリーズ、リカルディ、ソブリエ、トラウトマン、ザカリー、クレマー、フロート、オニール、カニンガム、アレグザンダー、ド・ボア、テイラー。これで十二名、この部屋の七人を加えて十九名になります」

トレヴァー・ヤング卿が首をふって、「おかしいじゃないか。いま読みあげたのはみな、機密保持のうえでは信頼していい者ばかりだ。ランダル君、見落としはないのかね？　ほかにまだ、メモの内容を口で話した相手がいるのじゃないか？」

「口でですか」ランダルは眉をひそめて、「もちろんローリ・クックは、王宮の大広間と通信衛星の件を知っています。ぼくの秘書ですからね。しかし、メモそのものは見ていません。おお、そうでした。アンジェラ・モンティには話しました。彼女はいま、このアムステルダムに来ているのです。彼女の父親の代理で――」

ダイヒハルト博士は縁なし眼鏡越しにヘルデリンク警部を見やって、「ミス・モンティの調査にぬかりはないのだろうな？」といった。

警部は答えて、「調査はもちろん完全なもので彼女に問題はありません。いま名前の出た人たちはみな調査ずみなのはいうまでもないことで、少なくともわたしは、全員に信頼をおいて間違いないと見ています」

「最後に残ったのがぼくだが」とランダルがいった。「しかし、ぼくはメモを書いた本人で――」

ライヒハルト博士は苦笑を洩らして、「おかしいじゃないか、けっきょく、入院中のミス・クックを除く二十一名は、全員信頼できる。ほかにはこの機密メモの内容を読むか聞くかした者は一人もおらぬとなると、いったいこれをどう解釈したらいいのだ。当惑せざるをえないじゃないか！」と叫んだ。

ランダルもやはり苛立ってきて、「何のことだかわかりませんが、ぼくの作成した機密メモに、何か起きたのですか？」と問いただした。

ダイヒハルト博士は指でテーブルを叩いて、「ランダル君、こういうわけだ。きみが今朝、この機密メモを配布して三時間後には、その内容が相手方につつ抜けになった。西教会の牧師、オランダ改革教会派のメンバー、急進的キリスト教革新運動の首謀者の一人であるマーティン・ド・ヴローメが知っていたのだ」

ランダルは思わず立ちあがった。目をみひらいて前方を見つめ、驚愕《きょうがく》を隠すことができなかった。「ド・ヴローメが！——彼があの機密メモを入手した？」

「そのとおりだ」ドイツの出版業者が答えた。

「ありえぬことです！」

「ありえぬことかどうか知らんが、現実にはド・ヴローメがあの情報を入手した」ホイーラーが代わっていった。「きみの提案の、日時、場所、方法の全部を知っている」

「彼が知っていると、どうしてわかりました？」

「それはこうだ」とダイヒハルト博士が説明した。「ド・ヴローメがこちらの機密防衛網内にスパイを潜入させているのに対抗して、われわれも最近、彼らの内部に情報通告者を獲得した。この人物は表面——」

ヘルデリンク警部が椅子から躯を乗り出して、「博士、お言葉は慎重に」と警告した。

ダイヒハルト博士はうなずいて、「さよう、さよう。細かな点に触れることはない。要するに、ド・ヴローメが音頭をとる急進的キリスト教革新運動の内部のある男が、数時間前の電話で、ド・ヴローメが彼の運動の指導者たちに通達した緊急文書の内容を知らせてきた。電話を受けたのがわたしだったので、その文言を書きとっておいた。これがそれだ」

ランダルはドイツの出版業者の手から一枚の紙片を受けとって、注意深く読んだ。

同志各位へ

極秘通報——正統派教会連合に、その新発見物と新しい聖書の公刊を発表して、その模様を宇宙通信衛星で全世界に放送する計画がある。日時は来たる七月十二日、金曜日。場所はアムステルダムの王宮の大広間。その準備工作が進行中。この陰謀に対処すべく、近く西教会にて緊急指導者会議を開催するにつき、ご用意を乞う。当本部としては、その時までに彼らの聖書の見本刷りを入手し、公表日の二日前に報道記者会見を行ない、彼らのプロパガンダを粉砕し、その蠢動《しゅんどう》を永遠に封じるのを、われらの信仰の名において通告する。

西教会牧師　マーティン・ド・ヴローメ

ランダルは震える手で、紙片をダイヒハルト博士に返してから、「ド・ヴローメは、どんな手段で、ぼくたちの計画を知ったのですか?」といった。

「それが問題なのだ」ダイヒハルト博士が答えた。

「で、これをどう処理なさるおつもりです?」

「それはまた別個の問題だ。しかし、われわれの考えはまとまっている。ド・ヴローメに公表日を知られたので、その日取りを変更する。七月八日、月曜日に改めたのだ。四日は早めたわけだ。だから、きみは大至急、会場と通信衛星の担当者に連絡をとることだ」

ランダルは落ち着きを失って、「そうなると、公表当日までに、明日からかぞえて二週間と三日だけです。もともと準備期間に余裕がなかったのに、さらに四日間も短縮されたのでは……」

その言葉をガイダがさえぎって、「その問題はきみの信仰心ひとつで解決できるはずだ」といった。「深い信仰は山だって動かす、という」

フランスの出版業者フォンテーヌも口を添えて、「信仰心はともかくとして、特別ボーナスを出すことにしたらどうか。現金は信仰心よりも強力らしいからな」

ランダルは即座に答えた。「ぼくも、ぼくの部員たちも、特別ボーナスなど考えてはいません。気になるのは時間だけです——しかし、努力してみましょう。二週間と三日をフルに使って」

「それを聞いて、ほっとした」ダイヒハルト博士は頬の緊張をゆるめて、「公表の日取りを早めるのは、ド・ヴローメの画策を出しぬくほかに、もう一つの理由がある。それによって、裏切り行為の可能な期間を短縮できる。この緊急通報にもあるように、ド・ヴローメは見本刷りの入手に自信を持っている。われわれのグループ内にイスカリオテのユダがいるとしたら、それも当然のことだ」

「そうだ！」ホイーラーが叫んだ。「銀三十枚で、このプロジェクトを悪魔に売るやつがいる！」

「そいつを捕らえる方法がないものかな」

ダイヒハルト博士がいうと、さっきからノートをとりつづけていたヘルデリンク警部が顔をあげた。

「嘘発見器を使用したらいいでしょう」とヘルデリンクはいった。

「いや、それはやめておけ」と、ダイヒハルト博士がきっぱり否定した。「それだと、忠実な者の志気まで沮喪《そそう》させる怖れがある」

「ですが、そのうちの一人はユダですから」ヘルデリンクはあくまで言い張った。

ダイヒハルト博士もまた主張を変えずに、「何かもっと賢明な方法がないものかな」といいつづけた。

会議テーブルを囲む全員のあいだに、主張の応酬がはじまった。ランダルひとりが論争に加わらずに、しきりに考えこんでいたが、ふと思いついたことがあった。むしろこの失敗を逆手にとって、機密メモを犯人逮捕の罠《わな》にしてみたらどうか……そして数秒のあいだに、その具体的な方法を作りあげた。

彼は腰をあげて、「ぼくに一つアイデアがあります」といった。「かならず成功するはずですから、いますぐ試してみたらどうでしょうか?」

一座は鎮まりかえった。ランダルはみなの視線を意識しながら、そのアイデアを説明した。

「もう一度、機密メモを作成するのです。内容は何でもよろしいが、七月十二日の報道記者会見後の、ぼくたち宣伝部門の行動予定を記載して、問題の機密メモを受けとったのと同じ全員に配布する。どのメモも同一の文章で、一語だけを変えておく。もしそのメモが外部へ流れたら、その一語によって、誰の仕業かわかるはずです」

「なるほど、悪くない考えだ。いや、名案だよ」と、まずもってホイーラーが賛成した。

だが、ほかの人たちは納得しかねる表情で、最初にドイツの出版業者がいった。

「ランダル君、説明がちょっとわかりにくい。具体的に話してもらえんかな」

ランダルはいっそう言葉に熱をこめて、「キリストの最後の晩餐《ばんさん》に列席した弟子は何人ですか？」と質問した。

「もちろん、十二人だ」イギリスの出版業者トレヴァー・ヤング卿が答えた。「トマス、マタイその他で、聖書にも十二弟子としてある」

「そうです。十二人です。いまこの部屋におられるのは、ナオミを含めて八人なので、その八人を除いたら、この問題の対象となるのが十三人。そのうちから、新しい機密メモの作成を手伝ってもらうジェシカ・テイラーも除きます。そこで残りがちょうど十二名。最後の晩餐の列席者とぴったり同数でして、そのなかにイスカリオテのユダがいるはずです。そこでこの十二人に、ただ一語のほかはまったく同じ文言の機密メモを手渡したら、誰が主を売ったのかが、取り換えたその一語で判明します。これからナオミに、十二人の名前を読んでもらいます」

ナオミは立ちあがって、リストを片手に、関係者十二者の名前を読みはじめた。

「ジェフリーズ教授、トラウトマン博士、ザカリー師、リカルディ司祭、ソブリエ教授、フロート、アルバート・クレマー、アンジェラ・モンティ、パディ・オニール、レス・カニンガム、エルウィン・アレグザンダー、ヘレン・ド・ボア、以上十二名です」

彼女がリストを読みあげているあいだ、ランダルの頭に浮かんだ名前がもう一つあった。フロリアン・ナイト博士である。しかし、このオクスフォード大学の少壮学者は、彼の希望を水泡に帰した新しい聖書への反感を考慮しなければならぬので、まだいまのところ機密を要する動きには参加させてはいなかった。もっとも、除外しておいたにしても、いずれはジェフリーズ教授を通じて、その内容を知ることであろうが……

「ありがとう、ナオミ。で、みなさん、以上の十二人に、第二の機密メモを手渡します」

ダイヒハルト博士が吐息をついて、「その連中が裏切るなんて考えられぬことだ。

ほとんどの者が、このプロジェクトの開始当時から参加していて、身上調査にもぬかりがないはずだ」

「だけど、博士、そのうちの一人が裏切ったのは否定できませんぞ」と、ホイーラーがきめつけた。

「そういうことだな。では、ランダル君、話の先をお聞かせねがおう」

ランダルは説明をつづけて、「機密メモの内容は、こんな文言にしたらよいと思います——極秘を要す。王宮における宣伝活動開始の七月十二日を、イエス・キリストの栄光を称える第一の日として、それにひきつづく十二日間を、聖書に名を記された十二使徒に捧げる。そしてその日ごとに、新しい聖書の公刊を祝う催しを、各使徒の名によって行ない、宣伝活動の一助とする。すなわち、その最初の日、つまり七月十三日を使徒アンデレに捧げ……といった文言を十二枚の機密メモに記載して、使徒の名前だけを変えておきます。使徒アンデレとしたメモをジェフリーズ教授に渡したら、それが教授の暗号名《コード・ネーム》になります。第二のメモでは、使徒の名前をピリポに取り換えて、これをヘレン・ド・ボアに配れば、彼女のコード・ネームが決まります。第三のメモは使徒の名前がトマス、そしてそれが受けとったザカリーのコード・ネームといったぐあいで、十二枚の機密メモのどの一枚、もしくはそのコピーが、ド・ヴローメの手に渡ったにしても、急進派の本部に侵入している通報者からの知らせがあれば、誰がそれを流したかが判明するはずです」

　全員の口から感嘆の叫びが洩れて、いっせいに同意を示した。ただ、ダイヒハルト博士が、「巧妙な方法だが、不気味でもあるな」と呟いた。

「何が不気味です?」

「信頼しきっていた協力者のうちに、裏切り者が一人いるのがわかることがさ」

「キリストの十二弟子にも、イスカリオテのユダがいました」ランダルが静かな口調でいった。「ぼくたちの仲間のうちに、主を裏切ることで、このプロジェクトを瓦解《がかい》させようとする者がいたところで不思議はありませんよ」

「きみのいうとおりだ」そしてダイヒハルト博士は立ちあがり、同業の出版社主たちの顔を見やってから、ランダルに向き直って、「全員がきみの意見に同意した。さっそく罠の手配にとりかかってくれたまえ」といった。


　長い一日だった。いまは夜の十一時二十分。スティーヴン・ランダルはようやくひと息ついて、メルセデス・ベンツに乗り込み、アムステル・ホテルの彼の部屋に戻りつつあった。

スポーツ・ジャケットの胸ポケットに、折りたたんだ一枚の紙片が入れてあった。それには、イエスの十二弟子の名前と、それを暗号名《コード・ネーム》とする協力者十二人の名前が記載してある。

ランダルは車内で、裏切り者が機密を敵に流すのに、どれほどの時間を要するかを考えていた。最初の情報洩れは、三時間以内に行なわれた。第二のメモはジェシカ・テイラーに手伝わせて、緊急会議が終了してから四十五分間で作成した。残業している者にはその場で手渡して、すでに宿舎のホテルに帰っている者には、ヘルデリンク警部の部下に持たせてやった。そして全員が受けとったのを確認するまで、ランダルはヘルデリンクの部屋で待機していたのだ。

それから五時間経つので、もうそろそろ、ド・ヴローメの本部に入り込んでいる味方のスパイが通報してくるころなのだが、その気配もなかったので、ランダルはアンジェラを電話で誘い出して、ポレン・ホテルの優雅な食堂で、おそい夕食をとった。そして彼女をヴィクトリア・ホテルに送り届けてから、彼女の甘いキスの感触を唇に残しながら、アムステル・ホテルに戻るところだった。

メルセデス・ベンツがホテルの駐車場に到着したので、ランダルは運転手のテオにおやすみといって車を降り、ホテルの明るい玄関へ向かって歩きだした。

するとと、駐車場の暗闇から、彼の名前を呼ぶ男がいた。

ふり向くとそこに、イギリスの新聞記者セドリック・プルマーが立っていた。

ランダルは驚くより先に怒りがこみあげてきた。かまわず玄関へ向かおうとするのを、プルマーは腕を押さえて、真剣な表情でひきとめにかかった。ランダルはその手をふり払って、「帰ってくれたまえ。きみと話しあう用件はないはずだ」と叫んだ。

イギリスの新聞記者は哀願的な口調で、「おれ自身の用件じゃない。じつは、ある重要人物に頼まれて、きみを迎えにきた。一緒に来てほしいのだが」

「残念ながら、ぼくにはきみの知人と会う気持ちはない」

プルマーはなおも追いすがって、「待ってくれ、ランダル君。きみに会いたがっているのは、ド・ヴローメなんだ」

ランダルの足が思わずとまった。「なに、ド・ヴローメ?」彼は新聞記者を不審そうに見て、「ド・ヴローメがきみを迎えによこしたのか?」

「そうなんだ。嘘じゃない」プルマーは大きくうなずいて、いった。

「断わっておくが、プルマー君。このランダルは、そんな手にひっかかる男とはちがうんだぜ」

「わかっているとも。おれだって、きみを欺《だま》したところで、何の利益もない」

「かりに彼がぼくに会いたいにしても、きみみたいな外国人のジャーナリストを使う必要はないだろう。直接ぼくに電話をかけてよこせばすむことだ」

「ところが、彼みたいな立場にある男が、慎重なうえにも慎重を期するのは当然のことだ。きみと会っているところを、外部の連中に見られたくないからだ」

「きみは彼と親しいのか?」

「親しいとも。彼を友人と呼べるのを、おれは誇りに思っている」

ランダルは心が動いた。これが陥穽《おとしあな》とも考えられるが、敵方の首脳者と会っておくのも無意味なことでないだろう。相手が大物だけに興味も深い。

「彼はいま、どこにいる?」

「西教会の彼の部屋だ」

けっきょく、その数分あと、ランダルを乗せたプルマーのジャガー・クーペが、プリンセン運河沿いの暗い道路を、市内の中心部へ向かって走っていた。

ランダルはハンドルを握っているイギリスの新聞記者の顔を横目で見ながら話しかけた。「きみはさっき、ド・ヴローメの友人だといったね?」

「そうさ。友人だよ」

「友人にもいろいろあるが、どんな種類の友人だ? 金で雇われた宣伝員か、それとも、大勢いるスパイの一人か？」

ハンドルを握るプルマーの指輪をたくさんはめた手が、否定のジェスチュアを繰り返して、「メロドラマみたいな見方はやめてくれ。おれとド・ヴローメは共通の興味を持っている。クラスナポルスキー・ホテルで進行中の新しい聖書の出版計画がそれだ。そこで、報道関係者の情報網にひっかかってくるニュースを、おれが彼に伝える。その代償に、彼の反撃作戦にからんだスクープ記事はわが社が独占する、という契約になっている」そして、出っ歯をむき出しにした笑いを見せて、「不愉快に聞こえる言葉かもしれんが、この世は生きていくための戦場なんでね」と締めくくった。

ランダルは相手の率直さにむしろ興味をおぼえて、「するときみは、ド・ヴローメがぼくたちの首を皿に載せてあらわれると信じているのか？」

プルマーはにやにやしながら、「まあ、そんなところだ」と答えてから、急に真顔になって、「だけど、ランダル君、おれたちは卑怯な真似はしないぜ。正々堂々と闘う。おれも、ド・ヴローメも、紳士なんだ」

「ド・ヴローメがどんな人物か、詳しいことは知らないが、正規の身分は何なのだ？オランダ改革教会の主宰者らしいが」

「オランダ改革教会に身分制はない。この国にはプロテスタント教徒が四百万から五百万もいて、十一の州が千四百六十六の教区に分かれている。そのうちから五十四名の代表者が選出されて、アムステルダムで開く会議で運営方針が決定される。会議に出席する代表者が各教会でトップの地位にあるとはかぎらない。ド・ヴローメにいわせると、この会議は教会の権威でなくて、プロテスタントの良心を示すものだそうだ。オランダでは教会そのものがあくまでも信徒中心で、旧教会の聖職者階級制に慣れたイギリス人やアメリカ人には、アナーキズム的なものと映るかもしれないな。で、ド・ヴローメはこの会議の議長に選ばれている。オランダの新教徒社会ではもっとも重要な役目だが、彼の所属する教会にしろ、その教会内での彼の身分にしろ、特別の権威を持っているわけじゃない。要するに彼は、実力で現在の地位についた。そして彼の唯一の任務は、代表者たちの意見をよく聞き、彼らによく説き聞かせ、教会が信徒のものであるのを忘れさせずにおくことだ。わかってくれたかね、ランダル君。きみがこれから会うのは、こういう人物だってことが」

話しあううちに、前方に教会らしい大きな建物が見えてきた。プルマーが説明して、

「あれが西教会、急進キリスト教改革運動の本部だ。一六三一年に建立された新古典主義様式の建築で、アムステルダムではいちばん高い塔を持っている。見てくれはかんばしいものでないが、オランダ第一教会の名に恥じなくて、オランダの王族たちの

結婚式はみな、この建物内で行なわれる。最近ではド・ヴローメがここの牧師だとの理由から、プロテスタント教界の第一教会と呼ばれている」

近づくと、それはオランダ風の住宅の大規模なものに、天まで届くような尖塔《せんとう》を建て増しただけの感じで、プルマーの言葉どおり、見てくれはあまりよくなかった。しかし、なごやかな暖か味と何者も寄せつけぬ厳しさが併存している印象は顕著だった。ランダルはそれを見て、これから顔を合わせる相手も、ちょうどこれと同じ感じの男だろうと考えた。

車を駐車場に入れてから、二人は教会の横手へまわった。そこに、緑色のペンキを塗ったバンガロー風の小さな建物が付属していて、入口のドアに『監理人室』としてあった。

「こんな時間だから、教会の正面玄関は閉まっている」プルマーは説明して、監理人室の入口から、ランダルを教会堂へ導いた。

内陣は広大なものなので、円天井から垂れ下がっている青銅製のシャンデリアが四つだけでは、ほとんど薄闇のなかに沈んでいるのだが、それだけにまた峻厳《しゅんげん》で荘重な印象が、ランダルの心を強く捕らえた。信徒席にはグリーンのカバーをかけた椅子が並べてあって、その中央を赤い絨毯を敷いた通路が石造の祭壇に向かっている。

プルマーが前方を指さして、「師はいま、最前列の椅子にかけておられる」といった。ランダルは目を凝らして、そこに聖職者の姿を見た。黒い僧服を着た孤独な姿が、前屈みに椅子にかけ、肘を膝に載せ、両の掌で顔を蔽《おお》っている。「いまは黙想の時間なのだ」プルマーが説明したが、聖職者は顔をあげて、ふり返った。「ほう、おれたちの到着に気づかれたらしい。黙想の時間もあと二、三分ですむだろうから、あちらの部屋で待っていよう」

彼らは監理人室へ引っ返した。短い階段をのぼると、部屋が二つあって、左手のに『待合室』、右手のに『談話室』とした札がかけてあった。

「談話室としてあるのがド・ヴローメの仕事場だ。ドアの上の赤い電球が点《とも》っていると、目下執筆中だというサインなのだ」

ランダルはなかに通って、意外な感じを受けた。全世界に広まりつつある改革運動の指導者の部屋にしては、あまりにも質素すぎる。来客用の長椅子と小テーブルが一つずつと、肘かけ椅子が二つだけで、暖炉の近くに木製のデスクとやはり木製の椅子が据えてある。その代わりに壁面を書棚が埋めつくして、『最後の晩餐』の油絵が掲げてあり、五、六個の電球が明るく輝いていた。

敵地に乗り込んだランダルは落ち着きを失って、椅子にかける気持ちにもなれずに、窓ぎわまで歩みよってみた。その瞬間、ドアがきしんだ。ふり返ると、茶色のシャム猫を二匹抱えたマーティン・ド・ヴローメが立っていた。

かなりの長身の男で、六フィート三インチ（約一九〇センチ）はたしかにある。年齢はその地位のわりには若くて、四十五から四十八までのあいだであろう。黒い長衣には装飾《アクセサ》品《リー》が一つも付いていない。長く伸ばした頭髪が、サフランの花を思わせる濃黄色なのが異様だった。広い額、人の好さそうな淡青色の目、落ちくぼんだ頬、薄い唇、角張った顎。僧服の下の躯は筋肉質のたくましいものと思われた。

プルマーが二人を引き合わせた。ド・ヴローメは、無造作に仔猫二匹を床に投げやって、痩せた腕を差し出した。そして、ランダルとすばやい握手を交わすと、低いが力強い声でいった。

「わざわざ出向いていただいて、感謝の言葉もありません。お会いしておくのが、われわれ相互に利益と思えたので、夜更けにもかかわらずお招きした。長くお引きとめはしないつもりです。さあ、その長椅子におかけください」

そして牧師はプルマーにふり向いて、そのまま同席していてよいとの意向を身ぶりで示した。イギリスの新聞記者は書棚の前の椅子に腰を下ろした。

ド・ヴローメはランダルに話しかけた。「あなたは『第二の復活』とかいう奇妙な名称のプロジェクトに参加なさるにあたって、彼ら正統信仰を自称する連中が、どんな目でわたしを見ているかをお聞きになったものと思います。したがって、彼らのいわゆる悪魔の化身とのこの会見に、用心なさるのも無理はないと思いますが、しかし――」

ランダルは顔に微笑を浮かべていった。「べつに用心もしていませんが、ぼくは契約上、あのプロジェクトの秘密を絶対に洩らさぬことになっていますので、その点をあらかじめお断わりしておきます」

ド・ヴローメもまた微笑を返した。寛大な気持ちを示す微笑だった。「ランダル君、わたしもお断わりしておくが、われわれは第二の復活プロジェクトの意図を突きとめ、新たに訳出された新聖書の正確な内容を知るのに、あなたの助力を必要としてはいませんよ。今夜のあなたは客人で、その客人の口から秘密を探り出そうなど考えもしないことです。安心しておられて大丈夫ですぞ」

「だったら、今夜ぼくを招いた理由は？」

「お耳に入れておきたいことがあったからで、われわれの運動の目的と、あなたに宣伝工作を依頼した連中の真の狙いとを知っておいてもらいたかった」

「では、虚心坦懐にお聞きしましょう」

「どんな人間にも先入主があって、偏見に捉われているのが通常だが、いちおう素直な気持ちでお聞きねがいたい。わたしたちの運動の趣旨は、世界各地のキリスト者の要望に応えることで、現代人はみな、今日の社会の需要を充足しうる新しい教会を求めています。それにはまず、聖書の正しい理解が前提となる。聖書に現代の進歩した科学の光をあてるのです。この非暴力的なキリスト教改革を最初に提唱したのは、ドイツの優れた神学者のルドルフ・ブルトマン博士で、彼にいわせると、地上のイエスの生涯を追求するなどは時間の浪費で、キリスト者のもっとも重要な作業は、福音書に記載されたイエスのメッセージから科学的に無意味なものを除去することにある。言い換えれば、新約聖書の非神話化によって、キリスト教の本質と原始教団の信仰の――宣教《ケリユグマ》の――根原的な意義と真理を認識させる。それで初めて、現代人をふたたび教会に呼び戻せるというのがブルトマン博士の確信でした。まったく、ガリレオ、ニュートン、メンデル、ダーウィンの後継者であるわたしたちに、処女降誕と復活の奇跡、天国への招きと堕地獄の恐怖など、非科学的な神話を受け容れる余地はありません。現代人に聖書を信じさせ、キリスト教への信仰を復活させるには、イエスという名の賢い教師がわれわれに与えたあのメッセージを読むことで、物質主義万能の現代社会に生きぬくことができると教える必要があるのです。オクスフォード大学の学者がブルトマン博士の考えを要約した言葉に、イエスはわれわれにメッセージを送って、死してはじめて真に生き、神と一致した新しい存在となると教えた、というのがあります。それですよ、いまのわたしたちに必要なのは。ここまでのわたしのいうこと、おわかりいただけたかな、ランダル君？」

「わかりますよ」

「これでようやく、わたしの話の中心点に到達した。もうしばらくのご静聴をおねがいしたい。要するにわたしは、現代こそ、神の福音を人間救済のために使用すべき時で、それには聖書を徹底的に検討して、再構成しなければならぬといいたいのです。イエスを救世主《メシヤ》と見るか、歴史上の一人物と見るかは、現代の宗教にとっては重大なことでない。必要なのは、聖書を再読してその秘義を探り、いうなれば初期キリスト教団の社会へのメッセージを新しく見出すことにある。誰がそのメッセージを告げ、誰がそれを書きとめたかは問題にもならない。知っておかねばならぬのは、メッセージが現代人のわれわれに示す意味です。聖書から超自然的、神話的要素をとり除くと、そこに残るのは、人と人との間柄——愛となる。わたしたちはこの認識を説き聞かせたばかりに、保守的な正統派教会人と、旧来の神話的イエスの信奉者たちによって、いっせいに反撃される結果を招いた」

ランダルがその言葉をさえぎって、「一般論はともかくとして、ぼくたちのプロジェクトの参加者が保守的だとは、どんな理由で断定なさるのです？　彼らにしたところで、あんがい急進的な改革意見の持ち主かもしれませんよ」

というと、ド・ヴローメは笑って、

「わたしたちは、彼らの一人ひとりについて、詳しい調査をすませてあるのですよ。ただし、ここにいう《彼ら》とは、あの新聖書の出版プロジェクトに狂奔している五人の出版業者を指しているのではないのです。あんな連中は軽蔑の対象以外の何ものでもない。彼らの関心はもっぱら営業上の利益にあるので、キリスト教の前途など、考えたこともありますまい。わたしがいうのは、彼らのような企業家どもの手先に甘んじているトラウトマン、ザカリー、ソブリエ、リカルディ、ジェフリーズといった連中で、彼らは宗教の存立理由が死にあるのを知っているだけに、それへの恐怖と来世への偽りの希望を説教して、信徒たちの目を現実的な社会問題から隔ててしまう。祭儀と教義を手段にしてですよ。真の神学は、パウル・ティリッヒが教えるように、絶対的なものに究極的な関心を抱くこと――われわれ自身の実存の意味を追究することにある。ところがけしからぬことに、いわゆる正統派の神学者たちは、あえてこれを無視して省《かえり》みない。わたしの友人の言葉に、こういうのがある。正統派教会の現状は、その不可避の崩壊をまぬがれるのにあくせくしている宗教クラブみたいなものだというのがですよ。実際、早いところ教会制度の改革を敢行しないことには、この地上に宗教を知らず、信仰をもたぬ新しいジェネレーションの社会が出現するのもあまり遠い将来ではなくなりますぞ」

「で、教会制度を改革する具体案は?」

「簡単にいうと、わたしたちは以前から、プロテスタントとカトリックを一つにした新しい教会を唱道しています。この全キリスト教統一教会は、盲目的な信仰、奇跡、独身の誓い、聖職者の絶対的権威などをいっさい説かない。富を否認して、信徒たちの浄財を寄進させるにしても、オランダの西教会、イギリスのウェストミンスター寺院、パリのノートル・ダム寺院、ニューヨークの聖パトリック教会などといった大伽《が》藍《らん》は避けて、ひろく貧しい者一般に分け与えよと説く。高い壇上からの説教でなくて、小グループの精神的な集まりを重視する。少数民族の差別撤廃や男女平等を唱えて、社会運動に邁進《まいしん》する。産児制限、避妊手術、人工授精、性教育を認めて、政府と巨大企業の兵器製造、環境汚染、原子力開発事業、労働者圧迫に反対する。教会はこれらの社会活動によって、一般大衆の共感をかち得る。われわれ聖職者は山上の垂訓を、口先だけでなくて、実行に移すことができるのです」

「しかし、ぼくの見たところだと、第二の復活プロジェクトに参加している神学者と出版業者も、それと同様な意図を抱いているようですが」

ド・ヴローメは薄い唇を皮肉な微笑にゆがめて、「あなたは実際に、あの連中がわたしたちと同じに、一般大衆を救済する意図を抱いていると考えておられるのですか？　もし、そうなら、いちおう彼らに確かめてみる必要がありますぞ。彼らがわたしたちの運動に反対する理由が、教会の伝統的な在り方と聖職者階級制の維持にあるのは明らかです。キリスト教の倫理なるものは、妥協と頑迷な狂信主義《ファナティズム》のあいだを絶えず揺れ動いています。妥協は怠惰の、そして狂信主義は熱意過剰の産物であり、そのどちらも《愛》を欠いた結果の現われですよ。

それからもう一つ、考慮しなければならぬのは時間の問題です。われわれの同胞と隣人たちが、いますぐ必要としているのは何なのか。あなたの仲間はその点に考慮を払ったことがあるのでしょうか？　独断的な教条を押しつける教会を自由討論の場に変える意向があるのか。現代の社会問題、人種差別、貧困、富の分配の不公平、等々の解決に、いますぐ動きだす考えがあるのか。肥えふとった教会を、全世界的なキリスト教団成立のために投げ出す気持ちがあるのか。牧師とは高貴な特別の人間ではなくて、信徒たちを精神的、霊的な生活に導くための神の僕《しもべ》であるのを自覚しているのか。以上の質問を彼らにして、その答えを聞いたら、彼らに対するわたしたちの批判の趣旨が明らかになるでしょう。現代人にとっての最大の問題は、死後の世界に備えるのでなくて、この世にいますぐ天国を建設することにあるはずです」

ド・ヴローメはひと息入れて、数秒のあいだランダルを見つめていたが、すぐにまた、一語一語を考えながら喋りつづけた。

「あなたの友人たちが出版を目論《もくろ》んでいる新しい聖書は——どんな内容で、どんな福音をもたらし、どんなセンセーションをひき起こすにしても——愛の所産ではない。その公刊の背後には、神の教えに背く罪深き意図がひそんでいる。出版業者にとって、このプロジェクトの動機は、もっぱら金銭的な利益の獲得にある。正統派神学者にとっては、数百万の信徒の目を社会改革からそらし、その目を欺き、怯えさせることで、ふたたび儀礼中心の秘儀的教会にひき戻すことにある。わたしは断言しますが、彼らの狙いは、新しい聖書の出版によって、わたしたちが目指している地下教会建設の運動を抹殺することにあるのです。未来のための宗教を再生することで、いまの世に必要な宗教を排除しようとして——」

ランダルはたまりかねて、抗議の言葉をさし挟んだ。「ご趣旨はわからぬこともないが、遠慮なくいわせてもらいますと、あまりにも極端すぎる嫌いがあるようです。

出版業者たちへの非難は——苛酷すぎるのを除けば——いちおう納得できます。ぼくにしたところで、彼らの動機を無条件に是認しているわけではないのです。しかし、あのプロジェクトの協力者たちが、キリスト教の擁護者の自覚で献身していることに、ぼくは疑いを持ちません。たとえば、オクスフォードのバーナード・ジェフリーズ教授です。彼はぼくが初めて出遭った神学者の名に値する人物でした。その努力の一半は、学者的良心に忠実でありたいため、いまひとつには、純粋にキリスト教の興隆を希《ねが》って——」

その言葉をド・ヴローメは手をあげて制して、「お待ちなさい」といった。「ジェフリーズ教授の名が出たのでいいますが、あの老学者こそわたしの批判に該当する男です。篤実な学究であり、敬虔なキリスト教徒であるのは否定しないが、彼があの事業に加盟した理由は別のところにあります。動機はまったく政治的なものとわかっているのです」

「政治的?」ランダルは驚いて、同じ言葉を繰り返し、「信じられませんよ」といった。

「あなたは、世界教会会議のことを聞いたことがおありかな?」

「ありますとも。ぼくの父は牧師です。父の口から聞きました」

「で、どこまでのことをご存じか?」ド・ヴローメの質問は執拗だった。

ランダルはためらって、「ぼくの——ぼくの記憶に間違いがなければ、プロテスタント教会の多くを糾合した国際的な組織と聞きましたが、それ以上のことは覚えていません」

「では、あなたの記憶をよみがえらせてさしあげよう。それによって、あなたのいわゆる無私無欲な老学究ジェフリーズ教授の正体が明らかになるはずです」冷酷な表情に変わったオランダ人聖職者は、声までを厳しいものにして、『世界教会会議』という名称の宗教団体は、本部をスイスのジュネーヴにおいて、全世界九十カ国のプロテスタント教会、正統派教会、聖公会派教会に呼びかけ、キリスト教界の一致糾合を目的にしています。現在では加盟の教会が二百三十九、信徒数は四億に達して、目下のところはともかく、近くローマの教皇庁に並ぶ権威を確立するものと見て間違いありません。教えとしては聖書を信仰の唯一の根拠とするように説きます。そして、全世界的なキリスト教徒の統合を意図するものですが、カトリック教会に比べれば、団結がずっとゆるやかで、各教会はそれぞれの社会的、人種的基盤に順応した方法で活動するのを許されています。ただし、その大綱の決定は、五、六年ごとに開催される大会で行なわれます。たとえば、一九四八年にはこのアムステルダムで、次は五四年に北アメリカのエヴァンストンで、そして六一年にはインドのニューデリーで開かれました。そして大会での決定事項を実行に移すのが中央執行委員会なので、この組織のもっとも枢要な地位を占めるのは、有給専任職の事務総長と、名誉職である大会の議長となります。事務総長はジュネーヴの本部に常駐して、二百名の部員を指揮し、各教会間の連絡と、対外折衝にあたっています。したがって、この事務総長の持つ影響力は非常に大きなものです」

「かなり危険なシステムですね」

「そのとおり。現状では、事務総長には司法権が与えられていないので、その弊をまぬがれてはいるが、いつかそのうち、この地位を占める者が実質的な権力を揮《ふる》いだす可能性がないとはいえない。そこでいよいよ、あなたのいう篤実な学究、敬虔なキリスト教徒、無私無欲なジェフリーズ教授の登場となる。次の大会での事務総長の改選を狙って、保守的分子の正統派教会グループはジェフリーズ教授を候補者に押し立て、勝利を獲《か》ちとり、いっきょにこの組織体のイニシアチブを握ろうとしているのです。それには、新しい聖書の出版で、教会人が興奮の渦に巻きこまれているときがチャンスです。選挙に勝って彼らの一味の事務総長の布告と宣言で、新教徒たちをふたたび、昔ながらの盲目的な信仰にひきもどそうというのが、彼らの真の狙いですよ」

ランダルは世界教会会議の名をいま初めて聞いたわけではなかった。すでにロンドンでナイト博士の許婚者のヴァレリー・ヒューズの口から耳にしている。あのときは、ジェフリーズ教授に次の事務総長の椅子を望む意向があるのを知って、有意義なことと考えたが、こうしてド・ヴローメの説明を聞くと、まったく別個な醜悪な動機が隠されていると思えてきた。

ランダルは次に頭に浮かんだことを口にしてみた。「ジェフリーズ教授は、この陰謀を知っているのでしょうか?」

ド・ヴローメは笑って、「知っているどころか、グループの先頭に立って、あれこれ画策している。わたしの手もとには、彼が陰謀仲間ととり交わした手紙の写しがあって、いまの言葉が嘘でないのを証明してくれますよ」

「で、ジェフリーズ教授の就任の見込みは?」

「ないさ」ド・ヴローメはきっぱりいってのけた。薄い唇にまたも冷笑を浮かべて、「できるわけがない。わたしが妨げるからだ。彼の狙いは、新聖書を翻訳した功績を宣伝して、票を集めることにある。だが、このド・ヴローメが彼らの聖書そのものを、その販売開始に先立って、無意味なものにしてみせる。この破壊工作が功を奏したら、当然、世界教会会議事務総長の椅子は、別の男のものになる。ランダル君、次期の事務総長に選ばれるのは、このわたしなんですよ」

ランダルは啞然《あぜん》として、「あなたが？　あなたは聖職者の権威化に反対する運動の主唱者ではなかったのですか？」

「わたしはもちろん、反対運動を指導している。だからこそ、事務総長の椅子を獲得しなければならぬ。それによって初めて、権力志向者たちの野望を制圧して、全教会の統合が可能になり、社会革新運動にも貢献するというものです」

ランダルは頭がくらくらしてきた。このド・ヴローメという聖職者は、自分自身でいっているような、清廉実直な人物なのか、それとも、彼が攻撃してやまぬ野心的で陰謀好きな男なのか。いや、何かそれ以上のものがあるようだ。げんにいまド・ヴローメは、新しい聖書の出現をあくまでも阻止してみせると明言した。何かそこに、理屈を離れた動機があるのでないか。

ランダルはいった。「次の事務総長に誰が就任しようと、ぼくがコメントすべき問題ではありますまい。だけど、あなたの新しい聖書にたいする態度には、黙っているわけにいきません。あなたはそれを、見たことも、読んだこともない。何も知ってはいないのです。政治的な意味を別にしたら、なぜあの聖書の破壊工作に――これはあなたの用いた言葉ですよ――熱中しなければならぬのか、ぼくには理解できません。新しい聖書の出現は、万人に新しい信仰と希望を与え、あなたの運動に大きく役立つはずです。そのメッセージを読みもしないで、新聖書そのものを攻撃するのは不当な行為と思いますがね」

ド・ヴローメはきびしい表情で、「そのメッセージを読む必要はない」といった。「メッセージを送る連中の意図を知っているのでね」

「え？　その意味は？」

「あなたのいわゆる新聖書の発見、真正の立証、出版計画等々に関与した全員について、あらゆる点を完全に調査しておいた」

ランダルはいま初めて、自制力を失った気持ちになって、「だからどうなんです？」と、声を震わせんばかりにしていった。「ぼくはこのプロジェクトの主要人物の全員に会いました。彼らについては、あなた以上に知っているつもりです。その彼らは全員が真摯《しんし》で、誠実で、その意図は純粋と見ました」

「さあ、どうかな」ド・ヴローメは皮肉な笑いを浮かべて立ちあがった。「そうまでいわれるなら、見せておきたいものがある」

彼はランダルの見ている前で、デスクの向こう側にまわると、その引き出しを鍵で開けて、書類挟みをとり出した。

「これが、第二の復活プロジェクトの関係者の調査書類だが、これだけ大部のものなので、要点をわたしが読んでさしあげる。そして、それが事実であるかどうかを、あなた自身が突きとめるのがいいでしょう。わたしはむしろ、それを希望しますよ」

「では、聞かせてもらいましょう」

「バーナード・ジェフリーズ教授については、いまの説明でじゅうぶんなので省くことにして、まず最初が、あなたをこの事業に引き入れたアメリカの聖書出版業者のジョージ・L・ホイーラーだが、この人物のことを、あなたはどの程度まで知っておられるのかな。彼は出版業界の大物ではあるが、このところ経営が行き詰まって、破産寸前の状態にあります。その難局を打開するのに、彼はコングロマリットのコスモス・エンタープライズの支援を仰いだ。ところが、コングロマリットのタワリー会長は、正式に買収契約を結んで、ホイーラーの聖書出版社を完全に傘下《さんか》に収めるのを望んでいる。そこで彼は、ホイーラーが新しい聖書の出版販売に成功して、累積赤字を一掃するのを条件にした。言い換えると、ホイーラーの事業が息を吹き返して、彼が社会的地位を維持できるかどうかは、あのプロジェクトの成功いかんにかかっている。一方、タワリーがホイーラーの出版社の買収を考慮しているのは、採算上からではなくて、新しい聖書なるもので、浸礼教会内での彼の威信を高めたい狙いなのだ。ホイーラーがあなたを参加させた理由にしても、新しい聖書の出版をキリスト教史最大の

出来事にすることのほかに、タワリーの意に迎合する気持ちがあったからと考えられる」

ランダルは聞いて驚きはしたが、ド・ヴローメの自信たっぷりの口調に反感をおぼえて、「その程度の情報を、宣伝広告業者のぼくがつかんでいないと思われては遺憾ですな」と言い返した。

「ほう、世間でも知っていましたか。それが事実なら、この調査記録を訂正しておきますよ。では、次の事実に移ります。あなたは昨夜から今朝にかけて、自由大学病院で奇跡の成果を目撃した。あなたの秘書のローリ・クックが、幼時から足が悪かったのに、幻を見たことで、いまは正常人と同じに歩行できるようになった。驚くべき奇跡です！　しかし、事実は、あなたと彼女には気の毒な暴露だが、ミス・ローリ・クックはもともと歩行ができた。わたしはあの少女を指して、プロジェクトの裏切り者とか食わせ者とかいってるわけではありません。彼女は心の病める痛ましい犠牲者にすぎない。アメリカ在住当時の彼女のことを調査するのは簡単なことでした。ミス・クックの両親の家に近い教会に、わたしたちの運動の同志がいるのです。そこでこの牧師に電話して、真相を聞き、報告書を送ってくれるように依頼しました。その報告によると、中等学校での彼女は運動選手でした。運動選手に足の不自由な者はいませんよ。彼女の真の悩みは、器量が悪いので、誰にも愛してもらえぬことにあった。そこで彼女は、新聖書出版本部に就職するにあたって、足が悪いと装って、同情を惹くことを思いついた。そして最近は、ルルドのベルナデットを演じることで、同情の対象以上のものになろうと考えだした。奇跡によって足が癒《い》えた少女。これは当然聖徒物語のなかの一人で、敬愛の的となれるはずだとの考えです。しかし、ランダル君、この奇跡を宣伝の道具に使うのはおやめなさい。そのような場合、わたしたちとしても真相の公表を余儀なくされて、あの気の毒な少女を葬り去ることになります」

ランダルはド・ヴローメの暴露にショックを受けて、「そんな真似はしませんよ」といった。

「次は、あなたが最近、国境を越えて会って来られた人々を採りあげますが、お聞きになる気がおありかな?」

ランダルは何もいわなかった。

「沈黙は承認と見て、簡単に触れておくと、あなたは先週、ドイツのマインツに、大印刷業者のカルル・ヘニッヒを訪ねた。グーテンベルクを敬慕して、高級印刷を売り物にしているこの男が、かつてベルリンにおけるナチ主動の焚書《ふんしょ》デモに参加して、ウンター・デン・リンデン広場で二万冊の書物を火にくべたのをご存じか? わたしたちはその証拠を握っている」そしてド・ヴローメは背後へ目をやって、「セドリック・プルマー君！」と声をかけた。

ランダルは聖職者の話に気をとられて、同じ部屋にイギリスの新聞記者がいるのを忘れていた。

プルマーは薄ら笑いを浮べながら近づいてきて、「ヘニッヒが、書物をかがり火のなかに投げこんでいる現場のネガを手に入れてある」といった。

「ヘニッヒを痛めつけて、きみに何の利益があるのだ？」

ランダルの詰問に、プルマーはにやにや笑いをつづけながら、「この古い写真のネガと引き換えに、新聖書の見本刷りが入手できるのさ」と答えた。

ランダルは長椅子に腰を落として、何もいう気がなくなった。

ド・ヴローメは情け容赦のない口調で話の先をつづけた。「あと二人でこの話は完了します。あなたはこんどの旅行で、パリのアンリー・オーベール教授に会って、炭素14による年代測定法のことを聞いてこられた。そのさい、あの客観性を尊重する化学者は、新しい聖書を読んだのが契機で、信仰と人間性をとり戻して、夫人に子供を産むのを許したと語ったはずだが、それは彼の嘘ですよ。彼はもともと、女に子供を産ませる肉体的能力がなかった。アンリー・オーベール教授は数年前に、輸精管切除の手術を受けています。産児制限論者がその主張を、自分の躯で実践したのです」

「しかし、ぼくは――」ランダルは叫んだ。「マダム・オーベールに会いました。彼女は妊娠していました」

ド・ヴローメはもう一度笑ってみせて、「ランダル君、マダム・オーベールが妊娠能力がないとはいっておりませんぞ。オーベール教授によっては不可能だといっただけで、もちろん、彼女の腹には子供が宿っています。愛人のムッシュー・フォンテーヌによってですよ。さよう、それはあなたの敬愛するフランスの聖書出版業者と同一人物です。オーベール教授はそれを見て見ぬふりをしている。子供が欲しいからでも、妻の望みをかなえてやりたいからでもなくて、理由はただ一つ、スキャンダルを世間に知られたくないだけのこと。教授はこのところ、炭素14による年代測定法とは別個の研究で、同僚とともに、ノーベル賞の候補にあがっているのです。そこで彼はスキャンダルを怖れる。自尊心よりも学者の名誉が大切だというわけで、あえて真実を犠牲にした。それがあの化学者の言葉を信用するなという理由ですよ」

だが、ド・ヴローメの言葉も、どこまで信用してよいのか、とランダルは考えたが、いまはこの、白を黒に言いかねない詭弁家《きべんか》の弁舌に耳をふさぐことができなくなっていた。彼は次の言葉を待った。

ド・ヴローメはつづけて、「いよいよこんどが最後の人物、わたしには話しにくくて、あなたには聞きたくないことだが、話さぬわけにもいかぬこと——あなたの新しい愛人のミス・アンジェラ・モンティがどういう女性であるかですよ」

言われたとおり、ランダルには聞きたくないことだった。席を立って出て行きたかったが、しかしまた、聞かずにもいられない気持ちだった。

「モンティ教授はこのところ、誰にも会おうとしません。あなたにしても、教授の顔を見ておられぬはずです。上司からの命令で、中近東への発掘旅行が絶える間もなくて、イタリアに落ち着いているときがないというのが理由ですが、それもまた、ミス・モンティの真っ赤な嘘です。実際のところ、モンティ教授は不正行為が発覚して、政府当局から退職を言い渡されて、ローマ近郊のどこかに身を隠しているのです。あの新発見物の発掘現場は、貧しい農民たちの地所だったが、教授は発掘作業を開始するに先立って、無知な農民たちを欺き、土地の名義を自分に移しておいた。発見物への政府の下付金を独占する狙いです。欺かれた農民たちが発掘後に騒ぎだして、政府当局に訴え出た。政府は醜聞が広まるのを怖れて、賠償金を支払うことで農民たちの口を封じた。そしてその一方では、モンティ教授に学界からの隠退を勧告した。だから教授は、ここ当分のあいだ、身を隠していなければならなくなったのです」

ランダルは怒りに躯を震わせながら、立ちあがって、「みんな嘘だ！」とわめいた。

「ひと言だって信じられない！」

ド・ヴローメは肩をすくめて、「その怒りを向ける相手は、わたしでなくて、アンジェラ・モンティですぞ。彼女が真実を告げなかったのは、みじめな父親を庇《かば》うだけではない。あなたを利用して、父の教授の名声を復活させるためです。あなたを誘惑し、あなたの力で教授の発見物の価値を学界に認めさせることになれば、それでイタリア政府は、醜聞が諸外国に知られるのを怖れて、モンティ教授の名誉を回復させることになる」

しかしランダルは、簡単には了承できなくて、「こうした問題は解釈の仕方の違いで、真相なるものがいくつも考えられる。そう単純に割り切れるものではないでしょう」と言い張った。

ド・ヴローメは首をふって、「いま名前をあげた全員の場合、真相はひとつだと考えるべきです。聖書神話によると、ユダヤ総督ポンティウス・ピラトゥスはわが主イエスを審判《さばく》にあたって、Quid est veritas?——真理とは何《なん》ぞ？——と訊いた。イエスはこの質問に、黙して答えなかったが、わたしだったら、質問の文字を組み替えて、Est vir qui adest と答えたはずだ。このラテン語を翻訳すると、『そはなんじの前に立つ人なり』となる。それですよ、ランダル君、真理を把握しているのは、あなたの前に立つ男、マーティン・ド・ヴローメだ。あなたも真実を知りたければ、わたしの言葉を素直に聞いて、それを信じる以外に方法がない。だからこそ、この深夜に、ここまであなたに来ていただいた」

「そして、その趣旨は？」

「あなたにわたしたちの運動の大義と、第二の復活なるものの狙いとを知ってもらうためです。あなたばかりでなく、あのプロジェクトの従業員はみな、営利主義《コマーシャリズム》に毒された事業家どもと腹黒い宗教関係者に騙《だま》されて、道具に利用されている。そこでわたしは、あなたが迷妄から醒《さ》め、わたしたちの味方として、大義に協力されることを期待したのです」

「味方として協力を？　で、具体的にはどんなことを？」

「わたしはあなたが宣伝広告業界の第一人者であるのを知っています。その特殊な能力を、第二の復活プロジェクトのプロパガンダを粉砕することに、そして、正しい宗教を全世界に広めるために用いてもらいたいのです。もちろん、あなたが満足できるだけのものを提供する用意があります。金銭的な面からでも、ホイーラーやその仲間が約束したものより少なくないのを確約します。いまが沈みゆく船を安全な船に乗り換えて、あなた自身の将来を維持するチャンスだと思えますが、どんなものでしょうか」

だが、ランダルは立ちあがっていった。「ぼくはあいにく、いま一緒に働いている人たちを信じて、あなたのほうは信じていないんです。ここで聞かされたのはただのゴシップ、事実ではない。ぼくの耳には、正義の言葉でなくて、恐喝文句の響きが聞きとれました。第二の復活プロジェクトは、社会に貢献する神聖な作業で、かりにあなたが――」

いいかけてランダルは、デスクの向こうに厳然とした表情を示している相手に気圧《けお》されて、あとの言葉をためらったが、思いきっていってのけた。

「――かりにあなたが、あのプロジェクトの首脳陣に比べて、利己的でも野心的でもないにしても、その半面、狂信的でありすぎるのが否定できぬことと考えます。自分一人が真理を知り、自分以外の者は正しくないと思いこんでおられては、ぼくみたいな男にはついていけません。それにまた、ぼくは背信者になりたくないのです。ぼくはあの聖書を敬い、それが世に出るのがキリスト教への偉大な功績だと信じて疑いません。では、これでお別れします。おやすみなさいとは言わせてもらうが、あなたの幸運は祈りませんよ」

そしてランダルは、相手の怒りの言葉を予想して、内心、怯えていたのだが、ド・ヴローメは何もいわなかった。メロドラマの傾向が強すぎたかなと、荒々しい言葉遣いを後悔しながら立ちあがると、ド・ヴローメは落ち着いた口調で、

「やむをえませんな」といった。「ただ、これだけは忘れんでいただきたい。いまわたしが、あなたの仲間の人々について語ったのは全部が全部、事実であること。そしてそれを、あなた自身の目で確かめるべきです。真相を知れば、かならずあなたは、もう一度わたしと会いたくなる。そのときは、遠慮なさらずに、訪ねて来られるがよい。あたたかく迎えますよ。あの聖書の出版以前であればですな。われわれの運動は、あなたの協力を必要としているからです」

「ご親切に、ド・ヴローメさん」

ランダルは戸口に向かって歩きかけたが、背後にまたも聖職者の声を聞いた。

「ああ、ランダル君、もうひと言、あなたへの忠告がありました」

戸口でふり返ると、ド・ヴローメがデスクを離れて、プルマーともども、近よってきた。

「あなたと、あなたの同僚への忠告だが」と彼は、手にした書類の束をひらひらさせながら、「見えすいたトリックで、貴重な時間を無駄になさらぬほうがいいと、ご注

意申しあげておく」そして書類のなかから、青色のメモ用紙を抜きとって、「つまりこの通報、あなたが今日の午後おそく、あなたの部員と神学顧問たちに配った、あなたのいわゆる緊急機密通報ですよ」

ランダルはあっと思って、相手の次の言葉を待った。

「あなたはこのトリックで、裏切り者が誰であるかを突きとめようとした。ところが、新約聖書についての知識の不足から、大きなミスを二つもおかした。福音書とキリスト神話を精読した者なら、このようなミスは即座に気づいて、これが拙劣な罠なのを見破ってしまう。今後もし、こんな罠を仕掛けたくなったら、神学者に目を通してもらうことですな」

ランダルの頭に血がのぼった。しかし、ド・ヴローメが真の狙いに気づいたとは思えない。まだチャンスはある。そこで、「なんのことだかわからないが」とだけいっておいた。

「ほう、おわかりにならない？　では、もうちょっとはっきり言いますかな」ド・ヴローメは青色のメモ用紙に目を落として、読みあげた。「これには、こう書いてあります。『極秘を要す。王宮における宣伝活動開始の七月十二日を、イエス・キリストの栄光を称える第一の日として、それにひきつづく十二日間を、聖書に名を記された十二使徒に捧げる』そして、あなたはそれに、イスカリオテのユダを含む十二使徒の名前を用いた」ランダルは緊張して、ド・ヴローメが読みつづけ、最後の文句に達するのを待った。そこには、裏切り者が誰であるかを示す暗号名《コード・ネーム》が記してあるのだ。しかし、ド・ヴローメは首をふるだけで、読みつづけるのをやめて、「ばからしい！」というと、またしても首をふった。

ランダルは、何がばからしいのか、さっぱりわからぬといった表情を装った。

「この文言を読んで、まともな機密メモと見る者がおりますかな。宣伝活動開始の日を捧げる十二使徒にイスカリオテのユダを加えるとは！　ユダは名高い裏切り者の代名詞、イエス・キリストを売った男ですよ」

ランダルは、しまったと思った。たしかに、ばからしいミスだ。出版業者たちとは、使徒たちの名前までは話しあわないで、彼一人の専断で、大急ぎで機密メモを作成し、神学者たちの点検を待たずに配布してしまった。

「そして第二のミスは」と、ド・ヴローメがつづけた。「新約聖書には、イエスの弟子十二人の名前があげてあると、ただ単純に考えた点です。どんな神学者でも、聖書に名前の載っている使徒は十三人なのを知っています。ユダの裏切りに気づいたキリストは、ユダをマタイととり換えた。あなたがそれに気づいていたら、このトリックも成功したかもしれないが」と、さも軽蔑するようにメモ用紙を叩いて、「こんな子供だましみたいな手では、わたしたちを欺くことなどできるものでない」そしてランダルにはほえみかけ、「わたしの頭脳を過小評価なさらぬほうがよろしい。わたしの実力を正当に認識さえしたら、あなたもけっきょく、わたしたちと手を握る気になられるだろうに」

ランダルの視線は青色のメモ用紙に吸いつけられたままだった。何をいわれようと、最後の一行を読ませることができさえしたら！　彼は緊張で声が震えるのを抑えて、

「宣伝販売と聖書学との講義は参考になりましたが、ぼくには大して意味のないことです。そんな機密メモを書いた覚えはないのですから」

ド・ヴローメはあきらかに苛立ってきた。じれったそうに鼻を鳴らして、「あなたの強情にも驚きましたな。だが、署名が自署かどうかは見分けられるのでしょうな？」

「当たり前です」

「これはあなたの署名ではないのですか？」

ド・ヴローメはメモ用紙をランダルに突きつけた。のぞきこんだとたん、署名の上の一行が、ランダルの目にとび込んできた。

——十二日間の最初の日を使徒マタイに捧げ……

使徒マタイか！

ランダルは胸にあふれてくる勝利の喜びを隠そうとして、きまり悪そうな表情をつくろった。

「あなたの勝ちですよ」といった。「たしかにぼくの署名で——ただ、これがきょうのうちに配布されたのを忘れていたのです」

ド・ヴローメは満足そうにうなずいて、メモ用紙をゆっくりたたみながら、「何を忘れようが、わたしが口を出すべきことでないが、一つだけお忘れにならないほうがいいことがある。わたしたちには、あの聖書の出版前に、その内容を知る手配ができている。あなたの宣伝活動を撃破して、あの偽書を葬り去る用意がととのっている。あなたがもし、勝利者の側に立ちたいのなら、わたしたちと手を握ることですぞ……ああ、プルマー君、ホテルまでお送りしてくれ」

「いや、それには及びません。夜の外気を吸いたいので、歩いて帰ります」とランダルは、いそいでいった。

「では、ご自由に」

そのあとは何もいわずに、ド・ヴローメはランダルを送り出した。

数分後、ランダルは木々に囲まれて人けのないウェスターマルクト広場に歩み入って、街灯の明るい光の下へ急いだ。

一つの名前が、彼の鼓膜に鳴り響いていた。

使徒マタイ！

街灯の黄色い光の下で、ランダルは上着のポケットを探って、心覚えの紙片をとり出した。それには、十二使徒の名をコード・ネームにしたプロジェクト関係者の氏名が記してあった。

彼は紙片を拡げて、目でリストを追った。

使徒アンデレ——バーナード・ジェフリーズ教授
使徒トマス——ザカリー司祭
使徒シモン——ゲルハルト・トラウトマン博士
使徒ヨハネ——聖職者リカルディ
使徒ピリポ——ヘレン・ド・ボア
使徒バルトロマイ——フロート
使徒ユダ——アルバート・クレマー

使徒マタイ――

使徒マタイの下には、アンジェラ・モンティとしてあった。

（上巻　終わり）

本書は、新潮文庫より出版された『「新聖書」発行作戦』を改題・再編集したものです。

⊙訳者略歴　　宇野利泰（うの　としやす）
1909－1997。英米文学翻訳家。主訳書：シモンズ『ブラッディ・マーダー』（新潮社）、『僧正殺人事件』（嶋中書店）、ル・カレ『寒い国から帰ってきたスパイ』（早川書房）他、多数。

イエスの古文書（上）

発行日　2005年3月30日　第1刷

著　者　アーヴィング・ウォーレス
訳　者　宇野利泰

発行者　片桐松樹
発行所　株式会社 扶桑社
東京都港区海岸1-15-1　〒105-8070
Tel.(03)5403-8859（販売）　Tel.(03)5403-8869（編集）
http://www.fusosha.co.jp/

印刷・製本　株式会社廣済堂
万一、乱丁落丁の場合はお取り替えいたします。

ISBN4-594-04910-9 C0197
Printed in Japan（検印省略）
定価はカバーに表示してあります。